Die Erfindung der Welt

Tim Krohn & Elisa Ortega

Die Erfindung der Welt

Roman

EICHBORN ▸ BERLIN

1 2 3 4 5 05 04 03 02

Lektorat: Wolfgang Hörner
Umschlaggestaltung: Thomas Rhyner unter Verwendung
eines Fotos von Tim Krohn
Layout und Satz: Oliver Schmitt
Druck und Bindung: Fuldaer Verlagsagentur
(Eichborn Berlin)
ISBN 3-8218-0727-x

Verlagsverzeichnis schickt gern:
Eichborn Verlag, Kaiserstr. 66, D-60329 Frankfurt am Main
www.eichborn.de

para Brigi, mi confidente mamita encantadora

Eines Abends sass zuhinterst in einem kleinen Schweizer Bergtal, an einer Stelle, die manche das Ende der Welt nennen, ein vierjähriges Mädchen unter einer Felswand und wunderte sich, dass es so klein und der Berg so gross war.

Das Mädchen, das Elisa hiess, hatte den ganzen Nachmittag in dem feinen Sand gesessen, den ein Bächlein jeden Frühling von der Felswand wusch, und hatte Länder und Meere gebaut. Das Wasser war schon wieder so niedrig, dass sie sogar noch atmen konnte, wenn sie die Nase auf den Boden drückte, sie hatte das ausprobiert. Zum Bächebauen war das gerade richtig, für den Schwimmgurt, den sie trug, war es etwas wenig Wasser, das wusste sie auch. Aber als Jon ihr den Schwimmgurt geschenkt hatte, hatte er gesagt, wenn sie ihn im richtigen Wasser trage, sei sie ein Seesternchen, sie könne ihn aber auch sonst tragen, dann sei sie eben sonst ein Sternchen, und heute hatte sie genau sonst ein Sternchen sein wollen.

Dann, recht früh, ging die Sonne hinter den Berg, es wurde kühl, und Elisa dachte daran, den Weg hinab und nach Hause zu laufen. Doch im selben Augenblick bemerkte sie, wie der riesengrosse Schatten des riesengrossen Bergs sie umarmte, sie hob erstaunt den Kopf und konnte eben zusehen, wie das letzte Restchen Sonne sich hinter dem schwarzen Grat verkroch und plötzlich alles um sie wie leer wurde, und sie spürte, dass etwas sie tief innen stach – dort, wo, wie die Mama sagte, die Liebe hockte.

Erst war es kein schönes Stechen, nur ein trauriges. Dann, nach und nach, war ein schön trauriges daraus geworden, und so oder so war es ein Stechen, wie sie es noch nicht kannte, sie musste unbedingt noch bleiben und sich über das neue Gefühl wundern, sass im Schatten des Berges und fühlte sich darin immer mehr zuhause. Irgendwie ganz ruhig, schon fast müde, und irgendwie doch aufgeregt beobachtete sie, wie über ihr der Himmel erst blauer wurde, dann blauer und gleichzeitig dunkler. Sie sah zu, wie die Sterne zu leuchten begannen und immer mehr wurden, obwohl sie nie sah, dass einer dazukam, und irgendwann stellte sie fest, dass sie plötzlich sehr vieles zu denken hatte.

Je dunkler es wurde, desto grösser sah der Berg aus. Und Elisa wunderte sich nicht nur, dass etwas so Grosses wie dieser Berg überhaupt jemals von jemandem gemacht worden war, sie hätte auch zu gern gewusst, wer das gewesen war und wie der oder die das angestellt hatte. Erst konnte sie sich nichts anderes vorstellen, als dass es ein Riese gewesen war. Doch noch während sie versuchte, sich einen echten, so richtig lebendigen Riesen vorzustellen, dachte sie plötzlich, dass es doch ein mindestens so grosses Wunder war, dass sie selber hier sass, gerade erst vier geworden war und schon all diese schwierigen Sachen dachte – und da wusste sie irgendwie plötzlich, dass der so unendlich grosse Berg und die so unendlich schwierige Sachen denkende Elisa etwas gemeinsam hatten. Und dass dieses Gemeinsame die Antwort auf alles war.

Was genau dieses Gemeinsame war, das fiel ihr im Moment allerdings nicht ein. Aber das war mit vier vielleicht auch noch gar nicht nötig. Jedenfalls war sie sich jetzt nicht mehr so sicher, dass jemand gross wie ein Berg sein musste, um einen Berg zu bauen, denn das hätte geheissen, dass jemand, der so heftig dachte wie sie, auch ein anderes Mädchen bauen konnte, das wieder so heftig dachte, und dann war es doch ebenso gut möglich, dass dieser Jemand nicht nur ein Mädchen bauen konnte, sondern auch einen Berg, auch wenn der Berg viel grösser war als er selber. Oder dass zumindest jemand einen Berg bauen konnte, wenn dieser Jemand so klug war wie die Mama, die ja der klügste Mensch überhaupt war. (Nur Jon war manchmal noch klüger, aber darüber lachte Mama dann nur und nannte ihn einen Schlaumeier und sich eine dumme Kuh, und danach konnte man nie sicher sein, ob die Mama wirklich weniger klug war und es nicht nur gespielt hatte.) Und trotzdem hatte Elisa es im Gefühl, die Mama baute keine Berge, nicht einmal ganz im Versteckten. Vielleicht brauchte man zum Bergebauen nicht gross zu sein, aber stark. Papa war stark, wahrscheinlich war er der stärkste Mann der Welt, oder einer der stärksten, aber irgendwie traute sie ihm nicht zu, ein Mädchen oder einen Berg zu bauen, er konnte eigentlich nicht einmal einen Legoturm bauen, ohne mittendrin wegzurennen.

Als Elisa nahe daran war, einfach das Denken aufzugeben und nach Hause zu laufen und die Mama zu fragen, stellte sie mit grossem Staunen, ja eigentlich schon richtig erschreckt fest, dass die Sterne ihr schon lange ganz heftig zublinzelten. Erst sagte sie sich: Elisa, du spinnst, und klopfte sich auf den Kopf, wie es die Mama in solchen Fällen tat. Doch das änderte nichts. Dachten die Sterne womöglich, sie sei auch ein Sternchen, ein richtiges, das auf die Erde gefallen war? Aber die waren doch nicht so dumm, dass sie nicht sahen, dass sie nur einen Seesternchenschwimmgurt trug. Und so gab sie sich Mühe, einmal ganz haarscharf und ohne selbst zu blinzeln dem Blinken zuzusehen, und plötzlich war sie überzeugt, dass die Sterne drauf und dran waren, ihr etwas sehr, sehr Wichtiges mitzuteilen.

Wieder hatte sie dieses fürchterlich feierliche Gefühl, da, wo auch die Liebe sitzt, sie platzte fast vor lauter Gefühl. Nur verstand sie von dem, was die Sterne ihr sagen wollten, kein Wort. Daher sprang sie endlich fast verärgert auf und lief den schon ganz dunklen Weg hinab dem Dorf zu, das auch bereits nur noch kleine Lichter war.

Sie rannte die Treppe hinauf und ins Wohnzimmer, in dem Annina am Computer sass, aber da war sie plötzlich so aufgeregt, dass sie nicht mehr wusste, was sie ihr hatte erzählen wollen. Du schlotterst, Kind, sagte Annina. Sie stand auf, nahm sie unter den Arm, schimpfte über ihre blauen Lippen und sagte: Wer so schlottert, bekommt ein heisses Bad und eine dicke Schokolade und wandert erst einmal ins Bett.

Und erst als Elisa unter der Decke steckte und das Häschen Salome und ihre und Jons Puppentochter Lili an sich drückte, während Annina die Luft aus dem Seesternchengurt liess, da fiel ihr wieder ein, dass die Sterne ihr etwas hatten erklären wollen – wer den hohen Berg gemacht hatte wahrscheinlich und wer kleine heftig denkende Mädchen und überhaupt die Welt, und dass sie nicht das kleinste bisschen verstanden hatte oder höchstens ein lächerliches kleines bisschen und eigentlich jetzt gleich wieder hoch zum Bächlein musste, um herauszufinden, wer die Welt baute, und dass sie daher jetzt dringend wieder aufstehen sollte und ihre warme Jacke brauchte.

Aber Annina deckte sie nur wieder zu, strich ihr die Haare aus der Stirn und sagte: Morgen Abend, Elisita. Morgen ziehen wir uns dick an, nehmen eine Decke mit und lassen uns die Sterne alles, alles erzählen: wer die Welt gemacht hat und wer die Menschen gemacht hat und wer die Salome gemacht hat –

Die Salome nicht, sagte Elisa, das weiss ich ja, die kommt aus der Fabrik.

Schön, sagte Annina, die Salome nicht, dafür alles andere. Aber erst wird geschlafen. Wenn du magst, sage ich den Sternen, du kommst morgen wieder.

Das wissen sie schon, Mama, sagte Elisa. Sie haben ja gesehen, wie furchtbar neugierig ich bin.

Na siehst du, sagte Annina, dann sagte sie: Besito, und küsste sie.

Danach schloss Elisa die Augen und nahm sich vor, ganz eilig einzuschlafen, damit es möglichst bald wieder Abend war.

Erste sternklare Nacht

Am Anfang war eine Spinne, die nichts hatte, kein Licht und nichts Dunkles, keinen Wind, keine Kälte, nicht einmal Schnee. So wurde sie alt, und im Alter fiel ihr plötzlich ein Lied ein, das sie so hübsch fand, dass sie sich wünschte, es jemandem vorzusingen.

Dieser Wunsch zwang sie nachzudenken, und das erste, was sie dachte, war das Wort »Starksein«. Kaum hatte sie »Starksein« gedacht, da kräuselte es sich um sie herum und festigte sich und wurde spinnenhaft und wurde ein Ort: der Ort Nordwest. Das war noch nicht alles, weiter kräuselte es sich und bekam nicht genug, schuf weitere Orte, die sich durch die eigene Stärke verbanden und ein Spinnennetz bildeten, sich festigten und Walnüsse wurden, Eicheln, Äpfel, Ananas, Kakteen, Sanddünen und schliesslich das Meer. Und die Menschen.

Die Spinne war schon ganz berauscht. Sie dachte nach, damit es sich weiter kräusle, und tatsächlich wirbelte es, festigte sich, schuf, eine nach der anderen, die Himmelsrichtungen und dann zwei Enkelinnen.

Nun kräuselte sich nichts mehr. Doch die Enkelinnen trugen ihr eigenes Starksein mit sich, sie trugen es in Bündeln über der Schulter, und sie sagten zur Spinne: »Du kannst das Denken und Kräuseln getrost uns überlassen.«

Denn auch die Enkelinnen hatten ein Lied im Kopf, ein anderes als das der Spinne, doch auch sie sangen laut, und gleich entstanden Kugeln aus Licht, die in einer Spirale um eine unsichtbare Mitte wirbelten und vorwärts drängten und immer mehr waren und immer weiter geschleudert wurden. Mit dem Licht wuchs die Dunkelheit, und diese Dunkelheit ergriffen die Enkelinnen und kneteten daraus die Planeten.

Die Spinne sah ihnen bei der Arbeit zu und war glücklich. Als die Planeten geschaffen waren, bedeckte sie sie mit ihrem Gesang und besiedelte sie, einige mit Menschen, andere mit gefiederten Gestalten, die wirbelten und kreisten wie die Sterne und auch zu singen begannen. Und zuletzt sangen alle aus vollem Hals durcheinander, es war ein Getöse, und die Spinne stand im Nichts, umgeben von kreisenden blendenden Lichtern und grosser, schwappender Dunkelheit, die beiden Enkelinnen zu ihren Seiten, und sang berauscht und lauschte gleichzeitig dem Getöse.

Das war schön, rief Elisa und klatschte.
Keine Berge, bemerkte Annina.
Egal, sagte Elisa. Morgen.

In einer Regennacht zeichnete Elisa die alte Spinne.

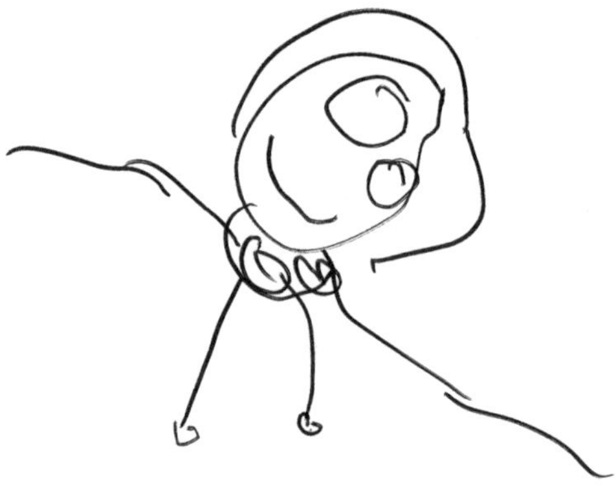

Zweite sternklare Nacht

Am Anfang hing ein Sack im Dunkeln. Er teilte sich, und aus der einen Hälfte kletterte ein Kojote, aus der anderen eine Wildkatze. Gleich begannen beide zu streiten, wer von ihnen der Ältere sei. Als die Wildkatze nicht nachgab, verlegte der Kojote sich aufs Trotzigsein, liess sich zu Boden fallen, strampelte und brüllte.

Die Menschen, die blind im Schlamm gelegen hatten, wurden von seinem Gebrüll geweckt und nahmen an, dass er der Erste sei. Sie stiegen aus dem Schlamm, sangen für ihn, und der Kojote warf der Wildkatze einen spöttischen Blick zu und sagte: »Da siehst du.«

Ich habe heute auch getrotzt, sagte Elisa zu den Sternen,
aber Mama mag das nicht.
Richtig, sagte Annina, und du brauchst gar nicht so
zu grinsen.

In einer Regennacht malte Elisa das Dunkel. Das ist aber ein schönes Dunkel, sagte Annina, ein helles Dunkel. Mama, sagte Elisa und sah sie vorwurfsvoll an, es ist auch nur eine Zeichnung.

Dritte sternklare Nacht

Am Anfang zeugte das Erfinderehepaar einen Sohn, der sein ganzer Stolz war und den es gern in seinen Fussstapfen gesehen hätte. Als es ihn den Göttern vorstellte, platzten die allerdings vor Eifersucht, lockten den Jungen von zuhause weg (sie taten das mit einem Spielzeugspiegel), brieten ihn und assen ihn auf. Das Ehepaar vermisste ihn erst nach einer Weile, und als der Erfinder auf seiner Suche bei den Göttern vorbeikam, fand er von seinem Sohn nur noch Haut und Knochen. Er begann zu toben, hetzte die Götter aus dem Himmel, schleuderte Blitze nach ihnen und jagte sie bis in die Unterwelt. Unterwegs gerieten die überfressenen Götter ins Straucheln und begannen zu fallen, und als sie auf dem Höllenboden aufschlugen, erzitterte das Universum, eine gewaltige Russwolke erhob sich, legte sich über die Erde und schuf die Menschheit.

Elisa schüttelte den Kopf. Gemein sein können sie, sagte sie, aber die Berge bauen tun sie nicht. Morgen die Berge, rief sie den Sternen zu, und wehe, wenn nicht.

In einer Regennacht malte Elisa den Sohn des Erfinderehepaars.

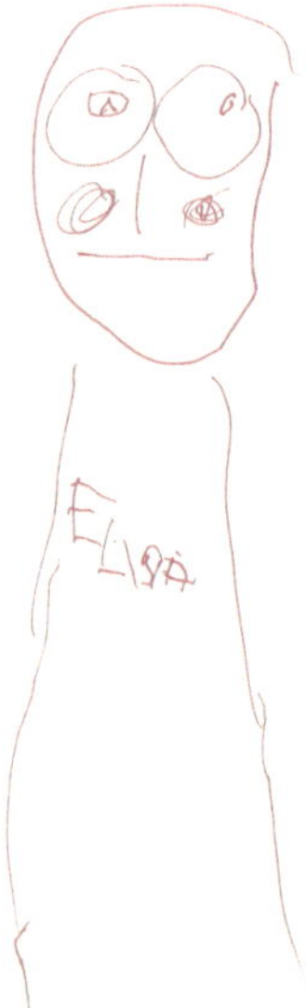

Vierte sternklare Nacht

Am Anfang war der Erfinder allein und befahl sich: »Streng dich etwas an und sei die Welt!« Dann begann er, sich einen Körper aus Fels, Sand und Licht zu schaffen.

Als der Körper geschaffen war, betrachtete er ihn und überlegte, was er falsch gemacht haben könnte. Doch zuletzt seufzte er nur nachsichtig, sagte nicht ohne Zärtlichkeit: »Na, du arme dürftige Schale«, und liess ihn, wie er war.

Daran, dass die Berge ein Versehen sein könnten, hatte ich nicht gedacht, sagte Elisa. Kommst du? Als sie schon fast den Talboden erreicht hatten, wandte sie sich nochmals den Sternen zu und rief, wir kommen morgen wieder.

In einer Wetternacht malte Elisa, wie sich der Erfinder seinen Körper macht.

Fünfte sternklare Nacht

Am Anfang glühte die Erde, die Himmel drehten und schraubten sich und kamen nicht zur Ruhe, die Sonne hörte auf zu scheinen, weil der Mond auch mal wollte, und Nacht und Schlamm fanden zueinander und zeugten erst das Männliche und das Weibliche und danach eine Reihe anderer Dinge.

Aus Nacht und Schlamm geborene Dinge (die Liste):

Der Korallenpolyp und sein Kind, die Koralle
Der Erdwälzerwurm und sein Kind, der Regenwurm
Der Seestern und sein Kind, der kleine Seestern
Der Seeigel und sein Kind, der kurzstachlige Seeigel
Die Mutter der Perle und ihr Kind, die Auster
Die Muschel und ihr Kind, der Einsiedlerkrebs
Das im Meer lebende Seegras und sein Kind, das Landgras
Der Fisch, der Ziegenfisch, der Tümmler, der Stör, der Aal, der Tintenfisch, der Zitterrochen, die junge Barbe und die ausgewachsene Barbe, der Mann des schmalen Stroms und die Frau des breiten Stroms
Ein Mann zur Zeit der schwarzen Dunkelheit
Eine Frau zur Zeit des Tappens in der Dunkelheit
Die Raupe und ihr Kind, die Motte in der Luft
Die Ameise und ihr Kind, die Libelle in der Luft
Der Wurm und sein Kind, der Grashüpfer in der Luft
Der Springwurm und sein Kind, die Fliege in der Luft
Das Ei und sein Kind, der Vogel in der Luft
Die graurückige Wanderseeschwalbe und ihr Kind, der rotschwänzige Tropenvogel
Der Reiher und sein Kind, der Unana
Die hornschnäblige Schildkröte und der Hummer und der torkelnde Gecko und die sich anklammernden Wesen und die Rauhäutigen und die gemütlich Wandernden und die ängstlich Zögernden (die schon zögernd zur Welt kamen) und die grossen Fetten

Die Spitzköpfe, die allesamt Tollpatsche waren
Die Flachköpfe, die die Aufschneider waren
Die Eckköpfe, die die Gelehrten waren
Die Feinhaarigen, die Fremde waren
Die Dunkelköpfigen, die dunkel waren
Die Arbeiter, die arbeiten mussten
Die vorlauten Sänger
Die mürrischen Geizhälse
Die belausten Lausköpfigen
Die Chefs mit roten Gesichtern
Und hin und wieder die hierhin und dahin Versprengten
Die wimmelnden Rattenjungen
Die neben den Wellen herrennenden Meerratten
Die Kinder der davonkriechenden Nacht
Springende Kinder
Winzige Kinder
Der Hund, ein Hundekind in der herankriechenden Nacht, ein dunkelroter Hund, ein bunter Hund, ein räudiger Hund aus dem Räudigengeschlecht, ein Opferhund
Eine Frau, die Umhertappende
Ein Mädchen, die Kurzsichtige
Ein Mädchen, die Schöne, in Blätter Gehüllte
Ein Mädchen, die Nackte (das ist dieselbe)
Die Kriechpflanze (das ist ein Mann)
Der sehnsüchtig erwartete Tag (eine Frau)
Die Mitternacht
Das Licht
Das sich weit Öffnende

Das war alles. Das Licht und das sich weit Öffnende schenkten anschliessend das Leben, und da es Tag geworden war, schwärmten die Menschen aus und belagerten die Erde.

Und was ist mit Annina und ihrem Kind, der Elisa,
rief Elisa den Sternen zu und spielte verärgert.

Wo haben sie nur ihren Kopf, sagte sie, gehen wir.
Dann umklammerte sie Anninas Arm und versuchte sie lachend aufzuziehen.

In einer Wolkennacht fragte Elisa, Mama, wie sehen diese Korallendinger aus? Bunt, sagte Annina, und Elisa malte den Korallenpolypen und sein Kind, die Koralle.

Sechste sternklare Nacht

Am Anfang spazierte der Erfinder unter Palmen und hörte in einer von ihnen ein Quasseln und Schnattern, es waren die ersten Menschen. Er pflückte sie, setzte sie zu Boden und ordnete sie nach Sprachgruppen.

Elisa kicherte. Für den Rest des Abends quasselte sie in den sonderbarsten Sprachen.

In einer Wolkennacht malte Elisa die Palme, aus der die Menschen wachsen.

Siebente sternklare Nacht

Am Anfang schwamm die Erde nackt und unbekümmert im Meer. Allerdings blieb sie wabbelig und sackte bei jeder grösseren Welle in sich zusammen. Dann wurden die ersten Menschen begraben, das füllte die Erde und machte sie straff, und der Erfinder, der sich seit längerem mit dem Gedanken trug, die Welt zu bauen, begann sich für sie zu interessieren. »Ich würde dich gern untersuchen«, sagte er und tastete die Erde recht unverschämt an.

Die Erde genierte sich und liess sich einen Wald wachsen. Doch der Erfinder lachte nur und sagte: »Wunderbar, das macht dich gleich noch interessanter.«

Ist das der Wald, den du auch hast, fragte Elisa und war etwas verärgert, als Annina einfach loslachte.

Achte sternklare Nacht

Am Anfang war alles Gewicht. Alles war massig und schwer und formlos, bleischwerer Klumpen ohne Gestalt. Etwas so ungefähr wie Erde war da und etwas so ungefähr wie Wasser und etwas so ungefähr wie Luft. Doch die Erde war nicht wie die Erde, man fiel durch sie hindurch. Das Wasser war nicht wie das Wasser, es war zu sperrig, man konnte darin nicht schwimmen. Die Luft war nicht wie die Luft, sie war zum Schneiden dick. So war alles falsch und unnütz und eines dem anderen ein Klotz am Bein.

Deshalb wurde auch viel geprügelt. Wärme und Kälte schlugen sich. Helles und Dunkles schlugen sich. Nässe und Dürre schlugen sich, sie schlugen sich am heftigsten. Es war höchste Zeit, dass jemand aufräumte.

Und prompt schnellte der Himmel in die Höhe. Die Luft dehnte und entspannte sich. Die Erde ballte zusammen und wurde fest, und wunderbar flüssiges, weiches Meer umfloss sie.

Danach gab es schon kaum noch etwas zu tun. Die Erde konnte man noch runden, das Meer liess sich etwas weiten. Ausserdem mussten Temperaturen verteilt werden, Klimazonen eingerichtet, Pflanzen gesetzt, zu guter Letzt hiess es Gestirne, Fische, Tiere aussetzen, nicht zu vergessen etwas mit hochklappbarem Kopf, damit ein Wesen da war, das den Prachtshimmel und die entzückenden Sterne bewunderte. Dem hochklappbaren Kopf den Namen Mensch geben, und fertig war die Chose.

Ja, so habe ich schon hundertmal die Welt gemacht,
sagte Elisa. Aber es funktioniert nicht.

Neunte sternklare Nacht

Am Anfang ging alles kaputt. Als der Erfinder endlich wieder Ordnung geschaffen hatte, sah er, dass ihm von der ersten Welt nur Bruchwerk geblieben war. Das einzig Heile war eine Schildkröte.

»Na komm, meine Kleine«, sagte er zu ihr, hob sie hoch und setzte sie ins Wasser. Dann, nachdem sie ein Stück weit geschwommen war, schoss er ihr hinterrücks einen Pfeil in die Seite.

Die Schildkröte spie Feuer, sie blutete und liess Kot. »Das ist schon alles, was ich brauche«, sagte der Erfinder zufrieden. Er sah noch zu, wie sie auf den Rücken kippte, den Schwanz nach Norden gerichtet, und starb. Dann baute er auf ihrem Bauchpanzer die neue Erde.

Brutales Schwein, sagte Annina.
Mama, schimpfte Elisa.
Ich weiss, das sagt man nicht. Aber ist doch wahr.
Wobei, sagte Elisa und fühlte plötzlich Tränen, wenn er sie nicht getötet hätte, dann wären wir jetzt vielleicht doch gar nicht da.

In einer Regennacht malte Elisa die Schildkrötenerde.

Zehnte sternklare Nacht

Am Anfang lebte die Tochter des Erfinders ganz allein auf der Erde, sah entzückend aus und spielte mit den Blumen und Bäumen, als sei sie der Wind. Sie hatte die Stimme eines Vögelchens, und fünf grosse schwarze Vögel, die der Erfinder gesandt hatte, kreisten auch über der Erde und schenkten seiner Tochter Licht.

»Oh, was für hübsche Adler!«, rief die Tochter. »Kommt her, ich will euch ein paar Federn ausreissen und mir einen Haarreif basteln!«

Sie versuchte sie zu fangen, doch die Vögel flogen unberührt in grosser Höhe, einmal hier und einmal da, und wollten sich nicht setzen. Die Tochter des Erfinders rannte ihnen einen ganzen Nachmittag lang hinterher, erst fröhlich, dann immer verzweifelter, sie konnte sie nicht einholen und weinte verschiedene Seen ins Gebirge.

»Papa, hilf mir doch!«, bat sie. Doch der Wind verwehte ihr Bitten.

Dann schwand das Licht, die Nacht kam, die Vögel wurden weiss und umkreisten geduldig den Mond, der die Mutter des Mädchens war. Und wie die weissen Vögel den Mond umkreisten, das war so wunderschön anzusehen, dass das Mädchen plötzlich wieder sehr glücklich wurde und in seiner Freude zu singen begann. Die Vögel hörten den Gesang, sie verliessen den Mond, flogen zur Erde herab und setzten sich auf fünf Bergspitzen.

Kaum hatten die Vögel sich gesetzt und neigten lauschend ihre Köpfe, hörte das Mädchen auf zu singen. Es rannte den Berg empor. »Jetzt kriege ich euch«, keuchte es, es erreichte atemlos und mit glühenden Backen den Gipfel. Doch als es die Vögel berührte, schoss es ihm eiskalt durch die Hand, denn die Vögel sassen knochenhart gefroren auf ihrem Stein.

Das Mädchen schrie auf. Zu Tode erschreckt und voller Angst rannte es talwärts, und hinter ihr erhob sich ein Sturm, tobte um die gefrorenen Vögel, zerrte an ihnen und hörte nicht mehr auf.

Man soll keinem Vogel die Federn ausrupfen, sagte Elisa, das ist, wie wenn man ein kleines Mädchen an den Haaren zieht. Das tut dem weh.
Woher weisst du das, fragte Annina, von der Krippe?
Doch Elisa war plötzlich rot geworden und wollte nichts mehr sagen.

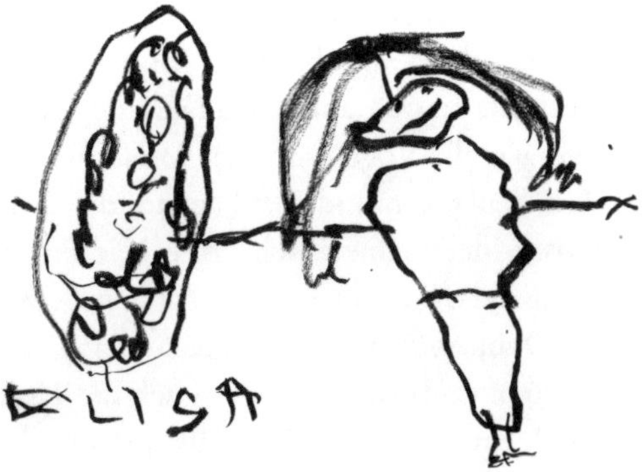

In einer Gewitternacht malte Elisa die Tochter des Erfinders. Sie lernt gerade seilhüpfen und gleichzeitig ihr Schirmchen öffnen, sagte sie.

Elfte sternklare Nacht

Am Anfang war es nass und zappenduster. Der Erfinder sass im Wasser und litt unter Einsamkeit, und er hatte Bauchweh. Es reizte ihn zu brechen, und schliesslich kam tatsächlich etwas in ihm hoch, er reckte sich und spuckte kräftig aus, gleich darauf sah er, dass er die Sonne gespuckt hatte. Sie begann sofort zu scheinen, wärmte das Wasser und liess es in Dampf aufgehen, und bald zeigten sich dunkle Riffe, Sandbänke und schliesslich die schwarzen Ränder der Erde. Aber nach wie vor war alles tot.

Doch der Erfinder krümmte sich weiter und würgte den Mond hoch, danach die Sterne, und endlich erbrach er hintereinander weg einen Leoparden, einen Adler, ein Krokodil, einen kleinen Fisch ohne Namen, eine Schildkröte, den Blitz, einen weissen Reiher, einen Käfer und eine Ziege.

Dann schien der Brechreiz vorüber, er atmete tief durch und lehnte sich seufzend zurück. Doch bald schon begann es ihn von neuem zu würgen, sein Magen krampfte sich zusammen, und er erbrach einen grossen Schwall dunkelfarbiger Menschen. (Nur einer war fast so bleich wie der Erfinder selbst.)

Mittlerweile hatten auch die Tiere zu würgen begonnen. Der Reiher erbrach alle Vögel, nur den Milan liess er aus. Das Krokodil erbrach die Schlangen und den Leguan, die Ziege erbrach alles, was Hörner trug, der kleine Fisch ohne Namen erbrach alle übrigen Fische und der Käfer erbrach die Fliegen, Spinnen, Falter und Würmer. Dann würgten auch die Schlangen und erbrachen die Heuschrecken, und der Leguan erbrach die Tiere ohne Hörner.

Plötzlich tauchten aus dem allgemeinen Durcheinander drei Männer auf. Sie behaupteten, sie seien die Söhne des Erfinders, würgten auch und verkündeten, während sie sich in Krämpfen wanden, sie hätten die Absicht, die Welt zu vollenden. Der erste öffnete den Mund und erbrach die Ameisen, doch stellte sich heraus, dass er seiner Aufgabe nicht gewachsen war, er erstickte an den erbrochenen Ameisen und wurde von ihnen begraben. Der zweite kündigte an, etwas ganz Besonderes schaffen zu wollen, erbrach aber bei aller Anstrengung nur einen Milan. Der dritte dagegen erbrach ohne grössere Schwierigkeiten eine bezaubernde Pflanze, die ihrerseits sofort begann, die Gräser, Bäume und Blumen zu erbrechen.

Während die drei Männer sich noch in Krämpfen wanden, begann der Blitz sich zu langweilen und wurde rotzfrech, er tobte, lärmte und riss alles um, der Erfinder musste ihn in den Himmel schicken. Das wieder war den Menschen nicht recht. »Wo sollen wir jetzt das Feuer für unsere Suppe hernehmen«, nörgelten sie.

Doch der Erfinder blieb gelassen und bewies ihnen, dass sie in der Lage waren, selber Feuer herzustellen.

> *Mama, sagte Elisa und war blass geworden, wenn ich erbreche, sind da auch Krokodile drin?*
> *Aber nein, sagte Annina. Sie wollte sie beruhigend in die Arme nehmen, aber Elisa war schon zufrieden und rannte fröhlich würgend dem Dorf zu.*

In einer Wolkennacht sagte Elisa, ich habe einen Stein gemalt, der auch erbricht. Wobei eigentlich rülpst er nur.

Zwölfte sternklare Nacht

Am Anfang warf der Erfinder mit aller Wucht eine Ladung Feuer ins Meer und brannte ein Stück Wasser aus. Das Wasser wurde hart, der Erfinder nahm seine zwölfsaitige Laute und stieg hinunter. Er wollte gerade mit der Schöpfung beginnen, da tippte ihn der andere von hinten an und sagte: »Hier erschaffe übrigens ich die Welt.«

»Das tust du nicht«, sagte der Erfinder und funkelte ihn an.

»Und ob«, sagte der andere gelassen, nahm dem Erfinder die Laute aus der Hand und zerquetschte sie.

Der Erfinder wurde traurig. »Das sind doch keine Methoden«, sagte er. »Mache lieber aus Wasser eine Fichte. Wenn dir das gelingt, erschaffe meinetwegen auch das Übrige.«

»Eine Fichte?«, fragte der andere. Er kniff die Augen zusammen und konzentrierte sich. »Das kriege ich hin«, murmelte er, »eine Fichte.« Und nachdem er sich eine ganze Weile konzentriert hatte, begann das Wasser sich zu bündeln, stieg auf, breitete sich fächerförmig aus und verästelte sich –

»Es wackelt nur ziemlich«, sagte der Erfinder.

Tatsächlich schwankte das Gebilde gefährlich und wollte sich nicht verfestigen. Für einen Moment sahen sie beide gebannt zu, wie die Wassersäule zitterte und bebte. Dann, noch bevor sie in sich zusammenstürzte, rief der andere wütend: »Mach du doch deine Scheisswelt selber!«, wandte sich ab und stampfte schimpfend davon.

Mach du doch deine Scheisswelt selber, schimpfte Elisa und stampfte davon.
Du weisst, dass man das in Wirklichkeit nicht sagt, ja, sagte Annina, die neben ihr ging, und nahm sie bei der Hand.
Mach doch du deine Scheisswelt selber, sagte Elisa wieder und lachte.

Dreizehnte sternklare Nacht

Am Anfang bekam der Erfinder Lust, aus sich heraus etwas zu schaffen. Er dachte sich das Wasser und onanierte hinein. Wo sein Samen hingefallen war, lag nun ein golden strahlendes Ei im Wasser, und in dem Ei lag wieder der Erfinder. Ein Jahr lag er da und trödelte herum, dann hatte er ausgetrödelt und dachte sich das Ei geteilt. Er erhob sich, sah sich an, was von dem Ei übrig geblieben war, und baute daraus den Himmel, die Erde, den Zwischenraum, die Himmelsrichtungen und ein Zuhause für das Wasser.

Was ist onanieren, fragte Elisa.
An sich herumspielen, sagte Annina.
Ach so, sagte Elisa. Was ist Samen?
Eine Art kleines Ei, sagte Annina.
Natürlich, sagte Elisa und klopfte sich an die Stirn,
bin ich dumm.

Vierzehnte sternklare Nacht

Am Anfang wanderte der Erfinder der Sonne entgegen. Er war müde und trug schwer an seinem Penis, der so lang war, dass er ihn über die Schulter gelegt hatte. Irgendwann kreuzte die hochschwangere Erfinderin seinen Weg.

»Wohin willst du?«, fragte sie.

Erschöpft liess der Erfinder sich auf einen Felsen fallen und sagte: »Ich gehe der Sonne entgegen. Mein Penis ist mir zu schwer.«

»Wieso gehst du nicht im Wasser wie die Nilpferde?«, fragte die Erfinderin.

Doch der Erfinder schüttelte schwach den Kopf. »Alles schon versucht«, sagte er. »Zu anstrengend.«

»Dann komm mit mir, das bringt dich auf andere Gedanken«, schlug die Erfinderin vor.

Der Erfinder war nicht abgeneigt, doch er war nur schon zu müde, wieder aufzustehen.

»Ja dann«, sagte die Erfinderin, sie nickte ihm zu und setzte ihren Weg fort. Sie kam allerdings nicht weit, denn die Wehen setzten ein, und sie gebar zwei Geisterchen. Nachdem sie sie behutsam ins Gras gesetzt hatte, erfand sie ihnen etwas zu essen und eine Sprache und ging weiter. Sie hinterliess auf ihrem Weg noch neun kleine Geisterpaare, die sich selbständig entwickelten und zu Stämmen heranwuchsen.

Ja, sagte Elisa strahlend, so war es.
Tut dir denn der Erfinder nicht leid, fragte Annina.
Wieso, er war doch alt, sagte Elisa. Und die Geisterchen sind sooo herzig!

Fünfzehnte sternklare Nacht

Am Anfang wohnte der Erfinder im Wind. Meistens war er allein, manchmal ruhte eine Eule in seiner Nähe aus und leistete ihm Gesellschaft. Es war Winter, und es war dunkel, nur der Erfinder leuchtete schwach aus sich selbst.

Eines Tages sagte er sich: »Du solltest mehr sein als nur ein Leuchten. Ein Körper stünde dir nicht schlecht.« Und er ballte etwas Nebel zusammen und schuf daraus sich selbst. Als erstes formte er sich zierliche Fusssohlen, danach einen schmalen, runden Po, ein filigran ziseliertes Ohr, göttliche Handballen und Finger wie blühende Kirschzweige. Schliesslich, zur Feier seiner selbst, setzte er sich einen Schmuck aus Federn, Blumen und Tautropfen auf, liess einen Kolibri daraus hervorflattern und erklärte ihm mit gekräuselten Lippen: »Du wirst mich von nun an füttern.«

Dann faulenzte er und genoss seine Schönheit. Währenddessen wurde es Frühling. »Wenn du dir schon einen Körper geschaffen hast«, sagte er sich, »könntest du ihm auch einen Ort geben.« Sogleich erfand er Raum und Zeit und war begeistert, wie gut sie gelangen. In seinem Übermut schlug er aus einem kleinen Teil seiner Göttlichkeit Funken, entfachte ein Feuer und formte daraus die Sprache und die Liebe (stellte aber nur ein kleines Päckchen davon her, das er sorgfältig verschnürte, während er versonnen vor sich hinsang).

Nun wünschte er sich jemand, dem er seine Werke vorführen könnte, formte die Sonne und eine Reihe eigenartiger Geschöpfe, die er die Wortmütter und die Seelenväter nannte. »Und, bewundert ihr mich?«, rief er ihnen stolz zu.

»Meinetwegen bewundern wir dich auch«, sagten die Geschöpfe. »Wenn es sein muss.«

»Bemüht euch nicht«, sagte der Erfinder verärgert, »ich schaffe mir ein anderes Publikum.« Dann knetete er die Erde, die gleich aufgeregt kicherte, steckte ihr eine Palme in die Mitte und hängte sieben Paradiese daran. »Noch etwas Glitter«, entschied er und pustete die Sterne über die sieben Paradiese.

Danach erst bemerkte er, wie müde er war, und beschloss, sich in den Himmel zurückzuziehen. Zuvor hatte er die Tiere zusammengerufen und die Heuschrecke zu seiner Stellvertreterin ernannt. »Bilde dir nichts darauf ein«, hatte er zu ihr gesagt, »im Grunde bist du nur die Spiegelung der wahren Heuschrecke, die mit mir im Himmel lebt. Ihr alle seid nur Spiegelungen.« Obwohl sie nur eine Spiegelung war, liess gleich darauf die Schlange den ersten Dreck fallen. Die Heuschrecke litt ein erstes Mal und klagte, der Fasan sang das erste Loblied auf die Wiese, und das Gürteltier wühlte erstmals die Erde auf.

Der Erfinder sah ihnen von der Himmelspforte aus zu. »Doch«, sagte er schliesslich, »ich habe den Eindruck, sie nehmen die Sache ernst und arbeiten tüchtig.« Er trat in den Himmel ein und zog die Tür hinter sich ins Schloss.

Er sah nicht mehr, dass die Tiere nur auf diesen Moment gewartet hatten. Sie hauten gleich die ganze Welt zu Klump und bauten sich ihre eigene.

Mama, sagte Elisa, der Erfinder kommt mir vor wie Papa.
Ausser dass Papa die Welt gleich selber zu Klump haut, sagte Annina.
Elisa kicherte, und Annina sagte, brauchst gar nicht zu kichern.
Du kicherst ja selber, sagte Elisa.
Nicht wirklich, sagte Annina und sah plötzlich traurig aus.

In einer Wetternacht malte Elisa den schönen Erfinder als parfümierten Löwen.

Sechzehnte sternklare Nacht

Am Anfang regierten die Erdherren Pflanzen und Steine. Doch dann kamen die Menschen. Sie brachten die Erde in ihre Gewalt, und die Erdherren waren verwirrt und wütend.

Die Menschen begannen Stein zu brechen und Burgen zu bauen, darüber geriet der Herr der absichtslosen Steine in Wut. Sie begannen, mit Äxten Bäume zu fällen und Häuser zu bauen, da geriet der Herr des Wildwuchses in Wut. Sie nahmen Sicheln, schnitten Gras, dann deckten sie ihre Hütten damit, darüber geriet der Herr der Magerwiesen in Wut. Sie nahmen Spaten, brachen die Erde auf und schütteten Wälle auf, darüber geriet der Erdartenbeherrscher in Wut. Sie schoren das schwarze Yak, verwoben die Wolle zu Zelten, und die Torwächter gerieten gleich zu viert in Wut. Sie schöpften Teiche aus, die Erdherren gerieten in helle Aufregung. Sie legten Friedhöfe an und verursachten damit erst Verwirrung, dann Wut. Sie verbrannten ihre Leichname und schufen Aufregung. Sie versengten Wolle am Herd, damit bescherten sie den Erdherren aber tüchtige Aufregung.

Liste der Dinge, die die Erdherren in Aufregung versetzen:

Aufhören, kicherte Elisa, bitte aufhören.
Die Sterne zwinkerten noch einmal frech, dann hörten sie auf, und die Nacht wurde ruhig.

Siebzehnte sternklare Nacht

Am Anfang war der goldene Embryo, der aus dem Wasser stieg und sich Himmel und Erde baute. Dann umarmte er die Erde heftig, bewunderte die schneebedeckten Berge und sagte bewegt: »Stellt euch vor, und euch regiere ich jetzt.«

Dann fiel sein Blick ins Wasser.

Das Wasser sagte: »Was ist jetzt da hineingefallen?«

»Mein Blick«, sagte der Embryo. »War das ungeschickt?«

»Ach was«, sagte das Wasser. »Du hast nur gerade dich selbst gezeugt.«

»Na, irgendwer musste mich ja auch zeugen«, sagte der Embryo.

Annina lachte.

Elisa sagte, hä, ich komme nicht draus.

Ein Embryo ist ein ganz kleines Baby, erklärte Annina.

Jöö, rief Elisa. Ich komme aber immer noch nicht draus.

In einer Regennacht malte Elisa, wie dem Embryo der Blick ins Wasser fällt.

Achtzehnte sternklare Nacht

Am Anfang lag ein Stein auf einer Insel, genau in der Mitte der Welt. Eines Tages brach er auseinander, und zwölf Brüder krochen ans Licht. Elf setzten sich, ruhten aus und riefen: »Ah, ist das eine gute Luft hier!«

Dann sahen sie, dass der zwölfte bereits begonnen hatte, Tiere und Pflanzen und Steine zu bauen. »Oh, ein Erfinder«, sagte einer der anderen und hielt ihm ein Stück Holz vom Drachenbaum hin. »Hier, kannst du auch daraus etwas machen?«

»Sicher«, sagte der Erfinder, »hieraus erfinde ich die Menschen.«

Er zerteilte gleich sorgfältig das Holz, schnitzte einen Rumpf, dann allerhand einzelne Glieder, legte sie sich zurecht und passte eines nach dem anderen in den Rumpf ein. Nachdem er so sechs Menschen gebaut hatte, stellte er sie auf, tanzte und sang vor ihnen, die Menschen wurden neugierig, machten es ihm nach, und der Erfinder setzte sich wieder, sah ihnen zu und erklärte: »Jetzt seid ihr lebendig.«

»Das will ich auch können«, sagte einer der Brüder. Er schnitzte Menschen, baute sie zusammen, trommelte und sang für sie, und tatsächlich brachte er sie dazu zu leben. Nur verscharrte er sie, da er nicht der Hellste war, lebend in einer Grube, vergass sie, und als er nach einer Woche wieder mit ihnen spielen wollte, waren sie verwest und stanken. »Aber was ist denn mit euch passiert?«, fragte er verwundert und gab ihnen ein paar Klapse.

»Du hast gerade den Tod erfunden«, sagte der Erfinder und konzentrierte sich wieder auf seine Arbeit, denn er hatte gerade das Schwein erfunden und versuchte, ihm das Gehen auf zwei Beinen beizubringen.

Sein Bruder lachte etwas neidisch und sagte: »Es sieht aus wie meine vergammelten Menschen.«

»Findest du?«, sagte der Erfinder betreten. Dann schnitt er dem Schwein die Beine kurz, kippte es und liess es auf allen vieren gehen. Und weil seine Brüder ihn schon seit längerem löcherten, die Sonne blende und lasse sie nicht schlafen, fesselte er dem Schwein schliesslich die Vorderbeine, lud es auf ein Boot und ruderte auf eine entfernte Insel, auf der es, so ging das Gerücht, Nacht zu kaufen gab.

Vielleicht tauschte er das Schwein gegen die Nacht ein. Vielleicht war es aber auch so, dass er bis an den Rand des Himmels ruderte, ohne eine Insel zu finden, am Rand des Himmels erwartete ihn dafür die Nacht höchstpersönlich, strich ihm die Augenbrauen schwarz, legte ihm die Hand auf die Augen und brachte ihm das Schlafen bei. Nur wo liess er dann das Schwein?

Fest steht jedenfalls, dass der Erfinder bei seiner Rückkehr nicht nur die Nacht mitbrachte, sondern auch ein Bündel Hähne, die krähen sollten, wenn es Zeit war, wieder Tag zu werden. Dennoch schrieen die Brüder verängstigt los, als er es das erste Mal Nacht werden liess, und riefen: »Wenn die Sonne nun nicht wiederkommt?«

»Sie kommt schon wieder«, beruhigte sie der Erfinder und brachte ihnen bei zu schlafen.

Die Brüder legten sich hin und wurden müde, doch das erschreckte sie noch mehr, wieder schrieen sie und riefen: »Wir sterben, wir sterben!«

»Beruhigt euch, das ist nur der Schlaf«, sagte der Erfinder, dabei hatte er auch etwas Angst. Dann schlief er aber ein, und bald darauf weckten ihn die Hähne, er stand auf und schnitt ein Loch in die Nacht. Die Sonne schien wieder auf die Erde, die Tiere und die Menschen wachten auf, sie putzten sich die Zähne und gingen an die Arbeit.

Aber am Abend haben sie sich die Zähne nicht geputzt, stellte Elisa fest. Diese Ferkel.

Neunzehnte sternklare Nacht

Am Anfang strichen zwei Tauben über die Wellen, sie flogen auf und ab und wurden immer müder und fanden nichts, worauf sie sich hätten setzen können.

Dann sahen sie in der Ferne einen Grashalm. Als sie näher flogen, sahen sie unter dem Grashalm einen Hügel und noch etwas später in dem Hügel ein Haus. In dem Haus wohnte der Erfinder.

Er hatte sich vor vielen Jahren selbst zum Meister des Atems ernannt, seither knetete er hartnäckig und unbeirrbar Menschen aus Lehm. Die fertigen Menschen liess er in der Sonne trocknen, aber sie trockneten langsam, der Hügel war längst zu klein. So war er schon in jungen Jahren auf die Idee gekommen, eine Mauer zu bauen, die hoch aus dem Meer aufragte. Die Menschen lagen darauf in langen Reihen und sonnten sich.

Ich weiss, wo das ist, rief Elisa aufgeregt, das ist der Malecón in Havanna.
Gut möglich, sagte Annina.
Nicht möglich, sagte Elisa, bestimmt. Ich muss das wissen, ich war nämlich schon da.
Ich auch, Mimita, sagte Annina.
Aber mein Papa ist Kubaner und deiner nicht, rief Elisa wütend.

Zwanzigste sternklare Nacht

Am Anfang schuf der Erfinder sich einen Neffen und sagte zu ihm: »Ich habe einen Plan, ich will nämlich die Welt erfinden. Und du sollst mir dabei helfen.«

»Ich tue, was ich kann«, antwortete der Neffe. Er sammelte alle feste Materie ein und baute daraus gleich neun verschiedene Welten.

»Eine für dich, eine für mich, sieben für das Leben«, erklärte er, und der Erfinder sagte: »Jetzt giesse sie aber auch und wickle sie schön gleichmässig in Luft ein. Dann geh hin und mache Leben.«

Der Neffe goss die Welten und hüllte sie in Luft, dann betrat er die erste Erde und schuf etwas, das er Frau Spinne nannte und das ihn etwas ratlos fragte: »Wozu bin ich denn hier?«

»Du sollst mir das Leben schaffen«, sagte der Neffe.

»Gern«, sagte Frau Spinne. Sie spuckte auf ein Klümpchen Erde, knetete daraus Zwillinge und sang ihnen ein Liedchen. Daraufhin setzten die Zwillinge sich auf und sahen sich um, dann fragten sie etwas ratlos: »Wozu sind wir eigentlich hier?«

»Du«, sagte der Neffe zum ersten, »bist die Schwerkraft, du sollst die Erde ordnen. Leg deine Hände auf die Erde und lass sie da, bis sie fest ist. Danach gehst du ein Stückchen weiter, hältst wieder deine Hände auf die Erde und so weiter. Mach auch gleich die Hügel und Berge.«

Der Zwilling hielt seine Hände auf die Erde, presste und schwitzte vor Eifer. »Du«, sagte der Neffe währenddessen zum zweiten, »bist das Echo. Deine Aufgabe ist es, alles in Schwingung zu versetzen und die Erde ein Lied zu lehren, in dem sie den Erfinder lobt.«

»Wer ist der Erfinder?«, fragte das Echo.

»Das brauchst du nicht zu wissen«, sagte der Neffe. »Du würdest es sowieso nicht begreifen.«

Das Echo fragte nicht weiter, sondern tat seine Arbeit wie auch die Schwerkraft. Als sie fertig waren, ernannte der Neffe die Schwerkraft zum Nordpol und das Echo zum Südpol. Frau Spinne hatte währenddessen Pflanzen und Tiere geknetet, und der Neffe sah sich die Welt an, war begeistert und rief den Erfinder.

»Sehr schön«, sagte der Erfinder. »Frau Spinne, Sie könnten jetzt bitte die Menschen machen, und zwar gelbe, rote, schwarze und weisse.« Danach ging er wieder.

Frau Spinne schuf die Menschen, und der Neffe brachte ihnen das Sprechen bei. Sie waren eine gesellige Runde, bis ein geschwätziger Vogel und eine grüne Schlange auftauchten. Der Vogel spottete über das unterschiedliche Aussehen der Menschen und brachte sie dazu, sich über einander lustig zu machen. Die Schlange schmeichelte währenddessen jedem Einzelnen, machte ihn eitel und liess ihn glauben, er sei etwas Besonderes. Es dauerte keinen Tag, da giftelten die Menschen, sie weigerten sich, eine gemeinsame Sprache zu sprechen, und begannen sich zu prügeln.

Der Neffe wusste sich nicht helfen. Er fragte den Erfinder um Rat, und der sagte: »Sortier sie aus.«

»Hört her«, wandte der Neffe sich an die Menschen, »ich bringe euch jetzt zu den Ameisen. Packt bitte eure Sachen und kommt.«

Nicht alle packten ihre Sachen, viele erinnerten sich gar nicht mehr an ihn. Die Willigen aber begleitete er zu den Ameisen, die sie als Gäste in ihren Bau einluden und ihnen die schönsten Räume überliessen. Als sie hinabgestiegen waren, schickte der Neffe ein tosendes Feuer und verbrannte die Erde.

»Schön«, sagte der Erfinder, »jetzt warten wir ab, bis alles abgekühlt ist. Dann giesst du die Erde wieder etwas, und wir fangen von vorn an.«

Doch bis alles abgekühlt war, dauerte es. Die Vorräte der Menschen gingen zur Neige, und sie mussten sich von den Ameisen durchfüttern lassen. Die Ameisen selbst wurden dünn und dünner und brachen beinah in der Mitte durch, als endlich der Neffe die Menschen herauf ans Licht rief und ihnen eine zweite Welt zeigte, die so schön war wie die erste.

Die Menschen nahmen sie gleich fröhlich in Besitz, sie bauten Häuser, schreinerten Möbel und töpferten Töpfe. Doch je besser sie lebten, desto schlechter verstanden sie sich mit den Bäumen und Tieren.

»Sortieren?«, fragte der Neffe den Erfinder seufzend, nachdem er eine Weile zugesehen hatte, wie die Menschen die Wälder rodeten und Tiere töteten. Der Erfinder nickte.

So geschah es noch ein paarmal. Die Ameisen wurden immer magerer und die Menschen nicht besser.

Das war jetzt aber eine lange Geschichte, sagte Elisa, als Annina sie hochhob.
Schlaf weiter, Spätzchen, sagte Annina.
Ich habe nicht geschlafen, sagte Elisa. Wie geht denn jetzt aber das Lied, das der Neffe der Erde beigebracht hat?

In einer Regennacht malte Elisa, wie die Menschen zu Frau Spinne gehen. Das sind der Papa und die Mama, erklärte sie, und das Mädchen hat einen Vogel, und der Vogel hat Räder an seinem Häuschen, die hat das Mädchen selber angemacht.

Einundzwanzigste sternklare Nacht

Am Anfang onanierte der Erfinder, ergoss sich in seine Faust und führte sie in sich ein. Ein andermal wickelte er sich um den Penis und ergoss sich wieder, ein drittes Mal begattete er seinen Schatten. All das führte aber zu nichts, er blieb ohne Kinder und war ratlos.

Schliesslich liess er sich von einer Wolke befächeln und regnete sich aus, und endlich geschah etwas: Gerste trieb aus der Erde und wuchs ihm in den Mund, und er gebar einen Windknaben und wenig später ein Regenmädchen.

Ich bin das Regenmädchen, rief Elisa. Und du bist der Windknabe. Sie kicherte, dass die Sterne wackelten.

Zweiundzwanzigste sternklare Nacht

Am Anfang kam eine Schlange und baute aus Sand, Stein und Dreck die Erde. Dann kam ein Jaguar. Er sagte: »So bleibt das eine Trockenübung«, und schenkte der Schlange Wasser. Und dann kam die Frau.

»Ich will schwanger werden«, sagte sie, »glaubt ihr, der Daumen ist ein guter Ort dafür?«

Doch die Schlange warnte. »Aus dem Daumen spriessen sie dir gleich in Scharen«, sagte sie, »ich empfehle dir den Bauch, da kommen sie schön eines nach dem anderen.«

Eine der Töchter, die die Frau gebar, hatte bald selber einen Sohn, ausserdem hatte sie Feuer in der Brust. Der Sohn wollte mit dem Feuer spielen und quengelte pausenlos, bis seine Grossmutter stöhnte: »Meine Güte, nun gib es ihm doch!«

»Wehe, du gibst es weiter«, sagte die Tochter, als sie ihrem Sohn das Feuer gab. Doch der dachte bei sich: »Weggeworfen ist nicht weitergegeben.« Er warf lebende Fische ins Feuer, die in der Glut zappelten und sie über die ganze Erde verspritzten. Die Menschen schnappten sie sich, und jetzt war an seiner Mutter nichts Besonderes mehr. Das enttäuschte sie ziemlich.

Zu jener Zeit lebte in derselben Stadt auch Herr Sonne mit seinen Kindern, den Sternen. Er fuhr täglich mit dem Boot in den Himmel hinaus. Frau Mond, seine Schwester, fuhr das Boot abends. Es geht das Gerücht, dass Sonne mit der Grossmutter aller Menschen ein Verhältnis hatte, aber sicher ist nur, dass sie in derselben Stadt lebten.

Ich glaube, heute waren die Sterne etwas betrunken, sagte Elisa. Soll ich dir vormachen, wie die Betrunkenen laufen? Hast du das von den Buben im Hort, fragte Annina und weigerte sich, ihre Tochter witzig zu finden.

In einer Nebelnacht malte Elisa den Sonnemann mit seinen Kindern, die alle Sternchen heissen.

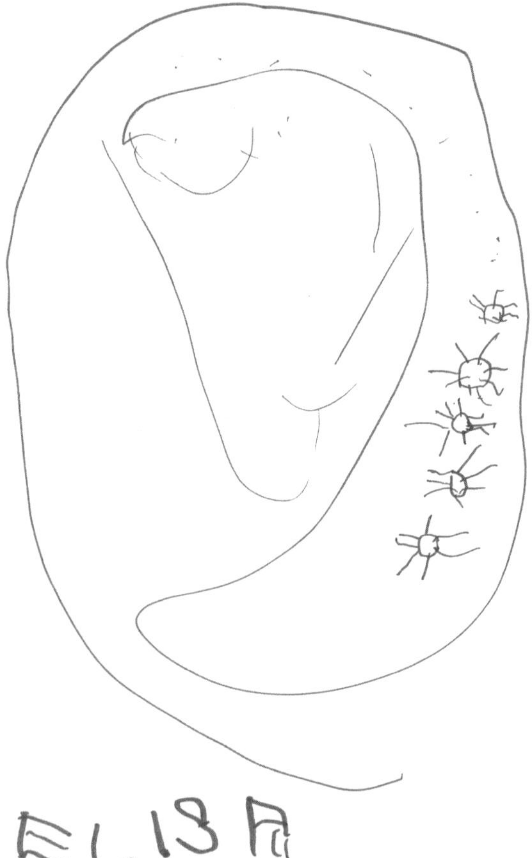

Dreiundzwanzigste sternklare Nacht

Am Anfang lebte der Erfinder mit seiner Frau und einigen Beratern auf der Erde und bastelte Tiere.

Eines seiner Geschöpfe, eine Art Mann, war anders als die anderen. Erst machte es dem Erfinder alles nach. Wenn der Erfinder schnitzte, schnitzte auch der andere, wenn der Erfinder schmiedete, begann auch der andere zu schmieden. Dann, eines Tages, tat der andere etwas, das selbst der Erfinder noch nie getan hatte: Er schmiedete einen Speer und begann, Tiere zu töten.

Der Erfinder fiel ihm in den Arm. »Lass den Unsinn, das sind deine Geschwister«, sagte er und versuchte den anderen wegzujagen. Aber es wollte ihm nicht gelingen, der andere lachte nur und tötete weiter Tiere.

Der Erfinder wusste sich nicht zu helfen. Er zäunte ein Stück Land ein und sagte: »Versuch doch lieber, das fachgerecht zu bebauen.«

»Meinetwegen«, sagte der andere und bebaute sein Land. Aber sobald ein Tier sich über das Gatter verlief, erstach er es, und bald tötete er auch wieder Tiere ausserhalb des Gatters. Schliesslich liess er auch den Hund des Erfinders krepieren, dann zerbrach er ihm einen Krug, und schliesslich tötete er sein Kind.

Der Erfinder tobte auf seine liebenswürdige, bescheidene Art. Er ging zum anderen und zwang ihn, sich mit ihm an einen Tisch zu setzen. »Nenn mir ein Mittel, mit dem ich meine Sachen wieder heil machen kann«, forderte er.

»Ich habe kein solches Mittel«, sagte der andere, »kaputt ist kaputt.«

»Das ist schlimm«, sagte der Erfinder. Er stand auf und kehrte nach Hause zurück. Dort besprach er sich mit seinen Beratern.

»Flucht«, sagten die Berater, nachdem sie die Geschichte gehört und sich beraten hatten. »Wir sehen keine andere Möglichkeit als die Flucht.«

Und so verzog sich der Erfinder in tiefer, stockdunkler Nacht auf eine entlegene Insel. Der andere zimmerte ein Boot und folgte ihm.

Der Erfinder sah ihn kommen, schuf seufzend einen Berg und floh auf den Gipfel. Der andere stöberte ihn auf.

Die Berater sagten zum Erfinder: »Jetzt hängt dein Leben von der Spinne ab.« Er bat die Spinne, ihm zu helfen, und die Spinne richtete ihm im Himmel eine Wohnung ein, spann einen Faden zur Erde hinab und liess den Erfinder emporklettern.

»Zu freundlich«, sagte der Erfinder. Dann riss er ihr die Augen aus und stiess sie aus dem Himmel, so hatten es ihm seine Berater empfohlen.

Danach konnte er es sich endlich bequem machen. Er sass am Himmelsrand und sah zu, wie der andere versuchte, einen Turm zu bauen, der bis zu ihm hinauf reichte. Der Turm stürzte unter seinem Gewicht zusammen.

Um den anderen zu ärgern, verwandelte sich der Erfinder in die Sonne und begann, über den Himmel zu spazieren. Die Menschen auf der Erde freuten sich und winkten, der andere stand daneben und musste zusehen, wie sie ihn feierten.

Mama, fragte Elisa, wieso hat er der Spinne die Augen ausgerissen?
Damit sie niemandem den Weg zeigen kann, sagte Annina.
Er hätte ihr auch die Beine ausreissen können, stellte Elisa fest. Dann hätte sie ihn auch nicht zeigen können.

In einer Regennacht malte Elisa, wie der andere den Erfinder verfolgt.

Vierundzwanzigste sternklare Nacht

Am Anfang war die Erdgöttin, die, angestachelt von den anderen, einen Gott erschlug. Sie verrührte sein Blut mit Lehm, knetete daraus einen Menschen und gebar ihn, damit er das Leid der Schöpfung trage. Doch kaum war der Mensch auf der Welt, lachte er glücklich, kauerte nieder, als wolle er ebenfalls gebären, öffnete den Leib, warf etwas aus und liess ein Gebet hören.

Pfui, rief Elisa den Sternen zu, ihr seid Ferkel.

Fünfundzwanzigste sternklare Nacht

Am Anfang nahm der Erfinder ein Häufchen Erde, er knetete eine Frau und einen Mann und verheiratete die beiden. Doch die Frau hatte sich vom Leben mehr erhofft. Sie breitete die Arme aus, erhob sich in die Luft und flog ans Meer.

Der Erfinder schickte ihr drei Engel nach, um sie zu verhaften. Doch die Frau sagte nur: »Ich gehe nicht zurück«, und als die Engel sie wegtragen wollten, zappelte sie und sperrte sich und nannte ihren Mann ein Weichei.

Die Engel zerrten sie ins Wasser, drückten ihren Kopf nieder und versuchten sie zu ertränken. Doch die Frau war nicht so leicht zu töten, und irgendwann befahl der Erfinder, sie in Ruhe zu lassen.

»Was willst du eigentlich?«, fragte er die Frau. »Soll ich dir einen anderen Mann geben? Dann müsstet ihr aber in der Unterwelt leben, hier oben hast du dich unmöglich gemacht.«

»Mir ist alles recht«, sagte die Frau und ordnete ihr Haar, »solange ich nicht zurückmuss.«

Der Erfinder gab ihr einen besseren Mann, schickte beide in die Unterwelt und flog wieder nach Hause.

»Ja, und was ist mit mir?«, fragte ihr erster Mann. Er tröstete sich schnell, als der Erfinder versprach, ihm drei anspruchslosere Frauen zu geben.

Wie Papa, sagte Elisa. Mit den neuen Frauen wird er aber auch nur Probleme haben.

In einer Regennacht malte Elisa die widerspenstige Frau. Ich habe sie als Mama-Löwen gemalt, sagte sie, sie sieht aus wie du. Annina bedankte sich.

Sechsundzwanzigste sternklare Nacht

Am Anfang heiratete die Erde den Himmel, die Hochzeitsnacht drohte, und all die kleinen Götter, die Menschen und die Tiere, die auf der Erde lebten, beriefen eilig eine Konferenz ein, um darüber zu beraten, wie sie verhindern konnten, dass Himmel und Erde sie zwischen sich erdrückten. Lange wurde debattiert, endlich war eine Lösung gefunden. Eben wollte der Himmel sich auf die Erde legen, da trat ihn einer der kleinen Götter heftig in den Bauch. »So habe ich mir meine Hochzeitsnacht nicht vorgestellt«, murrte der Himmel und verliess die Erde.

Bald darauf gebar die Erde zwei Töchter. Allerdings vermisste sie den Himmel so sehr, dass sie den Anblick seiner Kinder nicht ertrug und eine Amme einstellte, die die Mädchen aufzog. Tatsächlich waren sie strahlend schön wie ihr Vater, bald verliebte sich selbst die Sonne in sie und beschloss, nur noch für die beiden zu scheinen.

Es kam der Tag, an dem die Amme der Mädchen starb. Die Erde umarmte sie und begrub sie in sich, die Mädchen vermissten die Amme noch mehr, als die Erde den Himmel vermisst hatte, sie weinten und jammerten und seufzten, bis sie endlich vor Kummer starben, und in ihrer Trauer verlosch jammernd, weinend und seufzend auch die Sonne.

Jetzt war es auf der Erde finster, all die kleinen Götter, die Tiere und die Menschen fürchteten sich und beriefen eilig eine Konferenz ein. Lange wurde debattiert, doch endlich hatten die kleinen Götter alle überzeugt, dass die Amme den Kindern etwas gestohlen haben müsse, anders sei die Verzweiflung der Mädchen nicht zu erklären. Die Konferenz beschloss, die Amme auszugraben, und stellte fest, dass sie zwar bereits verwest war, ihre Augen jedoch schimmerten gespenstisch und schienen nach wie vor lebendig. Die kleinen Götter untersuchten das Phänomen, sie schrieben Berichte und hielten Kongresse ab und gelangten zur Einsicht, dass es sich bei dem Schimmer in den Augen der Amme tatsächlich um die Spiegelbilder der beiden Mädchen handle.

Wieder tagte die Konferenz und beschloss, einen Zimmermann kommen zu lassen. Der hob die Netzhaut ab, ergriff mit einer Pinzette sacht die Spiegelbilder, zog sie auf ein Stück Papier, dann glättete, schmirgelte, wusch er sie, zuletzt pustete er darauf, und schon waren sie wieder lebendig.

Die kleinen Götter nahmen die Mädchen mit sich nach Hause und zogen sie auf, verborgen vor der Welt. Nur die Sonne erhaschte einen Blick auf sie, erglühte und begann zaghaft wieder zu scheinen.

Eines Morgens trat die ältere der Schwestern durch die Tür und ging in die Welt hinaus. Die Sonne entflammte und umtanzte die junge Frau, während sie zielstrebig einen Fuss vor den anderen setzte, bald die Hügel erreichte, dahinter verschwand und nicht zurückkehrte.

Kurz darauf verliess auch die jüngere Schwester das Haus, um die ältere zu suchen. Als sie nach draussen trat, explodierte die Sonne vor Lust und Wonne, und es wurde so viel Licht in der Welt, dass die Felsen zersprangen, die Pflanzen verdorrten und die Menschen vor lauter Hitze in Ohnmacht fielen.

Die kleinen Götter und die Tiere beriefen eilig eine Konferenz ein. Sie besprachen sich lange und zögerten und erwogen, doch endlich erkannten sie, dass es keine andere Lösung gab, als die Jahreszeiten zu erfinden. Gleich wurde es Herbst, und die Blätter fielen von den Bäumen, es wurde Winter ...

Wenn du tot bist, sagte Elisa, werde ich dich auch schmirgeln.
Na Prost, sagte Annina. Hat man nicht einmal tot seine Ruhe.

In einer Sturmnacht malte Elisa die verliebte Sonne.

Siebenundzwanzigste sternklare Nacht

Am Anfang war der Himmel dunkel, und sein Herz hiess Dunkelseher. Auch das Meer war an seiner Oberfläche dunkel, doch in seiner Tiefe umflutete Licht einen Berg von grünen und blauen Federn. In diesem Berg versteckten sich der Erfinder, der Former, der Sieger, die Grünfederschlange und die beiden Erzeuger.

Während eines an sich belanglosen Gesprächs verfielen der Sieger und die Grünfederschlange auf die Idee, das Licht zu streuen und den Menschen zu schaffen. Und als habe dieser Gedanke einen Kurzschluss ausgelöst, liess fern im Himmel im selben Moment der Dunkelseher einen Blitz fahren, dass es krachte, Sieger und Grünfederschlange brauchten nur noch das Wort »Erde« auszusprechen, und schon war die Erde geschaffen, Berge reckten sich, gesäumt von Zypressen und Tannen, und Bäche strömten zu Tal.

»Na, wenn das so einfach geht«, sagten sich die Grünfederschlange und der Sieger und lehnten träge zurück, »dann können wir den Rest auch den anderen überlassen.«

Und so begannen die beiden Erzeuger, die Tiere zu schaffen, eines um das andere, bis alle da waren, stumm um sie herumsassen und sie unverwandt anstarrten. »Was starrt ihr uns so an, Kinder?«, fragten die Erzeuger. »Wir haben gut gearbeitet, ihr könntet uns auch loben.«

Die Tiere hätten sie gern gelobt, aber sie konnten nicht sprechen.

»Ihr lobt uns jetzt gefälligst«, brüllten aber die Erzeuger, sie packten die Tiere und schüttelten sie durch. Den Tieren wollte es noch immer nicht gelingen zu sprechen, und die Erzeuger sagten: »Wir haben unseren Plan geändert, ihr seid nicht mehr unsere Kinder. Wir kneten jetzt den Menschen, ihr seid sein Nahrungsmittel.«

Gleich kneteten sie den ersten Menschen. Doch der Kopf hing ihm zur Seite, sein Blick ging ins Leere, und er sprach zwar, war aber nicht eben mit Klugheit gesegnet.

»Von dem gelobt zu werden, ist auch kein Vergnügen«, sagten die beiden Erzeuger und zerhauten ihn. Danach schnitzten sie Wesen aus

Holz, die aussahen wie Menschen, sprachen wie Menschen, doch sie vermehrten sich wie die Kaninchen, ihr Fleisch war gelb, sie krochen auf allen vieren und begriffen gar nicht erst, dass sie geschaffen worden waren, um dankbar zu sein.

Die Erzeuger ertränkten sie, der Himmel goss kochendes Harz über sie, die Eule riss ihnen die Augen aus, die Fledermaus biss ihnen die Köpfe ab, der Jaguar riss sie in Stücke, der Tapir kaute ihnen die Knochen und Sehnen zu Brei, dann zerbissen die Hunde ihre Gesichter. Die Holzmenschen flohen, sie versuchten, sich in Höhlen zu verstecken, doch die Berge verschlossen sich vor ihnen, und die wenigen, die nicht umkamen, verwandelte der Erfinder in Affen.

»Wir sollten nochmals überlegen«, sagte die Grünfederschlange und setzte sich mit dem Sieger, dem Erfinder und dem Former zusammen. Sie überlegten, dann beschlossen sie, Menschen aus Fleisch zu erschaffen.

Ich glaube, flüsterte Elisa, dort oben sitzt auch so ein Tapir.
Wo, fragte Annina.
Dort oben, sagte Elisa, dort am Berg.

In einer Wolkennacht malte Elisa einen Affen, der einmal ein Mensch gewesen war.

Achtundzwanzigste Sternklare Nacht

Am Anfang baute der Erfinder die Erde. Der andere sah zu und kommentierte lautstark, ab und zu legte er auch mit Hand an. Dafür schenkte der Erfinder ihm zum Schluss ein Fleckchen Land, in das er seinen Stab stecken und die Reptilien zeugen durfte.

Also wie, fragte Elisa. Und überhaupt, was sind Reptilien?

Neunundzwanzigste sternklare Nacht

Am Anfang schimpfte der Erfinder wegen irgendeiner Kleinigkeit mit seiner Tochter, und die riss beleidigt aus und warf sich den Schlangen zum Frass vor.

»Das ist mir jetzt peinlich«, sagte der Häuptling der Schlangen. »Wir sind nämlich gar keine Schlangen. Wir sehen nur so aus, damit wir die Schlangen besser fangen können.«

»Was seid ihr denn?«, fragte die Tochter.

»Menschen«, antwortete der Häuptling.

»Ach dann«, sagte die Tochter erleichtert. »Dann kannst du mich ja heiraten, damit ist mir auch gedient.«

Der Häuptling wollte sie gerade heiraten, als ihr Bruder herbeigestürmt kam, bewaffnet mit einem fürchterlichen Zahn des Erfinders, sie grob am Handgelenk packte und nach Hause zerrte.

»Ihr seid ja solche Schwachköpfe«, schrieen die Frauen der Schlangenmenschen. »Die Tochter des Erfinders lässt man sich doch nicht so mir nichts, dir nichts wieder wegschnappen.« Und sie prügelten so lange auf ihre Männer ein, bis der Erfinder selbst sich herbeibemühte. »Wird jetzt Ordnung herrschen?«, rief er und verprügelte alle Schlangenmenschen, Männer und Frauen, bis ihnen die Schlangenhaut abfiel und sie wieder nur Menschen waren. Danach herrschte für eine Weile Ruhe.

Dann schickte der Erfinder eines Tages seinen Sohn los, damit er Holz für Pfeile schnitt, und der Sohn geriet in die Gefangenschaft der Pavianmenschen. »Hält dein Vater uns für so blöde?«, fragten sie. »Denkt er, wir wissen nicht, dass er uns mit den Pfeilen töten will?« Der Sohn des Erfinders zuckte nur mit den Schultern, und die Pavianmenschen erwürgten ihn, hängten seine Leiche in eine Baumkrone und tanzten unter ihm.

Als der Erfinder von seinem Mittagsschlaf erwachte, wunderte er sich, dass sein Sohn noch nicht zurückgekehrt war, und bat seine Frau, ihm die Zaubersachen zu geben. Er band sie sich auf die Nase und sah vor seinem inneren Auge, was ihm zugestossen war. Und so stieg er in seine Stiefel und machte sich auf den Weg.

Als er bei ihnen eintraf, taten die Pavianmenschen, als sei nichts geschehen. Sie plauderten mit ihm, setzten ihm Tee vor, doch nachdem der Erfinder ein Tässchen getrunken hatte, hieb er ihnen Pfähle in den Rücken, hetzte sie in die Berge und verdammte sie dazu, echte Paviane zu sein. Dann band er seinen Sohn los und machte ihn wieder lebendig.

Sie hatten eben den Heimweg angetreten, als die Kleider des Erfinders sich in einem Dornbusch verfingen. Er versuchte sich zu befreien, da sah er, dass die Dornen nicht wirklich Dornen waren, sondern zwei Zwergvölker, die Krieg gegeneinander führten. Und während er sich bemühte, sie voneinander zu trennen, fielen sie plötzlich allesamt über ihn her, töteten ihn, und die Ameisen frassen ihm das Fleisch von den Knochen.

»Musste das jetzt sein?«, fragte der Sohn des Erfinders. Die Ameisen zogen die Köpfe ein. Dann sahen sie aber ein, dass das nichts half, und antworteten: »Schön, bringen wir das eben wieder Ordnung.« Sie steckten die Knochen des Erfinders zusammen, banden den Kopf an, stellten alles auf die Füsse, und so stolperte der Erfinder, von seinem Sohn geführt, nach Hause.

»Wenn dich das nächste Mal ein Zwerg angreift«, sagte der Sohn, »dann nimm einen Prügel, tu, als würdest du auf seine Füsse zielen, und hau ihn auf den Kopf.«

»So einfach ist das?«, fragte der Erfinder. Er nahm einen Prügel, ging zurück und erschlug die Zwerge. Die Übrigen jagte er in die Berge.

Na, du Affenmädchen, sagte Annina, pass auf, dass ich dich nicht in den Wald jage.
Doch Elisa tanzte um sie herum, bis sie zuhause waren, und liess sich nicht verjagen.

In einer bedeckten Nacht malte Elisa das Haus des Erfinders. Das ist ein Kirschbaum, sagte sie, und das ist sein Auto.

Dreissigste sternklare Nacht

Am Anfang war der Erfinder allein. Dann wurde es ihm zu einsam, und er teilte sich in Hälften, eine männliche und eine weibliche. Die männliche legte sich danach auf die weibliche und begattete sie.

Doch die weibliche dachte dabei andauernd: »Was tut der denn eigentlich? Er hat mich doch aus sich heraus gemacht, da benimmt man sich doch nicht so!« Deshalb verwandelte sie sich in eine Häsin und hoppelte davon.

Der männliche Teil verwandelte sich in einen Hasen, fing sie ein und begattete sie wieder. Die Häsin verwandelte sich in eine Spätzin und flatterte davon, der männliche Teil verwandelte sich aber in einen Spatz und begattete sie wieder. So ging es noch lange Zeit, und irgendwann hatten sie alle Tiere gezeugt.

Das war kurz, sagte Elisa, noch eines.
Sag das den Sternen, sagte Annina. Ich fürchte, sie wollen nicht mehr.
Vielleicht können wir sie überreden, sagte Elisa.
Ich bin die Häsin, sagte Annina stattdessen. Fängt mich der Hase?
Schon gefangen, rief Elisa.
Doch Annina rannte weiter und rief, ich bin die Spätzin, fängt mich der Spatz?

In einer Hochnebelnacht malte Elisa, wie der Hase die Häsin fangen will.

Einunddreissigste sternklare Nacht

Am Anfang stritten Himmel und Erde. Der Himmel wollte sich eben verärgert nach oben verziehen, da schlug die Erde ihm die Zähne in den Penis. Und weil der Himmel weiter rupfte, zog und zerrte, ergoss er sich schliesslich in den Mund der Erde, die Erde erschrak und biss noch heftiger zu, und schon hatte sie ihm den Penis abgebissen und verschluckt.

Der Himmel verkroch sich trotzig in die oberste Ecke und rief den Tränen nahe: »Ganz selber schuld, jetzt bist du dafür mit drei Göttern schwanger!«

»Ich habe den Penis doch nicht absichtlich verschluckt«, murrte die Erde. Bald gebar sie aber den Wettergott, den Botschafter und den grossen Fluss, und als Mutter hatte sie ganz andere Sorgen.

Schon wieder so kurz, sagte Elisa, zeigte dem Himmel ihren Zeigefinger und rief, Sterne, ihr seid faul geworden.

Zweiunddreissigste sternklare Nacht

Am Anfang nahm der Erfinder das unendliche Licht und machte es endlich. Gleich ballte es sich, entwickelte sich in verschiedenen Stadien zur Masse, höhlte sich aus, der Erfinder half etwas nach, blies die Masse auf wie flüssiges Glas, formte und dehnte sie, sie löste sich, schlug ein Rad, schraubte sich in die Höhe und wurde der Sternenhimmel.

Wie ungeborene Kinder lagen die Sterne in die Masse gebettet und dirigierten die weitere Schöpfung. Auf ihren Befehl schleuderte das Rad das Werden von sich, das Werden regnete in weitem Schleier aus dem Himmel nieder, es fiel auf die Erde, und aus ihm schlüpfte alles, was lebte, zuerst die ganz konkreten Rinder und die Menschen.

Elisa freute sich und sagte, das war wie Tanzen.

In einer Regennacht malte Elisa den Sternhimmel und zerbrach dabei den Filzstift.

Dreiunddreissigste sternklare Nacht

Am Anfang beliebte der Erfinder sich »Herr Spinne« zu nennen. Tag für Tag spazierte er auf dem Himmel umher, der damals nicht mehr war als ein hoch aufragender Felsbrocken, klopfte ihn ab, nahm Gesteinsproben, probierte aus, in welchen Stellungen er sich auf ihn setzen konnte, und langweilte sich.

Als er eines Tages erstaunt feststellte, dass es unter dem Himmel hohl klang, kroch er durch einen Spalt hinab und entdeckte die Erde, auf der Wasser lag und neben dem Wasser Sand. Danach benahm er sich ziemlich unfein. »Was lümmelt ihr hier herum?«, schnauzte er Sand und Wasser an, als sei er zuhause. »Tut lieber etwas und paart euch!« Sand und Wasser erschraken, beeilten sich aber zu gehorchen, sie paarten sich und brachten zwei Kinder zur Welt.

»Und ihr?«, fuhr der Erfinder die Neugeborenen an, bevor Sand und Wasser ihnen auch nur Namen geben konnten. »Denkt ihr, ihr braucht euch nicht zu paaren?«

Auch die Kinder von Wasser und Sand paarten sich eilig und zeugten hintereinander weg den Ältesten, die Zwischenfrau, die Welle, den Tintenfisch, den Aal, Herrn Spinne den Zweiten, die Menschen und noch allerhand anderes.

»Ist es gut so?«, unterbrachen sie schliesslich atemlos das Zeugen und sahen sich nach dem Erfinder um. Doch dem war es bereits wieder langweilig geworden, und er war in den Himmel zurückgekehrt.

»Schöne Bescherung«, sagten die Kinder von Wasser und Sand, musterten das Durcheinander, das ihre Paarung verursacht hatte, und machten sich daran, Ordnung in die Verhältnisse zu bringen. »Steht schon auf und helft uns«, schimpften sie auf die Menschen, die nur über die Erde rollten, einander die Füsse in die Seiten traten und die Zeit vertrödelten. Die Menschen maulten etwas, rafften sich auf und schlugen sich gleich die Köpfe an.

»Der Himmel ist zu niedrig«, sagten sie und fielen auf ihre Hintern zurück.

Den Kindern von Wasser und Sand war es etwas peinlich, dass sie das übersehen hatten. »Und du, wieso hebst du ihn nicht?«, pflaumten sie daher den Aal an.

»Tue ich gern«, sagte der Aal. Er streckte sich, bohrte die Nase in den Himmel und versuchte ihn zu heben. »Ich kriege ihn nicht hoch«, rief er nach einer Weile mit angelaufenem Gesicht. »Er klebt an der Unterwelt.«

»Du, komm her«, befahlen die Kinder von Wasser und Sand dem Tintenfisch, »und hilf ihm.«

»Au ja, au ja!«, rief der Tintenfisch und half dem Aal stossen. Währenddessen schnitten zwei Stachelrochen dem Horizont entlang den Himmel von der Unterwelt, die Meeresschildkröte schob sich unter den Himmel, hievte ihn in die Höhe und ächzte: »Ich hebe, ich hebe!«, die Welle drückte nach und sprudelte: »Ich drücke, ich drücke!«, und Herr Spinne der Zweite war auf einen Hügel geklettert, dirigierte von dort das gesamte Vorhaben und brüllte: »Schiebt, blast, rollt!« Und als er schliesslich rief: »Jetzt alle loslassen!«, da liessen alle gleichzeitig los, in einer eleganten Bewegung glitt die Erde unter das Meer, und der Himmel schwebte, nur noch vom Aal gehalten, in der Luft.

»Soll ich auch loslassen?«, keuchte der Aal. »Fällt er dann nicht herunter?«

»Moment«, sagte Herr Spinne der Zweite. Er schlug mit der Axt aus vier Baumstämmen den Osten, den Westen, den Norden und den Süden und rammte sie unter die Ränder des Himmels. »Jetzt kannst du loslassen«, sagte er.

Der Aal liess los. Er sank erschöpft zu Boden, und alle starrten bewundernd den Himmel an, der sich frei und strahlend über ihnen wölbte.

»Das hast du grossartig gemacht«, sagte Herr Spinne der Zweite bewegt. »Ich schlage vor, zur Belohnung ruhst du dich für den Rest deines Lebens aus.« Alle klatschten, der Aal lief rot an und bedankte sich, und Herr Spinne schnitt ihm feierlich die Beine ab. Er warf sie ins Meer, wo sie zu vollständigen kleinen Aalen wurden, den Rumpf des Aals legte er auf dem Himmel aus, ernannte ihn zur Milchstrasse, und von nun an tat der Aal nichts weiter als schimmern und schön aussehen.

Das Licht, das der Aal verbreitete, reichte allerdings nicht aus. »Es ist zu finster auf der Erde«, sagte Herr Spinne der Zweite zu seinen Eltern, den Kindern von Wasser und Sand. »Was beabsichtigt ihr dagegen zu tun?«

»Du liebe Güte«, antworteten die Kinder von Wasser und Sand, »wir beabsichtigen gar nichts, wir sind alt und verbraucht. Du hast das Aufbocken des Himmels hervorragend geleitet. Tu du, was du für richtig hältst.«

»Na ja«, sagte Herr Spinne der Zweite, »ich hätte allerdings einen Plan. Ich erschlage euch und mache aus euch Licht.«

Die Kinder von Wasser und Sand nickten müde. »Wie gesagt, tu, was du für richtig hältst.«

Herr Spinne erschlug sie. Er riss seinem Vater die Augen aus und warf sie mit aller Kraft gegen die Himmeldecke, wo das rechte Auge als Sonne kleben blieb, das linke als Mond. Er zerbröselte sein Hirn, warf es als Saat aus und schuf die Sterne. Zuletzt hackte er beide Körper in Stücke, warf sie ins Wasser und machte daraus die Felsen.

Währenddessen hatten die lose umherliegenden Knochen Wurzeln geschlagen. Sie streckten sich zu Bäumen, und aus ihren Zweigen knospten die Menschen.

Elisa betrachtete sie so gedankenverloren, dass Annina einen Schreck bekam.
Bilde dir ja nicht ein, du könntest aus mir Licht machen, sagte sie.
Glaubst du, es würde funktionieren, fragte Elisa versonnen.

Mama, die kann ich nicht einkleben, sagte Elisa. Dann machen wir ein Foto, sagte Annina und machte ein Foto. Und was soll ich schreiben? Also das sind Himmel und Erde, sagte Elisa, da kleben sie noch zusammen. Das ist der Herr Spinne, das daneben ist Herr Spinne der Zweite. Was ist das Viereckige, fragte Annina. Das, sagte Elisa, das ist doch Brot. Und das ist Wurst, und das ist Salat, und das ist ein Smarties. Und das hier, das ist der Aal.

Vierunddreissigste sternklare Nacht

Am Anfang stieg der Erfinder aus dem Wasser und stellte fest, dass er allein war. In Gedanken malte er sich eine Welt aus, und als er bemerkte, dass das Träumen allein ihn nicht glücklich machte, onanierte er, leckte das Sperma von den Fingern, paarte sich sicherheitshalber auch noch mit seinem Schatten und stiess schon im nächsten Moment einen Sohn und eine Tochter aus. Der Sohn hiess Luft, die Tochter hiess Feuchte.

Bis dahin hatte der Erfinder ein einziges Auge besessen, das nicht in seinem Körper festgewachsen war, sondern für sich lebte. Nun, als seine Kinder geboren waren, packte den Erfinder die Rührung. Seinem Kopf wuchsen Höhlungen, in den Höhlungen wuchsen Augen, und aus den Augen floss das Meer, das ihn geboren hatte. Der Erfinder weinte, und die Tränen verwandelten sich in Menschen, das rührte den Erfinder noch mehr, er weinte weitere Menschen und hätte in seiner Rührung noch viele geweint, hätte ihn nicht das erste Auge trotzig unterbrochen und gesagt: »Kannst du nicht fragen, bevor du dir neue Augen anschaffst?«

Der Erfinder sah das erste Auge tränenblind an. Dann nahm er es in die Hand, küsste es, er stammelte: »Ach du, du, du!«, und pflanzte es sich hoch über den anderen Augen in die Stirn. »Sei du die Herrscherin über alles von mir Geschaffene«, rief er überwältigt und fuhr glücklich fort zu weinen.

Von da an überwachte das erste Auge stolz den Erfinder, der bald begann, den Menschen Pflanzen und Reptilien zu bauen. Luft und Feuchte spielten währenddessen unbeaufsichtigt und zeugten Himmel und Erde. Und bald legten sich auch Himmel und Erde aufeinander und zeugten vier Götter.

Ach du, du, du, rief Elisa und zappelte, als Annina sie an sich drückte. Ich will jetzt nach Hause und meine Schokolade trinken, du, du, du!

Fünfunddreissigste sternklare Nacht

Am Anfang fiel eine Frau durch einen Spalt im Himmel. Sie stürzte auf eine Schildkröte, die im Wasser trieb, baute sie zur Erde aus und richtete sich häuslich ein. Nun hätte sie ein friedfertiges Leben führen können. Doch zu ihrem Unglück trug sie Zwillingsbrüder im Bauch, die sich unablässig stritten, ob sie lieber durch die Scheide oder durch den Bauch geboren werden wollten. Und die Frau war noch nicht lange auf der Erde, da erschien eines ihrer Kinder durch ihre Scheide, das andere aber durchbrach den Bauch und tötete sie dabei.

Als sie tot war, spross aus ihrem Kopf eine Kürbisstaude, aus ihren Brüsten spross Mais und aus den Schenkeln Bohnen und Gemüse. Davon lebten die Zwillinge, während sie aufwuchsen, und sie stritten um jeden Kürbiskern.

Schliesslich beschlossen sie, sich zu trennen. Sie teilten die Erde auf, bauten einen Zaun, jeder richtete sich auf seiner Seite ein. Der Bauchzwilling schuf riesenhafte Raubtiere und eine sehr durstige Kröte, die schnell alles Wasser der Erde getrunken hatte. Sein Bruder umgab sich lieber mit Kühen, Schafen, Gänsen und Hühnern.

Eines Tages flog eines seiner Hühner ins Land des Bauchzwillings. Er versuchte es zu fangen und stand plötzlich vor den riesigen Raubtieren seines Bruders. »Ja, was denkt der sich denn«, rief er bestürzt aus, »so etwas kann richtig gefährlich werden!« Dann verkleinerte er die Tiere auf ein vernünftiges Mass, schlitzte der Kröte den Bauch auf, um das Wasser zu befreien, und nahm sein Huhn unter den Arm. Eben wollte er auf sein Stück Erde zurückkehren, da hielt sein Bruder ihn auf.

»Wir hatten eine Vereinbarung«, sagte er. »Wenn du mein Eigentum nicht respektierst, bleibt mir nichts anderes übrig, als dich zu töten.«

Sie kämpften. Es stellte sich jedoch heraus, dass sie beide so gut wie unverwundbar waren, und nachdem sie einige Zeitalter lang aufeinander eingeschlagen hatten, sagte der Bauchzwilling: »Ich weiss, wo ich verwundbar bin. Du weisst, wo du verwundbar bist. Wir sollten einander einen Tipp geben, sonst stehen wir ewig hier, und ich habe Besseres zu tun.«

»Einverstanden«, antwortete der Scheidenzwilling und verriet, dass man ihn mit einem Sack Mehl erschlagen konnte.

»Darauf wäre ich nicht gekommen«, sagte der Bauchzwilling. »Mich kannst du mit einem Hirschhorn erstechen.«

»Sieh mal einer an«, sagte sein Bruder.

Nachdem sie einen Sack Mehl und ein Hirschgeweih besorgt hatten, kämpften sie weiter. Doch es wollte auch jetzt keinem gelingen, den anderen zu töten. Nachdem das Hirschhorn ihn mehrmals tief geritzt hatte, zog der Bauchzwilling sich zwar ins Totenreich zurück. »Bilde dir nicht ein, du habest mich getötet«, rief er allerdings, »ich mag mich verkriechen, aber getötet hast du mich nicht!« Und darauf beharrte er auch, wenn ihn die richtigen Toten fragten.

Das gibt es aber nicht wirklich, dass Kinder aus dem Bauch kommen, oder, sagte Elisa.
Und ob, sagte Annina. Wenn ein Kind nicht auf die Welt will, schneidet der Doktor den Bauch auf und kommt es holen. Dich hätte der Doktor fast geholt.
Igitt, sagte Elisa. Und du hättest ihn das machen lassen?

Der eine Zwilling hat einen sehr gefährlichen Bären gemacht, erklärte Elisa. Aber der andere hat einen Zaun um ihn gebaut.

Sechsunddreissigste sternklare Nacht

Am Anfang war die schwarz geflügelte Nacht. Lange umwarb sie der Wind, von allen Seiten presste er sich an sie und umschmeichelte sie. Schliesslich war die Nacht schwanger und liess ein silbernes Ei fallen.

Dem Ei entschlüpfte der Erfinder. Er war noch schöner als seine Mutter, golden geflügelt und gleichzeitig Mann und Frau. Er hatte vier Köpfe: einen Stierkopf, einen Löwenkopf, einen Schlangenkopf und einen Widderkopf. Je nach Laune blökte, zischte oder brüllte er. Oder er stritt sich mit sich selbst.

Erwachsen wurde er nie. Er lebte bis zu seinem Tod mit seiner Mutter in einer Höhle, vor dem Eingang sass eine zweite Mutter und trommelte. Zu dem Getrommel schuf der Erfinder, was es zu schöpfen gab: die Erde, den Himmel, die Sonne und den Mond.

Auf Wiedersehen, ihr Sternchen, rief Elisa und winkte, morgen fahren wir in die Ferien.
Mi chiquitica, spar es dir, sagte Annina, du wirst sie morgen wiedersehen.
In Frankreich, sagte Elisa ungläubig.
Annina nickte. Es sind dieselben, Mimi, glaub mir.
Aber Elisa blieb skeptisch.

Bevor sie ins Bett ging, malte Elisa den Erfinder mit seinen zwei Müttern.

Siebenunddreissigste sternklare Nacht

Am Anfang war weder nichts noch etwas, es war nichts Luftgefülltes und nichts Leeres, es gab keinen Tod und keinen Untod und weder Tag noch Nacht. Nur eines gab es, das durchhauchte schliesslich sich selbst, ohne allerdings Wind zu machen, weckte die Begierde und entdeckte im Nichtsein das Sein. Dieses Eine allein weiss (falls überhaupt jemand es weiss), ob damals die Schöpfung schon da war, ob vielleicht das Eine sie ausgelöst hat oder ob es selber damals erst geschaffen wurde – und wenn, ob es das erste Geschaffene war oder womöglich ein Nachzügler.

Das darf doch nicht wahr sein, rief Elisa. Kaum ist Jon dabei, versteht man kein Wort.
Ich glaube nicht, dass Jon schuld ist, sagte Annina.
Bist du schuld, fragte Elisa.
Ich weiss nicht, sagte Jon. Mir hat es jedenfalls gefallen.

In einer dunstigen Nacht am Meer malte Elisa das Eine.

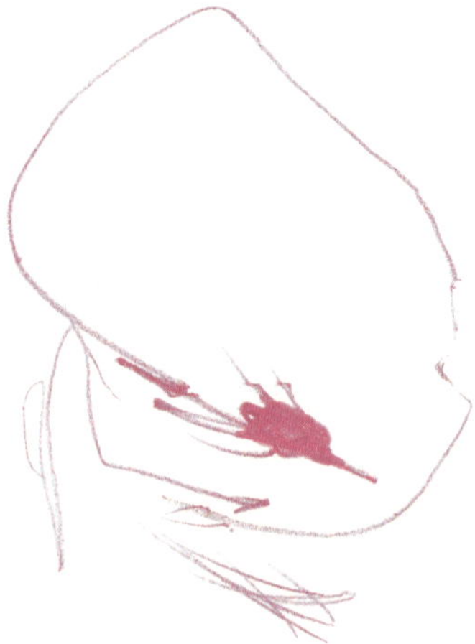

Achtunddreissigste sternklare Nacht

Am Anfang klumpte etwas zusammen und sprang übers Meer wie ein spielender Fisch. Nach und nach wurde es gesetzter und sackte ab, dann spross es wieder dem Himmel entgegen und sah aus wie Schilfsprösslinge – es waren aber die ersten Götter.

Diese Götter, die die Einladenden hiessen, waren ein Mann und eine Frau. Gleich liefen sie über eine Schwebebrücke, die sich von einem Horizont zum anderen spannte, sie stocherten mit ihrem juwelenbesetzten Speer in den Fluten und hätten zu gern gewusst, ob irgendwo im Meer sich Land versteckte.

Sie fanden aber keines und zogen eben den Speer etwas enttäuscht wieder empor, da tropfte das Wasser von der Speerspitze, gerann, während es wieder dem Meer zufiel, und war, als es aufschlug, eine Insel.

»Sieh mal das Stückchen Land, ist es nicht hübsch?«, rief die Einladende. Sie sprang auf die Insel hinab, stiess den Speer in ihre Mitte und entschied: »Hier sollten wir miteinander schlafen.«

»Ja«, sagte der Einladende und sprang ihr etwas zögerlich nach, »vielleicht sollten wir das. Aber wie geht das?«

Die Einladende dachte nach. »Ich bin mir nicht sicher«, sagte sie schliesslich. »Ich schlage vor, ich gehe links um den Speer herum und du rechts. Wenn wir einander begegnen, tun wir überrascht. Glaubst du, das funktioniert?«

»Ein Versuch kann nicht schaden«, antwortete der Einladende und begann, um den Speer herumzugehen.

»Ach sieh da«, rief die Einladende, als er an ihr vorbeikam, »was für ein hübscher Knabe. Mit dem will ich doch schlafen.«

Sie zog den Einladenden an sich und wollte ihn küssen. Er rief aber entrüstet: »Was tust du da! Ich bin der Mann, ich muss die Initiative ergreifen, sonst funktioniert es nicht.«

Die Einladende verdrehte die Augen. »Meinetwegen«, sagte sie, »ergreif die Initiative. Aber heute noch.«

Sie begann, im Kreis um den Speer zu wandern, er wanderte in anderer Richtung. Sie begegneten einander, und der Einladende rief:

»Ei, welch eine reizende Jungfrau! Da wüsste ich doch gern, ob sich an deinem Körper nicht ein noch reizenderes Fleckchen verbirgt.«

»Das tut es allerdings«, sagte die Einladende kokett. »An meinem Körper befindet sich nichts Geringeres als der Ursprung alles Weiblichen.«

»Na, das trifft sich blendend«, rief der Einladende. »An meinem Körper befindet sich nichts Geringeres als der Ursprung alles Männlichen. Sollten die beiden Ursprünge nicht Bekanntschaft schliessen?«

Die Einladende nickte und sagte: »Sollten sie, sollten sie.«

Kurz danach gebar die Einladende ihr erstes Kind, ein mageres Inselchen, das sie nur zögernd anerkannten. Danach gebar sie aber immer hübschere und grössere Inseln, die letzten trugen richtige Berge, und nach den Inseln gebar sie Bäume, Sträucher, Kräuter, Blumen und Gräser.

»Wir können unsere Augen nicht überall haben«, stellte der Einladende endlich fest und betrachtete sorgenvoll die wimmelnde Schar, die sie geschaffen hatten. »Sollten wir nicht jemanden einstellen, der auf die Kleinen aufpasst?«

Die Einladende war seiner Meinung, und so zeugten sie die Sonne. Ihr vertrauten sie nicht nur die Schöpfung an, sondern, da sie so bezaubernd unbestechlich aussah, auch den Himmel. Zuvor bewaffneten sie sie mit einem juwelenbesetzten Speer, dazu gebar die Einladende den Mond und beorderte ihn zum Gehilfen der Sonne.

Die nächsten Kinder gerieten nicht mehr so glücklich. Das Blutegelkind konnte auch nach drei Jahren nicht auf seinen Beinen stehen, sie setzten es in einem Boot aus und überliessen es den Winden. Der Jammerlappen tötete, was ihm in die Finger geriet. »Weg mit ihm«, sagte die Einladende, »er ruiniert uns ja alles«, und sperrte ihn in die Unterwelt. Dann gebar sie den Feuergott, verbrannte sich aber bei der Geburt und starb, nachdem sie noch eben der Wassergöttin und der Erdgöttin das Leben geschenkt hatte.

Die Erdgöttin setzte die Schöpfung fort. Der Einladende sah niedergeschlagen zu, wie sie sich auf den Feuergott setzte und mit ihm einen Knaben zeugte, der mit einer Seidenraupe und einem Maulbeerbaum auf dem Kopf und fünf Sorten Getreide im Bauchnabel zur Welt kam und den sie Wachstum nannten. Dann gab er seinem Liebeskummer nach und folgte der Einladenden in die Unterwelt.

Als er sich mit Mühe durch die Finsternis getastet und seine Gattin gefunden hatte, sprach sie verworren und klang gereizt. »Was willst du schon wieder?«, fragte sie. »Ich habe gerade gegessen, jetzt möchte ich schlafen. Du weisst genau, ich kann es nicht ausstehen, wenn mir jemand dabei zusieht.«

»Entschuldige«, sagte der Einladende geknickt. »Darf ich dich nicht ein letztes Mal ansehen?« Ohne ihre Antwort abzuwarten, brach er einen Zahn von seinem Kamm, zündete ihn an und beleuchtete die Stelle, aus der die Stimme seiner Gattin kam. Im Licht des Zahns glänzte eine breitgetretene, eitrige, von Maden wimmelnde Masse. Der Einladende spuckte aus und rief: »Pfui Teufel aber auch!« Angewidert rannte er dem Ausgang zu.

»Dummkopf«, brüllte die Einladende ihm nach. »Du hast mich zum Gespött gemacht, ich werde dir die stirnrunzelnden Unterweltsweiber auf den Hals hetzen.«

Tatsächlich verfolgten den Einladenden acht düstere Gestalten. Er zog sein Schwert und fuchtelte, während er weiterstürmte, doch so leicht liessen die Weiber sich nicht beeindrucken. Er warf ihnen seinen Haarschmuck entgegen, der Haarschmuck verwandelte sich jedoch in Weintrauben, die Weiber sagten: »Danke schön«, assen sie auf und jagten ihm weiter hinterher. Er warf ihnen seinen Kamm zwischen die Beine, der Kamm verwandelte sich aber in zarte Bambussprossen, die Weiber lachten. »Auch willkommen«, sagten sie, assen die Sprossen und verfolgten ihn weiter. Mittlerweile war auch die Einladende bei ihnen und streckte ihre eitrigen Finger nach ihm aus.

Er entkam dennoch. Erschöpft und hoffnungsleer setzte er sich in der grauen Abenddämmerung ans Ufer, später nahm er ein Bad. Als er wieder aus dem Wasser stieg, sah er klarer. Er blies sich einige Götter, die er beauftragte, ihm auf einer versteckt gelegenen Insel einen kleinen Palast zu bauen. Dann schickte er sie weg und setzte sich einsam zur Ruhe.

Sein Sohn, der Jammerlappen, war währenddessen aus der Unterwelt geschlichen, hatte sich in den Himmel verkrochen und verbündete sich mit der Sonne. Gemeinsam zerkauten sie den Juwelenspeer, bliesen den Staub in alle Richtungen und schufen sich so ihr eigenes Götterheer. Mit seiner Hilfe regierten sie fortan die Welt.

Elisa wusste vor Entsetzen nichts zu sagen.
Doch Jon sprang auf. Pfui Teufel und tausendmal pfui Teufel! rief er und rannte spuckend über den Strand.
Elisa rannte ihm nach, und als Jon umfiel und spuckend auf dem Boden zappelte, fiel sie auf ihn und spuckte auch ganz fürchterlich.
Und dann rief Annina, wisst ihr was, im Tiefkühler haben wir noch Erdbeereis. Und spätestens da war alles wieder gut.

In einer Dunstnacht malte Elisa die Einladende und den Einladenden. Sie sind verliebt, sagte sie, deshalb habe ich ihnen Herzchen über die Köpfe gemacht. Das hat der Simon mir gezeigt.

Neununddreissigste sternklare Nacht

Am Anfang war der Sinn. Der Sinn war allein, aber einsam war er nicht, denn er war in sich selbst schon zwei: das Nichtsein und das Sein. Trotzdem fand er bald, wenn er mehr wäre, würde es noch netter auf der Welt, und so erfand das Nichtsein alles Ewige, den Himmel und die Erde und so weiter. Das Sein erfand gleichzeitig alles, was lebte.

Schöner Unsinn, sagte Elisa. Und jetzt kommt auch noch eine Wolke. Weitermachen, rief sie den Sternen zu, wir sehen euch, weitermachen.

Am Anfang war der Sinn. Der Sinn schuf die Eins. Die Eins schuf die Zwei. Die Zwei schuf die Drei. Die Drei schuf die Dinge. Die Dinge sagten: »Hier ist es uns zu dunkel«, und erfanden das Licht.

Mehr Unsinn, rief Elisa. Weg, Wolke, noch mehr Unsinn.

Am Anfang war der Sinn. Der war, wie er war, hielt sich für perfekt und rührte sich nicht. Es stimmte schon, der Sinn war das Genialste. Aber das einzig Geniale war er nicht, auch der Himmel war genial, auch die Erde war genial, und auch der Mensch war genial.

Nicht, dass der Mensch so genial gewesen wäre, dass er sich nicht hätte nach der Erde richten müssen. Nicht, dass die Erde so genial gewesen wäre, dass sie sich nicht nach dem Himmel hätte richten müssen. Nicht, dass der Himmel so genial gewesen wäre, dass er sich nicht nach dem Sinn hätte richten müssen.

Nur der Sinn kümmerte sich um nichts und richtete sich immer nur und ganz und gar nach sich selbst. Vielleicht war doch nur er so wirklich richtig genial.

He, noch mehr Unsinn, schrie Elisa. Blöde Wolken, ich will mehr Unsinn. Doch es gab keinen Unsinn mehr.

Vierzigste sternklare Nacht

Am Anfang klumpte ein Windstoss etwas zu einem Ballen zusammen, der war zweimillionendreihunderteinundsechzigtausendsechshundert Kilometer tief und vierzehntausendsiebenhundertsechzig Kilometer dick. Goldene Wolken verknoteten sich zu Türmen, ergossen sich in fassgrossen Tropfen und schufen ein Meer von einermillionsechshundertdreiundfünfzigtausendeinhundertzwanzig auf einemillionsiebenhundertsechsundsiebzigtausendzweihundertzweiundneunzig Kilometer Fläche. Die Winde schlugen das Wasser zu einem vierhundertzweiundsiebzigtausenddreihundertzwanzig Kilometer hohen Schaum auf, der sich nur nach und nach verdickte und zu dem wurde, was heute die Welt genannt wird. Genau in der Mitte dieser Welt aber ragte ein Berg zweihundertsechsunddreissigtausendeinhundertsechzig Kilometer hoch über das Meer und zweihundertsechsunddreissigtausendeinhundertsechzig darunter, der übers Wasser ragende Teil war vierfach gestuft. Der gesamte Berg lag auf eine goldene Schildkröte gestützt, er hatte die Form einer stumpfen Pyramide, seine Ostseite bestand aus Gold, die Südseite aus Lapislazuli, die Westseite aus Rubin, die Nordseite aus Silber, und jeder Seite vorgelagert lag eine Insel, flankiert von zwei kleineren Seiteninseln. Die Südinsel war dreieckig, sie war aus Edelsteinen gebaut, hatte eine Küstenlänge von achttausendachthundertachtundfünfzig Kilometern und enthielt unter anderem die Erde.

Als die Götter sich zerstritten, verliess die Mehrzahl den Himmel und floh auf die Absätze des Berges, manche flohen auf eine der Inseln. Auch die Erde wurde von Göttern besiedelt, die, seit sie den Himmel verlassen hatten, zwar nicht mehr wirklich göttlich waren, aber noch immer um einiges göttlicher als die Menschen. Sie wussten, wie man Wünsche wahr werden lässt, sie hatten Strahlengesichter und waren geflügelt, sie brauchten nicht zu essen und wurden trotzdem achtzigtausend Jahre alt, und sie vermehrten sich, ohne dass sie miteinander hätten schlafen müssen.

Tausend überragende Götter stiegen schliesslich wieder in den Himmel auf. Die übrigen assen von einer Art Zucker, den die Erde damals absonderte und der sich in einer Kruste abgelagert hatte. Sofort setzten in ihren Leibern Gärprozesse und Hungergefühl ein, Ausscheidungsorgane bildeten sich, die Flügel verkümmerten. Das Höchstalter der Götter nahm auf vierzigtausend Jahre ab, das Strahlen verlor sich aus ihren Gesichtern, damit verfinsterte sich auch die Erde. Vier der aufgestiegenen Götter erbarmten sich und entwickelten der Erde eine Sonne aus Glas und Feuer, einen Mond aus Glas und Wasser und die Sterne.

Doch im Licht, das nun auf die Erde fiel, sah man, dass die niedergestuften Götter splitternackt waren. Sie schämten sich, verachteten einander, sie wurden begierig und verfressen, wandten Gewalt an und entarteten. So sank ihr Höchstalter immer tiefer auf zuletzt noch eben einhundert Jahre.

Also wenn das nicht mit Jon zu tun hat, sagte Elisa stirnrunzelnd.
Habe ich euch den Kopf verdreht, fragte Jon die Sterne.

Einundvierzigste sternklare Nacht

Am Anfang schuf der Erfinder einen Menschen und schickte ihn auf einen Spaziergang übers Wasser. Dort traf er einen Haubentaucher, bat ihn, etwas Erde vom Meeresboden zu holen, und baute sich daraus Land. Das Land war nackt, nur eine Kröte sass ungebeten darauf.

»Und wer bist du?«, fragte der Mensch. Aber die Kröte hörte ihn nicht, und weil sie so verhutzelt und taub war, nannte er sie Grossmütterchen. Er untersuchte die Erde weiter und fand eine Scherbe, die zerkratzt und schmutzig war und offenbar auch älter als er, und so nannte er auch sie Grossmütterchen und auch die Maus, die ihm über den Weg lief.

Dann begegnete er dem Erfinder, an den er sich nicht mehr erinnerte, und rief fröhlich: »Sieh an, ein Mensch. Wie geht es dir, mein Sohn?«

»Ich bin nicht dein Sohn«, antwortete der Erfinder, »du bist meiner.«

»Was für ein Unsinn«, rief der Mensch und lachte gutmütig.

»Wollen wir wetten?«, sagte der Erfinder. »Wir setzen uns, wer als erster aufsteht, ist der Sohn des anderen.«

»Eine gute Idee«, sagte der Mensch und setzte sich neben dem Erfinder zu Boden. Er wartete zehn Jahre. Dann, als der Erfinder mehr und mehr verwitterte, ihm das Fleisch von den Knochen fiel und schliesslich Grossmütterchen Maus in ihm nistete, sprang er endlich auf und rief: »Gewonnen, gewonnen, du bist tot, ich habe gewonnen!«

Doch der Erfinder schüttelte sich den Staub ab und sagte: »Als erster aufgestanden, du hast verloren. Von nun an bin ich dein Vater.«

»Auch gut«, sagte der Mensch. Er schwenkte die Arme, hüpfte auf und ab, um seinen Kreislauf in Schwung zu bringen, und fragte: »Könnten wir jetzt trotzdem die Welt erfinden?«

In der nächsten Zeit arbeiteten sie hart, zankten oft und erreichten wenig. Sie hatten bereits verschiedene Male die Menschen entworfen und setzten einem gerade sein Geschlechtsteil in die Stirn, da hob ein Frosch den Kopf aus dem Wasser und fragte: »Was für einen Unsinn treibt ihr hier eigentlich?«

»Du hast hier gar nichts zu bestellen!«, sagte der Erfinder und trat ihm den Rücken krumm.

Doch währenddessen hatte der erste Mensch einer Frau geholfen, eine tote Kuh aus dem Wasser zu ziehen, und ihr zum Abschied ein Stück Fett zu essen gegeben. Damit hatte er sie geschwängert, und ihr war es sehr peinlich, als sie ins Dorf zurückkehrte und nicht zu sagen wusste, wer der Vater des Kindes war. Daher war sie ganz froh, als der Mensch, der ihr scheu gefolgt war, sagte, er würde gern bei ihr bleiben.

An den Erfinder dachte er danach für lange Zeit nicht mehr. Erst als er alt wurde, beschlich den Menschen das Heimweh, und er bemühte sich sehr, ihn zurückzurufen. Er schickte einen Vogel nach dem Erfinder, doch der Vogel kehrte ohne Antwort zurück. »Sende ihm doch einen sehnsüchtigen Blick nach«, schlug seine Frau vor. Der erste Mensch blickte sehnsüchtig, doch auch sein Blick lockte den Erfinder nicht herbei.

Schliesslich verkündete er: »Ich werde ihn mit meinen klaren, nackten Gedanken zurückzuholen.« Er verdrehte die Augen, warf sich auf den Boden, wälzte sich zitternd, schwitzend und schäumend und schrie: »Ich denke! Ich habe gedacht! Ich komme zurück!«

Und endlich stieg der Erfinder von einem Hügel herab, trat auf das Dorf zu und lud ihn ein, mit ihm zu kommen.

Schläft sie, fragte Jon.
Annina nickte und sagte, lass uns zurückgehen.
Jetzt hatte ich gerade so lustig geträumt, seufzte Elisa, als Annina sie aufhob, und schlang die Arme um ihren Hals.
Träum weiter, sagte Annina.

In einer Regennacht malte Elisa Grossmütterchen Kröte.

Zweiundvierzigste sternklare Nacht

Am Anfang lebte ein Mensch allein in einer Welt ohne Sommer und Winter. Jeder Tag war frühlingshaft warm, der Tee wuchs wild an den Berghängen, die Tiere liebten den Frieden. Der Mensch lebte von Früchten und Joghurt und erreichte ein ansehnliches Alter.

Dann starb er trotzdem, und seine Kinder konnten sich nicht einigen, ob sie ihn verbrennen, begraben oder auf den Berg legen und verrotten lassen sollten. Schliesslich teilten sie ihn in Stücke: Das älteste Kind verbrannte den Kopf und die Arme. Das zweite begrub die Brust. Das jüngste trug keuchend den Unterleib und die Beine auf einen Gipfel, verstreute ein paar Blümchen und liess sie liegen.

Als Mama noch klein war, hat sie dem Grosi gesagt, wenn du tot bist, mache ich Gelatine aus dir und koche aus dir Pudding, erzählte Elisa Jon und lachte furchtbar laut.
Jon kennt die Geschichte, sagte Annina. Ausserdem habe ich nichts von Pudding gesagt.
Egal, rief Elisa, ich werde aus dir Pudding machen.
Ich dachte, du wolltest mich schmirgeln, sagte Annina.

In einer Regennacht malte Elisa das Land, in dem der Mensch lebt. Das ist eine Schweizerfahne, sagte sie.

Dreiundvierzigste sternklare Nacht

Am Anfang war der Anfang. Allerdings muss es dann auch eine Zeit gegeben haben, als der Anfang noch nicht war. Und eine Zeit vor jener Zeit. Nimmt man an, es gebe ein Sein, gibt es, logisch gedacht, auch ein Nichtsein und eine Zeit vor Beginn des Nichtseins und eine Zeit vor dem Nichtbeginn des Nichtseins. Wenn nun aber nach Ablauf des Nichtbeginns des Nichtseins die Zeit des Nichtseins beginnt, ist sie dann noch Nichtsein? Oder vielleicht schon Sein? Womöglich ist aber auch alles dasselbe.

Jon, sagte Elisa missbilligend, du bist und bleibst ein Mann.

An diesem Abend zeichnete sie Jon.

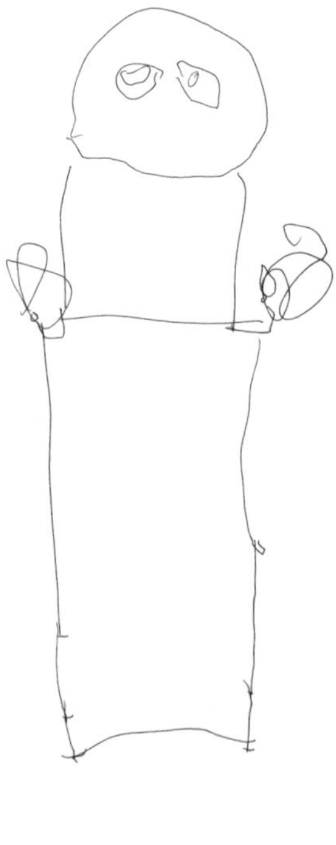

Vierundvierzigste sternklare Nacht

Am Anfang war nicht das Letzte. Also war am Anfang das Nichtletzte. Womöglich ist das Nichtsein eigentlich das Nichtletzte. Aber wann beginnt dann das eigentliche Letzte? Vielleicht ist das eigentliche Letzte eigentlich das Nichtletzte oder, anders gesagt, das verwandelte Nichtletzte. Vielleicht ist »anders gesagt« falsch gesagt, vielleicht verwandelt sich eines in das andere. Dann wäre alles ein Kreislauf. Dann wäre das eigentliche Problem die Zeit. Womöglich ist aber auch alles dasselbe.

Hört auf mit diesen Jon-Geschichten, rief Elisa
den Sternen zu, so kann das gar nicht gewesen sein.
Wieso nicht, fragte Annina.
Das kann sich kein Mensch vorstellen, sagte Elisa.
Und wer sagt, dass es so gewesen sein muss,
dass ein Mensch es sich vorstellen kann, fragte Jon.
Doch Elisa winkte ab und sagte, Jon, gib auf.

Fünfundvierzigste sternklare Nacht

Am Anfang war das Nichtsein, etwas später entstand im Nichtsein das Sein und wurde zum Ei. Das Küken, das aus dem Ei schlüpfte, war die Sonne, und kaum hatte sie sich gezeigt, wurde sie mit ohrenbetäubendem Lärm begrüsst. Alle Lebewesen, die Dinge und die Wünsche sammelten sich zu einer grossen Prozession, marschierten hinter ihr her und begleiteten sie an ihren neuen Arbeitsort im Himmel.

Vielleicht gab es das Nichtsein aber auch nicht, und das Sein war kein Ei, sondern einfach das Sein, das, nachdem es beschlossen hatte, sich fortzupflanzen, die Glut schuf, und die Glut weinte dann das Wasser, und das Wasser gebar dann das Essen.

Ich haue dich, Jon, rief Elisa und stürzte sich auf ihn.

Sechsundvierzigste sternklare Nacht

Am Anfang schufen der Erfinder, die Sonne und Erdwasser zu dritt den Himmel. Danach machte jemand die Erde, jemand anderes währenddessen die Flüsse, zwei schufen Spalten und Gräben, einer den Sumpf, und es war der Erfinder, der schliesslich einen Wurm formte.

Kaum war der Wurm auf der Welt, da kam er unter Sirenengeheul zu Erdwasser gerannt, stellte sich frech hin und fragte: »Was gibst du mir, wenn ich dich sauge?«

Erdwasser wusste nicht, wovon der Wurm sprach, tätschelte ihm den Kopf und hielt ihm eine reife Feige, einen Granatapfel und eine Birne hin. »Such aus«, sagte sie.

Der Wurm schlug ihr das Obst verächtlich aus der Hand. »Schätzchen«, sagte er und runzelte die Stirn, »was soll ich mit diesem Kinderkram anfangen? Heb mich lieber hoch und lass mich in deinem Zahnfleisch wühlen. Lass mich das Blut aus deinen Zähnen saugen. Lass mich die Zahnwurzeln aus deinem Zahnfleisch fressen.«

Erdwasser gab ihm eine Ohrfeige.

Weisst du, was wir morgen tun, sagte Elisa.
Was, Spätzchen, fragte Annina.
Einen Krebs fangen und ihn im Eimer mitnehmen
und ihn dann füttern und behalten.
Aber Elisita, du getraust dich doch gar nicht,
ihn anzufassen, sagte Annina.
Ich muss ihn ja nicht anfassen, sagte Elisa, das
macht Jon.

Das ist Helen, sagte Elisa. Und was tut die in unserem Buch, fragte Annina. Nichts, sagte Elisa. Kleb sie trotzdem ein. Du kannst sie ja zur Geschichte mit dem Würmchen tun.

Siebenundvierzigste sternklare Nacht

Am Anfang beobachtete der Erfinder, wie von Norden auf einem Floss der Vater der Geheimgesellschaft und eine Schildkröte geschwommen kamen. Nachdem er sein Gesicht verhüllt hatte, liess er sich an einem aus Federn geflochtenen Seil herab, bestieg das Floss und band es fest. Dann setzte er sich, schwieg und liess seinen Körper leuchten wie eine Sonne.

Irgendwann war die Schildkröte das Schweigen leid und fragte: »Woher kommst du eigentlich?«

Der Erfinder sagte: »Von oben«, und schwieg.

»Könntest du uns nicht vielleicht Land machen?«, fragte die Schildkröte, doch der Erfinder antwortete nicht.

Danach hielt die Schildkröte es nicht mehr aus. »Sag wenigstens, ob es Menschen geben wird«, verlangte sie.

Der Erfinder öffnete bedächtig den Mund und sagte: »Es wird.«

»Wann?«, fragte die Schildkröte.

»Das weiss ich nicht«, antwortete der Erfinder. Danach schwieg er aber nicht, sondern fragte: »Land willst du haben? Hast du eine Idee, wo ich die Erde dazu hernehmen könnte?«

Die Schildkröte dachte nach. »Wenn ich mir dein Seil umbinde«, sagte sie, »kann ich tauchen und welche vom Meeresboden holen. Wenn ich unten bin, ruckle ich zweimal, und ihr zieht mich hinauf.«

Der Vater der Geheimgesellschaft schrie und hatte grosse Angst, als der Erfinder die Schildkröte festband und ins Wasser fallen liess. Doch tatsächlich ruckelte es, nachdem sie sechs Jahre unter Wasser geblieben war, zweimal. Der Vater der Geheimgesellschaft riss am Seil und zog die Schildkröte auf das Floss.

Sie war mit Algen überwachsen und sagte vorwurfsvoll: »Du hättest nicht so reissen sollen, jetzt hat mir die Strömung die Erde wieder aus den Pfoten gespült.«

Doch der Erfinder zog aus seiner Achselhöhle ein Messer, kratzte ihr den Dreck unter den Nägeln ab und rollte ihn zu einer kleinen Kugel. Die Kugel legte er auf das Floss.

»Sie rührt sich nicht«, sagte die Schildkröte.

Sie rührte sich tatsächlich lange nicht. »Schön, dann nicht«, sagte der Erfinder gleichgültig und wandte sich ab.

»Sie wächst«, schrie die Schildkröte gleich darauf, »sie wächst!«

Die Erde wuchs und war gleich so gross wie heute, sie war gebirgig und zerklüftet. »Nach euch«, sagte der Erfinder zu den anderen, und sie betraten sie. Noch war es allerdings dunkel, und die Schildkröte fürchtete sich zu stolpern.

»Könntest du es nicht etwas heller machen?«, bat sie den Erfinder.

»Ich kann meine Schwester rufen«, sagte der Erfinder, und schon glühte der Himmel im Osten, und ein strahlendes Feuer stieg über die Berge, der Vater der Geheimgesellschaft schrie vor Angst.

»Bleibt deine Schwester jetzt für immer da oben?«, fragte die Schildkröte.

»Nein, sie geht auf der anderen Seite hinter den Berg«, erklärte der Erfinder.

»Zeig mal«, sagte die Schildkröte. Der Erfinder liess die Sonne wandern und untergehen, und gleich war es wieder tiefschwarze Nacht. Der Vater der Geheimgesellschaft weinte.

»Du brauchst nicht zu weinen, es ist nur wie vorher«, sagte die Schildkröte.

Doch der Vater der Geheimgesellschaft jammerte: »Es ist mir zu dunkel«, und beruhigte sich erst, als der Erfinder seinen etwas schwächlichen Bruder Mond bat, den Himmel zu beleuchten.

»Und wie gefällt euch das?«, fragte er. Die Schildkröte und der Vater der Geheimgesellschaft fanden es bezaubernd. Das freute den Erfinder, und er hängte die Sterne auf. Dann setzte er sich unter eine Eiche.

Die Schildkröte und der Vater der Geheimgesellschaft setzten sich zu ihm. »Was tun wir?«, fragte die Schildkröte.

»Ausruhen«, antwortete der Erfinder.

Also blieben sie sitzen und ruhten aus. Zwei Tage später stand der Erfinder auf, klatschte in die Hände und rief: »Weiter gehts.«

Während ihrer Rast hatten nicht weit von der Eiche ein Kojote und eine Klapperschlange begonnen, ein Haus zu bauen. Der Erfinder stellte alle einander vor und sagte: »Wir machen gemeinsam weiter.« Danach halfen die Schildkröte und der Vater der Geheimgesellschaft beim Bau, während der Erfinder begann, Pflanzen und weitere Tiere zu schaffen. Ab und zu sah ihm die Schildkröte über die Schulter und feuerte ihn an.

Schliesslich verkündete der Erfinder: »Es ist so weit, ich wage mich an den Menschen.« Er mischte rote Erde mit Wasser, knetete sie lange und formte endlich eine Frau und einen Mann.

»Hilf mir, sie ins Haus zu tragen«, sagte er zur Schildkröte. Gemeinsam legten sie den Mann und die Frau auf den Boden. »Jetzt lasst mich allein«, befahl er. Er legte sich zwischen das Paar und begann zu schwitzen. Draussen wurde es Abend und Nacht.

Früh am anderen Morgen versuchte die Frau ihn zu kitzeln, doch der Erfinder vermied es zu lachen. Ab und zu stiess er ein Stück Kiefernholz ins Feuer und liess die Funken stieben, dann legte er sich wieder zu Boden. Nach drei Tagen waren die Menschen fertig. Sie waren schneeweiss, hatten blitzende Zähne, tiefschwarzes Haar, rosa Augen und waren wunderschön.

Der Kojote konnte den Blick nicht von ihnen lassen, und schliesslich fragte er den Erfinder: »Könnte ich mir wohl auch solche Menschen machen?«

»Sicher kannst du das«, sagte der Erfinder.

Doch als der Kojote seine Menschen geknetet hatte und die Frau ihn zu kitzeln begann, konnte er sich das Lachen nicht verkneifen. »Sieh nur«, sagte er danach enttäuscht zum Erfinder, »meine Menschen haben Glasaugen.«

»Du hast gelacht«, sagte der Erfinder.

Der Kojote schüttelte den Kopf und sagte: »Habe ich nicht.« Und noch während er sprach, stellte er stolz fest, dass er soeben die Lüge erfunden hatte.

Zeit verging, die Menschen vermehrten sich, und der Erfinder rief den Mann, den er als ersten geschaffen hatte, zu sich. »Geh morgen mit allen an den See. Aber erschrick nicht, ich werde dich alt machen«, sagte er.

Am anderen Morgen versammelte der Mann die Menschen und führte sie an den See. Als er sein Spiegelbild betrachtete, sah er, dass er alt und gebrechlich geworden war. Und gleich darauf konnte er sich nicht mehr auf den Beinen halten, fiel ins Wasser und ging unter. Es donnerte, der See kochte und schwappte über. Und noch bevor die Menschen begriffen, was geschah, hatte er sich geteilt, und der erste Mann stieg als zarter Jüngling wieder ans Ufer.

»Das ist mein Abschiedsgeschenk an euch«, sagte der Erfinder. »Wenn ihr alt seid, steigt hier ins Wasser. Ihr könnt hier auch abends leere Körbe aufstellen, dann findet ihr morgens zu essen darin. Ich möchte nicht, dass ihr arbeitet, geniesst lieber meine schöne Welt. Und jetzt verlasse ich euch, ich kehre in den Himmel zurück.« Noch in derselben Stunde reiste der Erfinder ab.

Der Kojote nahm sofort seinen Platz ein. Er fragte die Menschen: »Ist das ein Leben? Wollt ihr tatsächlich auf Arbeit verzichten? Auf Krankheit verzichten? Auf den Tod verzichten? Ich frage euch, was ist ein solches Leben wert?« Niemand begriff, wovon er sprach. Doch der Kojote fuhr fort: »Hört zu, was wir tun werden: Ein Fest werden wir feiern, sportliche Wettkämpfe werden wir abhalten, Witwen werden wir verbrennen. Was sagt ihr jetzt, ist nicht das das wahre Leben?«

Was er sagte, schien den Menschen interessant, und sie fragten: »Was müssten wir denn tun, um dieses Leben zu leben?«

»Bindet alles, was ihr habt, an Stangen, dann rennen wir um die Wette«, sagte der Kojote.

Während die Menschen ihren Besitz an Stangen banden, sass der erste Mann niedergeschlagen in seiner Hütte und malte sich aus, welches Durcheinander entstehen würde, wenn sie erst das Leben verliessen, das der Erfinder ihnen eingerichtet hatte.

»Darf ich?«, fragte die Klapperschlange und setzte sich neben ihn. »Wir sollten überlegen, was zu tun ist.«

Sie wartete darauf, dass er etwas sagte. Doch der Mann war zum Sprechen zu traurig.

»Meinetwegen«, sagte die Klapperschlange. »Dann werde ich allein etwas unternehmen. Weisst du, ob der Glasäugige auch mitrennt?«

Der erste Mann war auch jetzt zu traurig, um zu antworten, doch Klapperschlange suchte den Kojoten auf, liess sich von ihm die Rennstrecke erklären und fragte wie nebenbei: »Rennt dein Sohn denn auch mit?«

Der Kojote zeigte ihr stolz seinen glasäugigen Sohn, der abseits Dehnübungen machte. Dann, während Kojote ging, um die Wettkampfbahn zu markieren, verkroch die Klapperschlange sich in einer Mulde in der Bahn.

Endlich rief der Kojote: »Und los!« Die Menschen rannten, der Glasäugige führte bald, elegant sprang er über die Mulde – da schoss die Klapperschlange hoch, biss ihn ins Bein, Kojotes Sohn stolperte, fiel um und war tot.

Die Menschen lachten. Erst als der Kojote seinen Sohn weinend an den See trug, begriffen sie, dass das der Tod war, von dem der Kojote gesprochen hatte, und weinten mit ihm.

Der Kojote wollte seinen Sohn wieder jung machen, er legte ihn ins Wasser, doch er ging nicht unter, und das Wasser begann nicht zu kochen. Stattdessen trieb der Glasäugige auf und begann bald zu stinken. Nach fünf Tagen trug der Kojote alles, was er hatte, zum ersten Mann und sagte: »Nimm das und mach dafür meinen Sohn wieder lebendig.«

Der erste Mann rührte Kojotes Sachen nicht an. Er stand auf, zog die Leiche aus dem Wasser und begrub sie. »So wird das von nun an sein«, sagte er. »Die Welt ändert sich.«

Und bald war kaum mehr etwas wie am Anfang. Die Menschen begannen in unterschiedlichen Sprachen zu sprechen und zogen schliesslich auseinander. Die erste Frau verliess ihren Mann, um in der Stadt zu leben, der erste Mann blieb allein. Irgendwann entschied er sich, ins Geisterhaus zu gehen, dort traf er Kojotes

Sohn wieder. Und eines Tages klopfte auch der Kojote an die Tür, er hatte all die Zeit über seinen Sohn gesucht und war von Herzen froh, als er ihn mit dem ersten Mann am Abendbrottisch sitzen sah.

»Ihr erlaubt?«, fragte er und wollte schon eintreten, um seinen Sohn in die Arme zu schliessen und mit sich zu nehmen. Doch der erste Mann stellte sich ihm in den Weg und sagte: »Du hast keinen Grund, etwas rückgängig zu machen. Du wolltest, dass die Welt sich ändert, das wird sie nun tun, bis der Erfinder allem ein Ende setzt. Also geh nach Hause und sag den anderen, dass du deinen Sohn gesehen hast und es ihm gut geht.«

»Ich gehe ja«, sagte der Kojote kleinlaut. »Kann ich vorher etwas zu essen bekommen?«

»Das ist Geisteressen«, sagte der erste Mann abweisend.

»Nur einen Happen«, bettelte der Kojote.

Doch der erste Mann schloss die Tür.

Den Menschen erzählte der Kojote, der erste Mann habe ihn aufgefordert, sich umzubringen und sich an seinen Tisch zu setzen. Er sprang von einem Baum und war tot. Als er wieder an die Tür des Geisterhauses klopfte, war das Haus jedoch leer, Kojotes Sohn und der erste Mann waren nach oben gegangen. Jemand will noch beobachtet haben, wie Kojote das Geisterhaus verliess und nach Westen wanderte. Danach hat ihn niemand mehr gesehen.

Das war jetzt eine so lange Geschichte, dass ich gar nicht mehr weiss, wie sie angefangen hat, sagte Annina.
Die Mama wieder, sagte Elisa. Mit der Schildkröte, und dann kam der Erfinder vom Himmel und sass auf dem Floss, und …
Ist ja gut, ist ja gut, ich weiss ja wieder, rief Annina, lass uns zurückgehen.
Ob Jon wohl schon schläft?, fragte Elisa. Jon, krähte sie und riss die Tür auf. Jon, schläfst du schon?

In einer Regennacht malte Elisa, wie die Schildkröte zum Floss zurückschwimmt.

Achtundvierzigste sternklare Nacht

Am Anfang war das Schneeland. Tannen wuchsen darin neben Palmen, überall rankten sich Blumen und duftende Kräuter. Vögel segelten über den Himmel oder bauten ihre Nester, und zwischen Antilopen, Hasen, Hirschen und Nashörnern herrschte Frieden. In der Mitte des Schneelandes lag aber ein weites, dunkles Meer, und aus ihm erhob sich eines Tages ein wütender fünfköpfiger, fünfschwänziger, fünftatziger Drache, wühlte gehässig die Flut auf und zerschlug die Wälder. Die Tiere rannten verschreckt durcheinander, sie prallten gegen die Bäume, sie stürzten ins Meer, sie hatten keine Ahnung, wohin sie sich retten sollten. Da erschienen am Himmel fünf fünffarbene Wolken und verwandelten sich in Feen. Die Feen schwebten zur Erde herab und bannten den fünfköpfigen Drachen, bändigten das tosende Meer, richteten die Wälder auf und legten, da sie schon dabei waren, in einem hübschen Muster Gärten und Felder an. Als sie ihre Arbeit getan hatten, luden die Tiere sie ein, bei ihnen zu bleiben. Die Feen sagten: »Das ist aber lieb.« Sie verwandelten sich in Berge und stellten sich schützend um das Schneeland auf.

Noch eine, verlangte Elisa.
Hör auf, sagte Annina. Musst du noch wohin?
Ich mag nicht mehr Auto fahren, sagte Elisa,
wann sind wir zuhause?
Wir gehen jetzt pinkeln, sagte Annina. Dann kauft
Mama dir an der Tankstelle eine Schokoladenmilch,
und danach schläft mein Liebling. Und wenn
du dann wieder aufwachst, sind wir bestimmt schon
in der Schweiz.
Ich habe doch gesagt, ich muss nicht pinkeln,
sagte Elisa.

In einer Wolkennacht malte Elisa das Schneeland.

Neunundvierzigste sternklare Nacht

Am Anfang lebten die Menschen in einer Höhle und häuften bunten Sand zu Hügeln. In den Sand steckten sie Obst und Getreidekörner, und mit der Zeit wuchsen die Hügel zu Bergen. Als die Menschen Lieder sangen, wuchsen die Berge noch höher, und eines Tages sandten die Menschen eine Expedition auf einen der Gipfel und stellten fest, dass man von ihm aus mit etwas Geschick in die andere Welt hinüberklettern konnte.

Eine Fliege und eine Spinne versprachen zu helfen. Sie knüpften eine Leiter, auf der die Menschen den Himmel bestiegen. Von dort kletterten sie zur Erde hinab und richteten sich ihr neues Zuhause ein.

Wann kommt Jon uns besuchen, fragte Elisa.
Elisita, sagte Annina, wir sind jetzt gerade mal einen halben Tag zuhause.
Ja und, sagte Elisa. Dich vermisse ich schon, wenn du nur ein klitzekleines Sekündchen weg bist.

Ich habe die Leiter gemalt, sagte Elisa in einer Regennacht. Sie lehnt am Ast und schläft.

Fünfzigste sternklare Nacht

Am Anfang lag die Erde im Schatten des Himmels, auf dem – auf einem Plätzchen, das er die Mittagsseite nannte – der Erfinder sass und einen Raben knetete. Den Raben schickte er los, ein Loch in den Himmel zu picken, er zwängte sich hindurch und stieg zur Erde hinab.

Nachdem er hier und da Robbenknochen auf dem Boden verstreut hatte, kehrte der Erfinder in den Himmel zurück, setzte sich auf seine Mittagsseite und übte sich in Geduld. Doch schliesslich plagte ihn die Neugierde. Er schickte den Gelbfuchs zur Erde und sagte: »Erstatte mir Bericht.« Der Gelbfuchs ging seufzend ein Stück, doch der Weg war mühsam, er kehrte um und behauptete: »So leid es mir tut, da unten ist keine Erde.« Der Erfinder jagte ihn mit einem Fusstritt davon und schickte den Polarfuchs. Der ging sehr willig los, erreichte auch die Erde, doch plötzlich stand er Menschen gegenüber. Panisch rief er: »Ach du liebe Güte!«, und schrie selbst noch, als er längst wieder im Himmel war.

»Du solltest dich erkundigen, wie es ihnen geht«, sagte der Erfinder.

»Wie bitte?«, sagte der Polarfuchs, »ich bin doch nicht verrückt!« Er erhielt einen Tritt und flog aus dem Himmel.

Der Wolf wurde zur Erde geschickt. Er betrat vorsichtig die Erde, beobachtete die Menschen von weitem, dann kehrte er in den Himmel zurück.

»Ein Mann und eine Frau stehen etwas betreten umher und wagen sich nicht, sich zu setzen, obwohl ihnen offenbar schon die Füsse wehtun«, berichtete er.

»Und wie vermehren sie sich?«, fragte der Erfinder.

»Ich glaube nicht, dass sie sich vermehren«, sagte der Wolf.

»Oh, diese Dummköpfe!«, schimpfte der Erfinder und stieg selber hinunter.

»Was treibt ihr eigentlich die ganze Zeit?«, fragte er, als er die ersten Menschen erreichte.

»Wie: ›was treiben wir‹?«, stotterte der Mann und wurde rot. »Wir treiben nichts.«

»Das ist ja das Leidige«, sagte der Erfinder und befahl ihm, sich zu setzen. »Setz dich neben ihn«, sagte er zur Frau. Die Menschen sassen nebeneinander, versuchten, einander nicht zu berührten, und glühten beide.

»Das ist schon mal ein Anfang«, sagte der Erfinder. »Du legst dich jetzt auf den Rücken«, sagte er zur Frau, »und machst die Beine breit. Und jetzt legt der Mann sich auf dich.«

Nachdem sie noch einige kleinere Schwierigkeiten ausgeräumt hatten, lag der Mann glücklich zwischen den Schenkeln der Frau, und sie zeugten die Menschheit.

»Ich wusste doch, dass es funktioniert«, sagte der Erfinder zufrieden. Er schenkte den Menschen ein paar Rentiere und einen Feuerbohrer und ging wieder nach oben.

Ach du liebe Güte, ein Mensch, rief Annina, als Elisa sie umarmte.
Nicht, Mama, sagte Elisa. Lieb sein.

Einundfünfzigste sternklare Nacht

Am Anfang wurde es dem Erfinder eng in seinem Ei. Er schlug ein Loch in die Schale, sah hinaus und rief: »Ist da wer?« Er hörte das Echo seiner Stimme, sonst nichts. »Ist da unten wer?«, rief er nach unten. »Ist da hinten wer? Ist da vorne wer?« Doch er bekam keine Antwort.

»Fels, komm zu mir gekrochen!«, befahl er ungeduldig. Doch der Fels war noch nicht geschaffen. »Sand«, rief er, »komm hergekrochen!« Der Sand war auch noch nicht geschaffen. Seufzend stand der Erfinder auf, nahm ein Stück Eierschale und sagte gleichgültig: »Du kannst meinetwegen der Himmel sein.« Dann stieg er aus der Schale und schuf aus ihr Fels und Sand.

Doch plötzlich brüllte er: »Wieso muss ich eigentlich alles selber machen?« Wütend brach er sich das Rückgrat aus dem Leib und formte daraus eine Bergkette. Er riss sich die Därme heraus und nannte sie Wolken. Fleisch und Fett warf er zu Boden, stampfte darauf herum, nannte sie Erde, und um sie kräftiger zu machen, steckte er schliesslich die Knochen seiner Arme und Beine hinein. Er riss sich die Haare aus und machte daraus Bäume, aus dem Magen schuf er Aale, sein Blut schüttete er gegen den Himmel und fuhr ihn an: »Meinetwegen mach daraus dein Morgenrot, meinetwegen mach daraus dein Abendrot, meinetwegen mach daraus Regenbogen.«

Nur den kahlen Kopf behielt er für sich, in ihm wohnte er von nun an und sah zu, wie alles sich bewegte. Irgendwann brummte er missmutig: »Jemand muss die Sternbilder bauen, ich mache das aber nicht«, und schuf dazu die Götter, die sich gleich an die Arbeit machten, Sonne, Mond und die Sternbilder entwarfen und die Welt beleuchteten.

»Einer muss die Menschen machen«, knurrte der Erfinder etwas später, »das kann auch ein anderer machen.« Und indem er es sagte, hatte er den anderen geschaffen, der gleich begann, Menschen zu kneten.

»Wie findest du sie?«, fragte er ihn nicht ohne Stolz.

»Wen?«, fragte der Erfinder.

»Meine Menschen«, sagte der andere.

Doch der Erfinder hob kaum den Blick. »Ich sehe keine Menschen«, sagte er. »Ich sehe nur Schalen, leere, hohle Schalen. Der Himmel ist eine Schale für die Götter und ihre Sternbilder. Die Erde ist eine Schale für die Steine und das Wasser und meinetwegen die Bäume. Die Frauen sind Schalen für die Männer, ausserdem sind sie Schalen für andere Frauen, die sie gebären. Bleib du mir vom Leib mit deinen Menschen. Du siehst doch, ich bin schlecht gelaunt.«

Der ist aber wirklich schlecht gelaunt, sagte Elisa.
Übrigens erinnere mich bitte daran, dass ich morgen Helen mein Kindergartentäschchen zeige. Ich bin ja so stolz.

In einer Regennacht malte Elisa, wie die Götter die Sterne machen. Und wo sind die Götter, fragte Annina. Die sieht man nicht, sagte Elisa, die halten sich versteckt.

Zweiundfünfzigste sternklare Nacht

Am Anfang lebten die Menschen mit dem Erfinder im Himmel. Nur eine Frau war eine solche Nervensäge, dass der Erfinder sie eines Tages mit ihrer Tochter und ihrem Sohn in einen Korb steckte, Mehl, Mais und Zucker dazupackte und, ohne sich auf eine Diskussion einzulassen, die drei zur Erde hinabliess.

Als sie unten ankamen und so gar nichts Nettes und Gemütliches sie erwartete, nur sehr viel ungeordnete Natur, war die Frau reichlich ratlos. Doch dann spuckte sie in die Hände, rief: »Kommt, Kinder, machen wir das Beste draus!«, und begann, ein hübsches kleines Gärtchen anzulegen mit Bohnen, Wicken und Rhododendron.

Bald war ihr das Gärtnern so sehr ans Herz gewachsen, dass sie morgens und abends jammerte: »Ach, aber wenn wir sterben, wird gar niemand da sein, um unser Gärtchen zu pflegen!«

»Das lässt sich nun einmal nicht ändern«, sagte die Tochter.

»Doch«, entgegnete die Frau und tippte sie mit dem spitzen Finger an. »Du musst uns Kinder machen.«

»Kinder?«, fragte die Tochter. »Und mit wem? Dazu bräuchte ich einen Mann.«

»Dein Bruder ist einer«, antwortete die Frau.

»Ach so«, sagte die Tochter nachdenklich. Und etwas später fand sie: »Na schön«, ging zu ihrem Bruder und schlief mit ihm.

Sie hatte ihr Kind noch nicht geboren, da begegnete sie im Wald einem überaus freundlichen und galanten Herrn, der nur leider über und über behaart war. Die Tochter nahm ihn mit nach Hause, setzte ihn auf einen Stuhl, holte das Rasiermesser ihres Bruders und enthaarte ihn von Kopf bis Fuss.

»So siehst du recht apart aus«, sagte sie und lud den Mann ein, bei ihr zu wohnen.

Ihre Kinder zeugte sie allerdings weiterhin mit ihrem Bruder. Das ertrug der freundliche Mensch nicht und belegte die Neugeborenen mit einem Bann, der ihnen und ihren Kindern und den Kindern der Kinder das Leben vergällte.

Endlich fertig?, fragte Elisa.
Ja, du Zappelliese, sagte Annina.
Gott sei Dank, sagte Elisa. Ich habe doch ganz vergessen, für morgen mein Täschchen zu packen.

In einer Regennacht malte Elisa das Haus, in dem die Menschen mit dem Erfinder im Himmel wohnen. Zur Miete, sagte sie. Sie hatten noch Glück, dass sie hinausgeworfen wurden, gleich danach flog nämlich ein Flugzeug ins Haus.

Dreiundfünfzigste sternklare Nacht

Am Anfang lebten die Menschen in einer finsteren Höhle, das einzige Licht kam von einigen Adlerfedern, die sie um den Hals trugen.

»Wäre es nicht schön, etwas mehr Licht zu haben?«, fragte eines Tages ein kleines Mädchen.

Da sagten die Menschen: »Sie hat recht«, und beschlossen, einen Mond und eine Sonne zu bauen. Sie schnitten sich zwei Scheiben aus gehämmertem Blech, hängten sie an die Höhlendecke und liessen sie durch den Raum wandern.

Doch noch während sie mit verschiedenen Umlaufbahnen experimentierten, kamen schimpfend die Hexe und der Zauberer gerannt und befahlen ihnen, die Scheiben wieder abzunehmen. Alle stritten und rissen sich an den Haaren. Währenddessen flohen Mond und Sonne aus der Höhle, sie kletterten auf einen Hügel, sprangen in den Himmel hinüber und richteten sich gemütlich ein.

Als die Menschen ihre Flucht entdeckten, schickten sie vier junge Männer auf ein Gerüst. »Findet das Loch«, sagten sie, »durch das die beiden geflohen sind.« Die Männer stiegen auf das Gerüst. Doch anstatt das Loch zu suchen, sahen sie zu, wie sich unter ihnen die Frauen wuschen. Zur Strafe wurden sie in Kaninchen verwandelt.

»Lasst mich nachsehen«, sagte ein alter Mann, »ich mache mir nichts aus nackten Mädchen.« Er stieg auf das Gerüst. »Schickt ein Käferchen und einen Falter hoch«, rief er nach einer Weile, »ich glaube, ich habe das Loch gefunden.« Ihnen sagte er: »Versucht mal, dort hindurch zu schlüpfen.«

Die Tiere krabbelten durch ein Loch in der Wand. Keine Minute später kehrten sie pudelnass zurück und sagten: »Nichts zu machen, dort oben ist nur Wasser.«

Der alte Mann berichtete den Menschen, was Käferchen und Falter entdeckt hatten. Danach sassen alle etwas trübsinnig im Kreis. Da meldete sich scheu der Wind zu Wort. »Entschuldigt«, sagte er. »Wenn euch etwas daran liegt, dränge ich das Wasser für euch zurück.«

»Was bekommst du dafür?«, fragten die Menschen.

»Ein Lächeln würde mir reichen«, sagte der Wind. Er schob das Wasser zur Seite, die Menschen kletterten auf das Gerüst und von dort mit Leitern zur Erde hinauf. Viermal brach die Leiter und musste durch eine neue ersetzt werden, und eine alte Frau schaffte es nicht einmal bis auf das Gerüst und blieb allein in der Höhle zurück.

Was ist ein Falter, fragte Elisa.
Ein Schmetterling, sagte Annina.
Das ist ja witzig, sagte Elisa. Wisst ihr, rief sie den Sternen zu, dass ich auch ein Käferchen bin? Ich bin seit heute im Kindergarten. Und in einem Jahr bin ich ein Schmetterling.

In einer Gewitternacht malte Elisa Sonne und Mond. Sie sind schon über dem Wasser, sagte sie. Aber die Menschen versuchen sie zurückzuholen.

Vierundfünfzigste sternklare Nacht

Am Anfang dachte der Erfinder sich: »Etwas Licht wäre schön.« Eben hatte er es gedacht, da ging das Licht an, er nahm sich eine Handvoll, drehte und bewunderte es und war so angetan, dass er daraus den Propheten formte.

»Und was tue ich nun?«, fragte der Prophet.

Der Erfinder überlegte, dann sagte er: »Ich könnte dir Menschen machen, die unterrichtest du in Moral. Würde dir das gefallen?«

Dem Propheten gefiel das, und während er sich auf den Unterricht vorbereitete, schuf der Erfinder alles, was die Welt irgendwann benötigen würde.

Als erstes entwarf er sich einen Thron, knüpfte einen Teppich, unter dessen Fransen die Seelen der Toten dereinst Schatten finden sollten, und schob ihn unter den Thron. Dann erfand er eine Tafel, die gar nicht allzu gross war, auf der aber trotzdem in Geheimschrift bereits die Geschichte der Welt geschrieben stand, von ihrem Anfang bis an ihr Ende, dazu formte er eine Feder, die so lang war, wie der Weg zwischen Himmel und Erde lang ist, und die jedesmal, wenn der Erfinder seine Pläne änderte, die Schicksale aller Menschen auf der Tafel umschrieb. Er baute eine Trompete, die in der Lage war, die Berge einstürzen und die Sterne vom Himmel fallen zu lassen, ausserdem erfand er einen Engel, gab ihm einen Stuhl und sagte: »Hier sitzt du und rührst dich nicht, ganz am Ende darfst du dafür den letzten Ton spielen.« Danach entwarf er einen zauberhaften Garten für die guten Toten und ein tosendes Feuer für die schlechten, bevor er – alles ohne Pause – eine Schar Engelchen mit dünnen, weichen, weissen Flügeln schuf, die in seiner Nähe immer etwas zitterten. Die Engelchen organisierte er in Armeen und beauftragte sie, stets alles herbeizutragen, was die Menschen brauchten, um ihr Schicksal zu erfüllen. Danach baute er eine Kompanie pechschwarzer Racheengel, ihre Flügel waren weit genug, um Städte unter sich zu begraben. Er erfand einen tausendköpfigen Engel, jeder der Köpfe hatte tausend Münder, der Engel erzählte ihm pausenlos in einer Million Sprachen, wie grossartig er ihn fand. Er entwickelte einen anderen Engel mit einer linken Seite aus Schnee und einer rechten aus Feuer. Und schliesslich erfand er den Hahn, der jeden Morgen die Menschen daran erinnerte, dem Erfinder Lieder zu singen.

Gleichzeitig, oder womöglich schon davor, oder vielleicht auch erst jetzt, baute er das Weltall: Aus weiten, mit unleserlichen Zeichen beschriebenen Stoffbahnen schneiderte er Taghimmel und Nachthimmel, er befestigte die Fixsterne, strichelte den Wandersternen ihre Bahnen, dann baute er die Gerüste für die sieben Himmel mit ihren Planeten und Monden und für die sieben Höllen. Er fragte sich, worauf die Menschen sich beim Essen setzen würden, und erfand ihnen die Erde. Er schuf die Meere, den Wind, die Insekten und alle übrigen Tiere, rief sie zu sich und diktierte ihnen, wer wen fressen sollte und wie sie sich zu paaren hatten. Dann forderte er sie auf, ihn zu loben, und alle Tiere riefen im Chor: »Du bist grossartig.«

Und endlich beschloss er, die Menschen zu schaffen.

»Was ist?«, fragte er, als er sah, wie die Engel zitterten.

»Du weisst aber«, fragten die Engel, »dass sie plump und lüstern sein werden? Sie werden sich benehmen wie Hunde oder Schweine, sie werden töten, sie werden ganz fürchterlich kompliziert denken und sich mit jedem Versuch, ein Problem zu lösen, tiefer darin verstricken. Sie werden gierig sein, eifersüchtig, rachsüchtig …«

»Schon gut«, unterbrach der Erfinder sie. »Das alles steht auf meiner Tafel. Aber ist es ein Grund, sie nicht zu erschaffen?«

Die Engel rückten zusammen und flüsterten: »Vermutlich nicht.«

Der Erfinder erschuf sie also, und der erste Mensch schlug die Augen auf und war zart und bezaubernd. Der Erfinder sagte zu den Engeln: »Kniet vor dem Menschen nieder, ihm werdet ihr dienen.« Und alle Engel fielen auf die Knie. Nur einer weigerte sich.

Mama, sagte Elisa, ich will doch kein Käferchen sein,
ich bin lieber eines dieser Engelchen.
Du kannst ja beides sein, sagte Annina. Im Kindergarten
ein Käferchen und danach ein Engelchen.
Meinetwegen, sagte Elisa.
Und ich, sagte Annina fröhlich, bin dann der Mensch,
und du musst für mich arbeiten.

Fünfundfünfzigste sternklare Nacht

Am Anfang schlüpfte aus dem Ei des grossen ersten Vogels, der einsam über das Meer strich, der Erfinder. Dann entschlüpfte auch dem Erfinder etwas – es war ein Kanu, in dem Frauen und Männer sassen und das geradewegs ins Meer fiel.

Ein Glück für die Menschheit, dass der Erfinder keine Windeln mehr trug, sagte Annina. Im Unterschied zu gewissen anderen Persönchen.
Blöde Mama, sagte Elisa.

In einer Wolkennacht malte Elisa, wie die Menschen ins Meer fallen.

Sechsundfünfzigste sternklare Nacht

Am Anfang hatten die Erfinderin und der Erfinder einen Sohn, den sie Sonne nannten, sie wünschten sich aber auch eine Tochter. Daher nahm der Erfinder etwas Erde in den Mund und pustete sie über den schlafenden Sonne, daraus entstand ein Mädchen, das sie Mond nannten.

Kaum hatte der Ziegenmelker Mond entdeckt, verliebte er sich unsterblich und wollte sie unbedingt heiraten. Mond jedoch verzog nur das Gesicht und sagte: »Kannst du mir einen triftigen Grund nennen, weshalb ich einen Vogel heiraten sollte?«

»Stimmt, heirate lieber mich«, flötete Sonne und grabschte nach ihr. »Lass mich dir Kinder machen.«

»Den eigenen Bruder«, rief Mond, »pfui Teufel!«

»Bin ich dir zu hässlich?«, fragte Sonne und verschwand, um sich zu schminken. Doch gleich floh Mond in den Himmel, malte sich schwarz an, damit nicht noch andere sich in sie verliebten, und hatte die Nacht erfunden.

Trotzdem gab der Ziegenmelker nicht auf, packte eine Schlingpflanze, die über die Himmelsbrüstung hing, und kletterte ihr nach. »Verschwinde«, sagte Mond und schnitt die Pflanze ab. Der Ziegenmelker fiel zu Boden und verkroch sich beschämt unter den Büschen.

Sonne strich währenddessen verärgert unter dem Himmel auf und ab, band sich schliesslich Papageien an Handgelenke und Füsse, liess sich zu Mond in den Himmel fliegen und fing einen fürchterlichen Streit an. Mond gab ihm eine Ohrfeige, dass Sonne sich verdunkelte, doch Sonne schlug zurück, und jetzt verfinsterte sich Mond, lief rot an und begann zu heulen. So fiel der erste Regen.

»Hau ab«, stammelte Mond, »ich will dich nicht mehr sehen. Ich will überhaupt niemanden mehr sehen. Ich brauche euch nicht.«

Erschrocken trat Sonne ein paar Schritte zurück, während Mond sich die Tränen abwischte und ein Stück Lehm in die Hand nahm. »Jetzt mache ich mir nämlich ganz allein einen Sohn«, sagte sie trotzig und blies auf den Lehmklumpen.

Gleich bekam der Klumpen einen Mund, der Mund sagte: »Mama«, und Mond weinte wieder, diesmal vor Freude. Im nächsten Augenblick hatte Sonne aber Monds Sohn bereits an sich gerissen, schleuderte ihn zu Boden und trat ihn breit. »So«, rief er wütend, »und so, und so, und so!« Als er fertig war, hatte er aus ihm die Erdscheibe getreten.

Mond hatte erstarrt zugesehen.

»Ist nicht schlimm, oder?«, fragte Sonne unsicher.

Mond sagte tonlos: »Du machst mich fertig.« Dann schwieg sie eine Weile, bevor sie mit Grabesstimme hinzufügte: »Heiraten wir meinetwegen. Sonst hat das alles nie ein Ende.«

Kaum waren Sonne und Mond verheiratet, bauten sie sich ein Boot, trieben den Fluss hinab und zeugten in lockerer Folge Tiere und Pflanzen. Dann, eines Tages, rief die Erfinderin sie ans Ufer, drückte ihnen zwei Eier in die Hand und bat sie, die Eier auf eine Sandbank zu legen und zu bewachen. Mond und Sonne liessen sie bis tief in die Nacht nicht aus den Augen, trotzdem waren die Eier am anderen Tag verschwunden.

»Der Silberreiher hat sie genommen«, zirpte die Grille, aber sie war zu leise, Mond und Sonne hörten sie nicht. »Der Silberreiher hat sie«, zirpte die Grille lauter und biss Sonne in den Fuss. Und diesmal hörte er sie. Er verfolgte den Reiher und rettete wenigstens eines der Eier, brachte es zu Mond zurück, und die taufte es auf den Namen Sonnenfarbe, machte eine junge Frau daraus und verheiratete sie an ihren ältesten Sohn, das Faultier.

Sonnenfarbe und Faultier bauten sich bald ein eigenes Boot, trieben den Fluss hinab wie ihre Eltern und zeugten einen Sohn, der Wasserschlange hiess und, kaum war er geboren, einer Anakonda begegnete. Sie formte ihm den Schwanz zu einer Axt, so konnte er sein eigenes Boot bauen und fuhr wie alle den Fluss hinab.

Irgendwann war wieder viel Zeit vergangen. Wasserschlange war weit gereist, da traf er in einem einsamen Sumpfgebiet auf seine Grossmutter Mond. Sie lachten und umarmten sich, und während sie ein Süppchen assen, erzählte Mond, dass Sonne sie einige Jahre zuvor verlassen hatte. »Ich war ihm zu viel geworden«, sagte sie. »Alles war ihm zu viel geworden, er wollte nur noch seine Ruhe.«

»Du Arme«, sagte Wasserschlange. »Nach allem, was du durchgemacht hast.«

»Ach ja«, seufzte Mond. »Aber weisst du, man gewöhnt sich an vieles.«

Danach gab es nichts mehr zu sagen, doch ihre Blicke trafen sich, und dann sagte Wasserschlange heiser: »Ich hätte Lust, mit dir zu schlafen.«

Das taten sie auch und genossen es sehr. Doch in eben diesem Augenblick tauchte Sonne wieder auf, tobte vor Eifersucht und schmiss mit Sachen. »So etwas gehört sich nicht«, brüllte er, »so etwas gehört sich einfach nicht!«

»Ich kann es erklären«, sagte Wasserschlange. Doch dann fiel ihm nichts ein, und Sonne jagte ihn und Mond in die Nacht hinaus. Wasserschlange und Mond zeugten noch mehrere Kinder. Trotzdem waren sie einsam, denn Sonne sprach überall nur das Schlechteste von ihnen, und niemand wollte mehr mit ihnen zu tun haben.

Nachdem sie überall weggejagt worden waren, gingen sie zum Faultier, das schliesslich Monds Sohn und Wasserschlanges Vater war. Doch das Faultier schrie nur durch das geschlossene Fenster: »Das macht ihr, um mich zu ärgern. Ihr alle steckt unter einer Decke, ihr zwei und Sonne. Ihr wollt mich ruinieren.« Dann riss er plötzlich doch die Tür auf, ohrfeigte Wasserschlange, dass der in den Wald flog, und verprügelte Mond ganz fürchterlich. Und dann vergrub er sie in einem Erdloch.

Die Taube hatte den Streit beobachtet. Sie flog zum Ziegenmelker, der all die Jahre seufzend auf seinem Ast gesessen, an Mond gedacht und Liebeskummer gelitten hatte, stupste ihn an und sagte: »Wenn du dich jetzt schön machst und Mond ein Ständchen bringst, kannst du sie retten und ihr Held sein.«

Das Herz klopfte dem Ziegenmelker. Er schmückte sich mit grün schimmernden Käferflügeln, setzte sich in einen hohlen Baum und spielte auf seiner Muscheltrompete.

Er hatte keine drei Töne gespielt, da schoss Mond aus der Erde, fuhr in den hohlen Baum, jagte durch den Stamm empor wie aus einem Gewehr geschossen und verschwand ohne jedes Dankeschön im Himmel. Der Ziegenmelker war aus dem Baumstamm gepurzelt. Geknickt verkroch er sich wieder im Dickicht und litt schweigend weiter. Nur manchmal, wenn Mond sich nachts am Himmel zeigte, hörte man noch sein leises, wehes: »Ach!«

Mond aber wurde nicht müde, Faultier überall anzuschwärzen, und Faultiers eigene Söhne, Wasserschlange war auch dabei, lauerten ihm schliesslich auf, schlugen ihm den Kopf ab, entbeinten ihn und steckten ihn in Spiritus. Doch damit begann erst das Gemetzel: Sonnenfarbe tötete ihre Söhne, um den Mord an ihrem Ehemann zu rächen. Noch während sie das Schwert schwang, versuchte Wasserschlange sie von hinten zu erwürgen. Und selbst Sonne und Mond fanden in ihrer Verzweiflung über das hässliche Treiben wieder zusammen, sie packten Wasserschlange, drehten ihn durch ein Schilfrohr, um ihn in eine Boa zu verwandeln, und banden ihn schliesslich unter einem Wasserfall an einen Pfahl.

»Schlag einen Regenbogen, wenn du dich ergeben willst«, sagte Sonne, dann zogen er und Mond sich in den Himmel zurück und liessen ihn allein. Tatsächlich war Wasserschlange, nachdem er etwas getrotzt hatte, bereit sich zu ergeben, peitschte das Wasser auf und schlug einen Regenbogen. Doch inzwischen hatte die Regenzeit begonnen, sein kleiner Regenbogen verlor sich hinter den schweren schwefelgelben Wolkenschwaden, die sich zäh über die Wälder und Berghänge wälzten.

Erst Jahre später kam die Erfinderin den Fluss hinaufgerudert, um ihren Urenkel zu befreien. Doch da war Wasserschlange bereits so verstockt, dass er sie frass, bevor sie ihm die Fesseln gelöst hatte. Danach wurde es auf der Erde nicht mehr friedlicher.

Mama, rief Elisa, wie macht man einen Regenbogen, ich muss das lernen.

Siebenundfünfzigste sternklare Nacht

Am Anfang waren die Menschen haarig und sprachen nichts als Unsinn, der Erfinder beschloss, sie gleich wieder loszuwerden. Er jagte eine Flut über die Erde, in der die Menschen ertranken. Nur zwei Geschwister hatten sich in einen Korb gerettet, lange trieben sie auf den Wellen und schliefen irgendwann ein. Sie wachten auf, als es einen Ruck gab, und als sie über den Korbrand blickten, sahen sie Land.

Der Junge kletterte aus dem Korb, um das Land zu erforschen, und verschwand im Wald. Als er zurückkam, hatte das Mädchen bereits eine Hütte gebaut und Feuer gemacht. Sie fragte: »Und, was ist, hast du Menschen getroffen?«

»Tut mir leid, Schwester«, antwortete der Junge, »nur Vögel und einen Waschbären.«

Das Mädchen zog ein Gesicht und sagte: »Nenn mich nicht Schwester.«

Am anderen Tag zog der Junge wieder los und hatte abends zwar einen Hasen geschossen, aber Menschen hatte er keine getroffen. Wieder sagte er: »Tut mir leid, Schwester.«

»Nenn mich nicht Schwester«, rief sie, »ich mag das nicht leiden.« Dann sagte sie: »Hast du dir eigentlich schon Gedanken gemacht, wie wir damit umgehen, falls nur wir zwei übrig sind?«

Am nächsten Tag zog der Junge wieder los. Nicht weit von der Hütte setzte er sich auf einen Stein und dachte nach, was seine Schwester wohl gemeint hatte. Mehr noch beschäftigte ihn allerdings, dass sie immer das Gesicht verzog, wenn er sie Schwester nannte. Als es Abend wurde, hatte er beschlossen, etwas zu versuchen. »Hallo, meine Liebste«, rief er, als er in die Hütte trat, »blendend siehst du aus!« Und wirklich zog sie einmal kein Gesicht, sondern lachte und zog ihn an sich. Dann küsste sie ihn, und noch am selben Abend heirateten sie.

Nach einiger Zeit bekamen sie Kinder. Eines war schöner als das andere, sie waren kaum behaart und sprachen wenig Unsinn. Selbst der Erfinder hatte allen Grund, sie zu lieben.

Unsinnreden ist schön, sagte Elisa. Wer keinen Unsinn redet, ist langweilig.
Und Behaartsein ist auch schön?, fragte Annina.
Pfui Teufel, rief Elisa. Sie wand sich und spielte Haareausspucken.

In einer Regennacht malte Elisa das Mädchen. Stimmt ja gar nicht, sagte sie tadelnd zu sich selbst, es ist das Mädchen des Mädchens.

Achtundfünfzigste sternklare Nacht

Am Anfang lag der Himmel auf der Erde. Doch dann wurde er der Erde zu schwer, sie tat sich mit ihren Kindern zusammen, und gemeinsam rissen sie ihn in einem grossen, wüsten Fest in Stücke. Aus seinem Schädel machten sie die Sternschale und aus dem Blut das Meer. Das Blut hörte aber nicht auf zu fliessen, das Meer stieg höher und höher, und zuletzt waren alle Kinder der Erde ertrunken ausser zweien. Sie retteten sich mit Mühe und Not auf ein Boot, das der Erfinder ihnen unterschob.

Er übernahm es dann auch, die Schöpfung weiterzuführen. Nur mit den Menschen hatte er nichts als Ärger. Denn er war grossartig, alles gelang ihm, und das konnten die Menschen auf Dauer nicht ertragen.

Pfui Teufel, sagte Annina.
Mama, fragte Elisa, was ist das Problem.
Dass die Tollen immer Männer sind, sagte Annina, als könnte eine Frau nicht die Welt erschaffen.
Aber Mama, sagte Elisa. Wenn es nun einmal so war, die Sterne dürfen doch nicht lügen.

In einer Regennacht malte Elisa den Himmel. Er hat Angst, sagte sie.

Neunundfünfzigste sternklare Nacht

Am Anfang unterschied der Erfinder Nass und Trocken, danach machte er Licht. Das Licht nannte er Tag, das Dunkel nannte er Nacht. Er machte das Licht aus und wieder an, nur so zum Spass. Dann sagte er: »Erster Tag«, liess das Licht brennen und wandte sich dem Wasser zu. Er teilte es in zwei Teile, den einen Teil legte er beiseite, den anderen liess er frei hängen und taufte ihn Himmel. Dann konnte er es nicht lassen, er machte das Licht aus und wieder an und rief: »Zweiter Tag.« Nun nahm er das Wasser, das er zur Seite gelegt hatte, schichtete es und nannte es Meer. Wo das Meer jetzt nicht mehr lag, war es trocken, das nannte er Land und musterte es lange, bevor er sagte: »Etwas Grün könnte dir nicht schaden«, und Bäume pflanzte. Danach gönnte er sich eine Pause. Währenddessen knipste er das Licht aus und wieder an, freute sich und sagte: »Dritter Tag.«

Er begann sich einen Mechanismus auszudenken, der das Licht automatisch an- und ausknipste, aus dem Mechanismus wurde ein ganzes System: als Tageslicht schuf er die Sonne, als Nachtlicht den Mond, ausserdem richtete er als Notlicht die Sterne ein. Er testete es: die Sonne ging unter, die Sonne ging auf, er nickte und sagte: »Sehr schön, vierter Tag.« An diesem Morgen erfand er die Tiere für das Wasser, nachmittags die Tiere für den Himmel, dann hatte er genug getan und sah zu, wie der Mond aufging. Erst als der Mond verblasste und die Sonne wiederkam, sagte er träge: »Fünfter Tag«, erhob sich ächzend und arbeitete weiter. An diesem Tag knetete er die Tiere für die Erde. Einige sahen aus wie er, doch als sie ihn am sechsten Tag fragten: »Heissen wir denn auch wie du?«, antwortete er: »Das möchte ich mir verbeten haben. Ich nenne euch Menschen.« Er bat sie, auf die anderen Tiere aufzupassen, dann ging bereits wieder die Sonne unter.

Der Erfinder legte sich unter die Sterne, und als die Sonne wieder aufging, sagte er auch diesmal: »Siebenter Tag«, doch für einmal erhob er sich nicht, sondern blieb müde und zufrieden liegen, den Nacken in die Arme gestützt, und betrachtete den lieben langen Tag mit grossem Vergnügen, was er geschaffen hatte.

Wie wir, jubelte Elisa. Wir bleiben am Sonntag auch
im Bett und tun nichts.
Gott sei Dank haben wir dafür jetzt ein Vorbild,
sagte Annina.

In einer Regennacht malte Elisa den Erfinder mit den Sternen. Sieh mal, sagte sie, einer ist ihm wieder abgefallen.

Sechzigste sternklare Nacht

Am Anfang stürzten Himmel und Erde sich gierig aufeinander und zeugten in einem Schwall die zehntausend endlichen Geschöpfe. Danach schufen sie, eines nach dem anderen, das Holz, das Feuer, die Erde, das Metall, das Wasser und den gelben Alten.

Der Alte sass nach seiner Geburt für gewöhnlich auf einer Klippe am Rand der Erde und wartete. Mit viel Geduld sah er zu, wie Sonne und Mond aufstiegen und wieder abstiegen und wie die Sterne um eine unsichtbare Mitte kreisten.

Eines Nachts schoss aus eben dieser unsichtbaren Mitte ein blendend helles Licht. Als es sich verlor und die Augen des erschreckten Alten sich wieder an die Dunkelheit gewöhnt hatten, stand vor ihm der Erfinder und sagte: »Guten Abend, sieh mich bitte nicht so ängstlich an. Ich bin nur gekommen, um dir zu zeigen, wie man Pflanzen zu einem Höschen knüpft und Wurzeln isst.«

»Ach«, sagte der Alte. »Ja dann«, sagte er und rückte ein Stück, damit der Erfinder sich setzen konnte.

Für einige Zeit blieb danach der Erfinder bei ihm, unterrichtete ihn im Weben und Kochen, und während der Alte übte, erzählte der Erfinder wortgewaltig von einem ungeheuren Berg, der den Himmel stütze, damit er nicht auf die Erde falle, er erzählte von einer Quelle, die sich am Fuss des Berges in zehntausend Flüsse teile und die acht Meere speise, und er erzählte von den vier Inseln, die die Erde seien und hinter denen, wie er sagte, die acht Pole der Welt aufragten.

Er lehrte den gelben Alten so einiges. Doch irgendwann ging er wieder, und als er weg war, begann auf der Erde das Leid.

Warum begann das Leid, fragte Elisa.
Ich weiss es nicht, linda, sagte Annina.
Vielleicht passte ihm das Höschen nicht, überlegte Elisa,
oder er konnte doch nicht so gut kochen.

In einer Regennacht malte Elisa, wie der Erfinder dem alten Mann grössere Hosen zuwirft. Die Wolken sehen zu, wie er sie anzieht, sagte sie, und im Meer schwimmen Äpfel.

Einundsechzigste sternklare Nacht

Am Anfang lebte der Erfinder mit einem Gürteltier. Eines Tages biss es ihn in den Zeh, rannte vor ihm weg und verkroch sich in einem Erdloch. Der Erfinder blies kräftig ins Loch, und ganz aufgeregt kam das Gürteltier herausgeweht und erzählte, unter der Erde sei eine zweite Erde, auf der lebten richtige echte Menschen. Der Erfinder hatte schon damit gerechnet und war nicht ganz so aufgeregt. Trotzdem beeilte er sich, seine Angelrute zu holen und die Schnur im Erdloch zu versenken.

Es dauerte nicht lange, da kletterten in Scharen entzückende Menschen aus dem Loch. Irgendwann riss allerdings die Angelschnur, und die Hälfte der Menschen lebt auch heute noch auf der unteren Erde, an deren Himmel die Sonne von Westen nach Osten wandert und die der Mond bescheint, wenn bei uns die Nächte finster sind.

Kurz und bündig, sagte Annina zufrieden. Jetzt aber ab ins Bett, wir müssen morgen zeitig raus.
Elisa wollte immer noch bummeln. Doch als Annina rief, wer beisst mich in den Zeh, und auf das Haus zurannte, war Elisa doch zuerst da.

In einer Regennacht malte Elisa, wie die Menschen unter der Erde wohnen.

Zweiundsechzigste sternklare Nacht

Am Anfang war der tausendköpfige, tausendäugige, tausendfüssige Erfinder, der sich bäuchlings auf die Erde legte und trotzdem zehn Finger lang darüber hinausragte. Er gebar den Urmenschen und wurde aus dem Urmenschen geboren und ragte schon bei seiner Geburt vorn und hinten über den Erdrand. Er war zu einem Viertel irdisch und zu drei Vierteln himmlisch, und als er sich opfern liess, war der Frühling sein Opferfett, der Sommer das Brennholz und der Herbst der Opferwein. Als das Opferfett herabtroff, entstanden daraus die Vögel, das Wild, das Vieh, die Lieder, die Zaubersprüche, die Pferde und alle Tiere mit doppelten Zahnreihen. Sein Mund wurde zum Priester, die Arme wandelten sich zu Adligen, die Schenkel zum Volk und die Füsse zu Sklaven. Sein Geist wurde der Mond, die Augen wurden die Sonne, der Mund wurde Feuer, der Atem Wind, der Nabel Luft, der Kopf wurde der Himmel, die Füsse die Erde, das Ohr wurde die Gegenden der Welt. Sieben Arten Holz wurden verwendet, um den Scheiterhaufen zu schichten, auf dem der Erfinder geopfert wurde, und die Götter, die beschlossen hatten, ihn zu opfern, entstanden aus seinem Opfer.

Hast du das verstanden, fragte Elisa.
Annina schüttelte den Kopf.
Ich auch nicht, sagte Elisa.
Aber schön war es doch, sagte Annina.
Findest du, sagte Elisa.

Dreiundsechzigste sternklare Nacht

Am Anfang wusste der Erfinder, dass er nicht allein war. Aber der andere wusste nichts vom Erfinder und irrte lustlos im Dunkeln, bis er in der Ferne ein blendendes Licht sah. Gleich fühlte er eine ungeheure Gier. »Das muss ich haben«, rief er und versuchte, sich zum Licht durchzuschlagen und es an sich zu reissen.

An der Grenze hielt aber der Erfinder ihn auf und sagte: »Entschuldigung, hier kommt niemand herein. Da hinten fängt nämlich die Welt an.«

Der andere stutzte. »Du hast allen Ernstes eine Welt?«, fragte er.

Der Erfinder hatte noch keine, sie war erst in Planung. Doch seine Pläne beschrieb er so leidenschaftlich und genau, dass der andere die Welt leibhaftig vor sich sah und sich gleich tüchtig schämte, dass er selber noch so gar nichts Nennenswertes zustande gebracht hatte. Er zog sich ins Dunkel zurück und schämte sich dreitausend Jahre lang.

Als er wiederkam, war der Erfinder in der Bauphase und eben dabei, gedachte Dinge in wirkliche umzubrennen. Er erschrak gehörig, als der andere ihm seine behaarte Faust unter die Nase hielt und hervorstiess: »Gib dir keine Mühe, ich werde nämlich alles zu Klump schlagen.«

»Wirst du nicht«, sagte der Erfinder, obwohl er wusste, dass der andere dazu imstande war. »Was glaubst du denn, wie stark du bist?«

»Unendlich stark«, antwortete der andere stolz, und das war ein Fehler.

»Dann kehre du mal schön zurück in deine Unendlichkeit«, sagte der Erfinder nämlich gleich gelassen, »meine Schöpfung findet in der Endlichkeit statt. Sie wird von heute an dreimal dreitausend Jahre dauern, und während dieser Zeit bin ich allein ihr Herrscher.«

Der andere ärgerte sich und zog sich zurück. Doch als der Erfinder sich fröhlich wieder seiner Arbeit zuwenden wollte, musste er feststellen, dass die Endlichkeit alles, Sonne, Mond, die Sterne und Tiere, hatte in Erstarrung fallen lassen.

»Wie konnte das passieren?«, fragte er erschüttert die Zeit.

»In der Endlichkeit ist die Zeit angehalten«, erklärte sie ihm.

»Aber so macht es doch keinen Spass«, rief der Erfinder. »Kannst du sie nicht wieder zum Laufen bringen?«

»Kann ich«, sagte die Zeit. »Doch dann kann der andere sie auch wieder angreifen.«

»Lass dir etwas einfallen«, forderte der Erfinder. »Was wäre, wenn du ihm eine Waffe andrehst, mit der er nicht unschlagbar ist?«

»Das kann ich versuchen«, sagte die Zeit.

Sie besuchte den anderen in der Dunkelheit. »Hier«, sagte sie, »lies das durch«, und hielt dem anderen einen Vertrag hin, der aus Masse der Finsternis bestand, mit etwas Zeit verknetet und in Kohlestaub ausgewalzt.

»Was ist das?«, fragte der andere. Er hielt den Vertrag mit spitzen Fingern hoch und roch daran.

»Wenn du magst, unterschreib«, sagte die Zeit. »Die Begierde wird fressen, was dir gehört. Sobald sie alles weggefressen hat, verhungert sie aber, und du bist sie los. Ausserdem gebe ich dir die nächsten neuntausend Jahre Zeit, die Welt des Erfinders zu Klump zu schlagen.«

»Ehrenwort?«, fragte der andere und blieb skeptisch.

»Vertrag ist Vertrag«, sagte die Zeit, und der andere unterschrieb.

Danach betrat er die Welt des Erfinders. Er packte den unteren Himmel, zerrte ihn von den Sternen und schleppte ihn aufs Feld der grossen Leere. In den oberen Himmel führte er in mehreren Injektionen das Dunkel ein und zerrte an ihm, bis er zu nur noch einem Drittel über den Sternen lag, das ganze Übrige hing bereits im Reich der Dunkelheit.

Dann rang er um Atem und beschloss, etwas auszuruhen. Die Unterbrechung nutzte der Erfinder, um die Schäden zu besichtigen und seine Verluste einzuschätzen.

Was als Nächstes geschah und welcher der beiden den Kampf gewann, liegt in der Zukunft.

Was hampelst du dauernd, beschwerte sich Annina.
Dort hinten raschelt es immer so, flüsterte Elisa.
Das ist das Laub, sagte Annina.
Elisa nickte. Eben, sagte sie. Und in dem Laub
lauert der andere.

Tatsächlich?, fragte Annina. Dann werfen wir doch Steine auf ihn.
Mama, sagte Elisa empört.
Bis er wieder in seiner dummen Unendlichkeit ist, sagte Annina und warf den ersten Stein.

In einer Wetternacht malte Elisa, wie der andere sich zum Erfinder schleicht, um dessen Blume zu stehlen.

Vierundsechzigste sternklare Nacht

Am Anfang schmiedete der Erfinder vierzehn scheibenförmige Galaxien, schichtete sie zu einem Hügel, töpferte in einer ausgeklügelten Technik einen Mond, eine Sonne und jede Menge Sterne und warf sie in den leeren Raum. Dort begannen sie zu leuchten, bis die Frauen sie vom Himmel pflückten und ihren Kindern gaben. Die Kinder reihten die Sterne auf Schnüre, schleuderten sie im Kreis und studierten ihre Flugbahn.

Als nächstes warf der Erfinder einen ungeformten Klumpen Lehm. Der Klumpen dehnte sich aus, entwickelte Glieder und war schliesslich eine Frau, die nackt hingestreckt den Himmel betrachtete. Der Erfinder hatte wohl damit gerechnet, dass aus dem Klumpen eine Frau würde, ihre Schönheit überraschte ihn dennoch. Und da er einsam war, beschloss er, sich auf sie zu legen. Damit begannen die Probleme.

Die Erde gebar bald darauf erst einen Schakal, dann gebar sie Zwillinge von vollkommener Gestalt. Vom Kopf bis abwärts zur Hüfte waren sie Menschen, vom Hintern an Schlangen, ihre Haut war grün, wässrig glitschig und mit feinsten Haaren bedeckt, sie hatten rote Augen und eine Reptilzunge, ihre Arme waren weich und ohne Gelenke. Diese Zwillinge waren das Wasser, und ihr Pipi war der kupferfarbene Strahl der Abendsonne.

Die Zwillinge wuchsen im Himmel auf, doch Tag für Tag sahen sie auf ihre Mutter herab, die stumm und nackt im Leeren lag, und dachten sich: »Sie sieht so furchtbar unordentlich aus.« Schliesslich woben sie ein Höschen, stiegen hinab und zogen es ihr an. Und das hübsche Höschen machte Schule: Der Wind ahmte sein Strickmuster nach, Wasserströme und Dämpfe taten es ihm gleich und flossen und quollen in den komplizierten Knotungen des Höschens, Bäche begannen, sich neue, entzückend verschlungene Läufe zu suchen – die Erde war begeistert. In ihrem Übermut beschloss sie, etwas Ordnung zu schaffen, und erfand die Sprache. Die war roh, einfach und noch nicht eben wohlklingend, aber immerhin war es die erste Sprache.

Statt dass damit die Ordnung vergrössert worden wäre, geschah allerdings das Gegenteil. Eifersüchtig hatte der Schakal mit angesehen, wie die Erde in dem Höschen, das seine Geschwister ihr gestrickt hatten, aufblühte, er wollte es ihr wegnehmen und riss daran, bis die Erde blutete. Ängstlich verkroch sie sich in sich selbst, doch der Schakal kroch ihr immer weiter nach, und endlich gab sie auf und liess zu, dass der Schakal sie mit Klösschen bewarf und so die ersten Menschenkinder pflanzte.

Wenn ich im Kindergarten an der Reihe bin mit Weben,
sagte Elisa, versuche ich das auch.
Was, Spatz, fragte Elisa.
Ein Höschen zu weben, Mama. Hörst du überhaupt zu?

In einer Regennacht malte Elisa eine Sternchenwolke und ein Krokodil, das die Wolke fressen will.

Fünfundsechzigste sternklare Nacht

Am Anfang betrachtete der Erfinder sorgenvoll die Erde und sagte: »Du bist so furchtbar wabbelig und kahl, ich werde dir eine Nachthyazinthe einpflanzen.« Das tat er, und aus der Hyazinthe sprossen verschiedene Götter.

Einer von ihnen mischte gleich mit einer grossen Kelle Treibsand und Morast, häufte Berge auf, legte Seen an, setzte Fische hinein und verzierte die Ufer mit kleinen Bäumen. Die anderen schlossen sich ihm an, und gemeinsam kneteten sie Tiere und Menschen. »Ist er nicht etwas dick?«, fragte einer der Götter, während er zusah, wie ein anderer den ersten Menschen machte. Der andere nickte und raspelte ihn dünner. Aus den Spänen, die dabei abfielen, wurden die Kakerlaken, Wanzen und Läuse.

Doch schliesslich gefiel ihnen das Ganze nicht, und sie schickten eine rote Sturmflut über die Erde, die alles ertränkte.

Ein paar wenige Menschen hatten sich auf ein Floss gerettet. Doch am Ufer erwarteten sie bereits die Götter, köpften sie und benutzten das Blut, um ihre Häuser zu streichen.

Solche Ferkel, sagte Elisa und rief, he, ihr Sterne, solche Geschichten sind dann gar nicht schön.

In einer Nebelnacht malte Elisa die Nachthyazinthe.

Sechsundsechzigste sternklare Nacht

Am Anfang trieb die Erfinderin nackt im Durcheinander, fand auch nicht die kleinste Stelle, auf die sie ihren Fuss hätte setzen können, und beschloss endlich, Ordnung zu schaffen. Als erstes trennte sie den Himmel vom Meer. Doch gleich kitzelte das Meer sie, schubste und war so verführerisch, dass sie die Unordnung Unordnung bleiben liess und mit den kessen Wellen gegen Süden tanzte. Und schon rannte ihr auch der Nordwind nach, spielte mit ihr und war so weich und schmiegsam und stark und frech, dass sie ihn mit ihren Händen packte und in sich einführte.

»Nordwind, ich bin schwanger«, zwitscherte sie bald kokett und verwandelte sich in eine Taube, damit er sie bitteschön auf Händen trage. Und nicht lange danach legte sie auf die Spitze des Götterbergs ein Ei, das sie ab und zu bebrütete, meist aber brütete der Nordwind, denn die Erfinderin konnte nicht genug davon kriegen, sich leicht und unbeschwert als Vögelchen durch die Lüfte tragen zu lassen.

Eines Tages schlüpfte aus dem Ei die Welt, wie sie heute ist, mit Sonne, Mond, Planeten und einer Erde voller Berge und Flüsse und Tiere. Eine Weile wachten der Nordwind und die Erfinderin fürsorglich über sie. Doch bald hob der Nordwind die Erfinderin hoch. »Ich denke, sie kommt ganz gut ohne uns aus«, sagte er, »lass uns noch etwas Spass haben.«

Von da an lümmelten sie sich auf dem Götterberg. Ab und zu betrachtete die Erfinderin versonnen die Erde, die in der Ferne glitzerte, und einmal seufzte sie tief und sagte zufrieden: »Habe ich nicht ein schönes Kind gemacht?«

»Du?«, rief der Nordwind. »Und wer hat all die Zeit über das Ei bebrütet, während eine gewisse andere Person sich in der Luft vergnügte? Eine Rabenmutter bist du«, sagte er, »und diese Erde gehört ausschliesslich mir.«

Doch die Erfinderin zertrat ihm den Kopf und schlug ihm die Zähne aus. »Fahr zur Hölle«, zischte sie und stiess ihn vom Götterberg.

Erst war ihr danach etwas weh zumut. Doch dann schuf sie sich eine Reihe Götter, Halbgötter und Menschen und vergnügte sich auch mit ihnen ganz gut.

Da hast du deine Frau, sagte Elisa und sah Annina strafend an. Macht sie es etwa besser als ein Mann? Annina schlug die Hände vors Gesicht. Wer hat mir diese Tochter angetan, rief sie.

In einer Nebelnacht, da malte Elisa die Erfinderin. Welches ist die Erfinderin, fragte Annina. Die unten, sagte Elisa. Das oben sind der Nordwind und sein Freund, der Schmetterling.

Siebenundsechzigste sternklare Nacht

Am Anfang forderte der Erfinder an einem seiner nachmittäglichen Rundgänge über die Erde die zwei ersten Menschen auf, doch bitte gelegentlich Kinder zu machen. Der Mann rannte gleich und holte aus dem Sumpf Lehm, dann setzten er und seine Frau sich hin und kneteten mit Eifer einige Figürchen, die sie dem Erfinder am anderen Tag stolz vorzeigten.

Der Erfinder lächelte milde, aber etwas ratlos. »Die sind sehr hübsch geworden«, sagte er. »Ich hatte aber eher an lebendige Kinder gedacht.«

Als er ging, blieben der Mann und die Frau bestürzt und ratlos zurück. »Was meint er mit ›lebendige Kinder‹?« fragte die Frau. Der Mann nahm einen neuen Klumpen Lehm und sagte: »Vielleicht müssen wir uns einfach noch mehr Mühe geben.«

Sie kneteten die Nacht durch und hatten, als der Erfinder am anderen Nachmittag vorbeisah, ein kleines Mädchen in allen Einzelheiten geformt, mit reizenden Zehen und langen Wimpern und sogar einem kleinen Nabelbruch. Aber lebendig war es nicht.

Der Erfinder versuchte sich zu beherrschen, die beiden Menschen erschraken dennoch über seinen Ton. »Ein lebendiges Kind, habe ich gesagt. Ihr werdet doch noch ein normales Kind zustande bringen.«

Erst als er gegangen war, sagte die Frau: »Wir hätten vielleicht fragen sollen, was er mit einem normalen Kind meint.«

»Lauf ihm nach«, sagte ihr Mann. Doch dann trauten sie sich beide nicht, stattdessen drehten sie Klümpchen Lehm in den Fingern und schwiegen.

Als der Erfinder am anderen Tag wiederkam, sah er die Menschen geknickt am Boden sitzen und begriff, dass sie keine Ahnung hatten, was er wollte. »Holt mir einen Hengst und eine Stute«, sagte er, dann bat er die Pferde: »Zeigt ihnen, wie man Nachkommen zeugt.«

Der Hengst bestieg die Stute und führte sich auf, wie ein Hengst sich aufführt, die Stute tat unbeteiligt und frass Gras.

»Habt ihr begriffen?«, fragte der Erfinder, als die Pferde ihr Geschäft verrichtet hatten. Die Menschen nickten zögernd und waren sehr blass.

»Ich fürchte nur …«, wisperte die Frau heiser und räusperte sich.

»Was?«, fragte der Erfinder bereits wieder etwas ungeduldig.

»Ich fürchte nur«, sagte die Frau, »das halte ich nicht aus.«

»Du brauchst es auch nicht mit dem Hengst zu tun«, sagte der Erfinder und begann sich zu fragen, ob er wirklich wollte, dass die Menschen sich vermehrten.

Doch auf den Lippen der Frau hatte sich ein hübsches Lächeln gezeigt, als sie sagte: »Ach, dann bin ich beruhigt.« Und als der Erfinder am anderen Nachmittag wiederkam, zeigte sie ihm mit geröteten Wangen ihre ersten zwei lebendigen Kinder.

Gewisse Zungen behaupten allerdings, der Mann habe bis zuletzt nicht begriffen, wie man lebendige Kinder macht, und der Erfinder sei nachts wiedergekommen und habe selbst den Hengst gespielt.

Elisa verdrehte die Augen und rief, ach, ihr dummen Erwachsenen. Da gehe ich lieber noch etwas Prinzessin spielen.

In einer Regennacht malte Elisa das Kind, das der Mann und die Frau geknetet hatten. Ich habe es als Puppe gemalt, sagte Elisa, damit man sieht, dass es nicht lebt. Schreib das. Schreib aber auch, dass die Blümchen auf dem Kleid du gemalt hast. Ich kann so schöne nicht.

Achtundsechzigste sternklare Nacht

Am Anfang hatten vier Menschen die Erde erfunden und gaben sich alle Mühe, sie aufzurichten. Doch kaum war sie oben, blies der Wind sie wieder um, und dann debattierten die Menschen stundenlang und skizzierten tausend Ideen, wie sie die Erde dazu bringen könnten, zuverlässig dazustehen.

Es funktionierte keine, und irgendwann sassen die Menschen nur betreten da, als der Erfinder von oben herabrief: »Ich will mich ja nicht einmischen, aber zieht doch mal an den vier Ecken.«

Die Menschen zogen die Ecken in die Länge und formten daraus Füsse, richteten die Erde auf, und tatsächlich stand sie. Sie wackelte, aber sie stand.

»Sie wackelt«, sagte der eine Mensch.

Doch schon war ein anderer losgerannt, kam bepackt zurück und klemmte ein schwarzes, mit schwarzstählernen Dornen ausgerüstetes Zuckerrohr im Osten fest. Danach rannte der zweite Mensch weg, kam bepackt zurück und klemmte ein blaues, mit blaustählernen Dornen ausgerüstetes Zuckerrohr im Süden fest, der dritte klemmte ein gelbes, mit gelbstählernen Dornen ausgerüstetes Zuckerrohr in den Westen, der vierte ein weisses, mit weissstählernen Dornen ausgerüstetes in den Norden. Und endlich stand die Erde fest.

Die Menschen kletterten hinauf. »In der Mitte wabbelt sie noch«, sagte einer und drückte den Finger hinein. »Wir müssen sie trocknen.« Sie liessen den Wind mit der Erde spielen, doch der Wind war frostig, die Erde zitterte vor Kälte und begann abzubröckeln.

»Ziehen wir sie an«, riefen die Menschen, »bevor sie ganz zerbröselt.« Sie bepackten sie mit Gras und Sträuchern und warfen ihr eine Baumdecke über. Dann, als die Erde zu zittern nachliess, setzten sie ihr behutsam Knochen aus Stein ein, schnitten Adern in sie und liessen das Wasser fliessen.

»Sie ist fertig«, sagte einer der Menschen.

Doch ein anderer hängte noch eine Sonne auf.

»Zu tief«, sagte einer, »sie verbrennt.« Sie zogen die Sonne höher. Dann hängten sie einen Mond auf die andere Seite.

»Geht es auch etwas dunkler?«, nörgelte die Erde. »Bei so viel Licht kann ich nicht schlafen.«

Die Menschen hängten auch den Mond etwas höher. »Jetzt hör aber auf zu meckern«, sagten sie, »wir sind nämlich stolz auf uns.«

Mama, was ist Zuckerrohr, fragte Elisa.
Caña de azucar, sagte Annina. Erinnerst du dich,
hast du in Kuba gegessen, bei der abuela.
Ach das, sagte Elisa. Das hatte ich aber nicht gern.

In einer Regennacht sagte Elisa, so würde ich die Erde machen.

Neunundsechzigste sternklare Nacht

Am Anfang war der Erfinder. Obwohl er alt war, reiste er hierhin und dahin, um zu tun, was zu tun war, Tiere zu bauen, Pflanzen, Flüsse, Gemüse. Eines Tages schuf er aus Lehm eine Frau und ein Kind. Er deckte sie mit einem feuchten Tuch zu, sah hin und wieder nach ihnen und forderte sie am vierten Tag auf zu leben. Da standen die Frau und das Kind auf und begleiteten ihn an den Fluss.

»Leben wir eigentlich ewig?«, fragte die Frau, nachdem sie eine Weile das Ufer entlangspaziert waren.

»Das ist eine interessante Frage«, sagte der Erfinder, »darüber habe ich noch nicht nachgedacht. Ich könnte aber eine Handvoll Mist in den Fluss werfen, und wenn er auf dem Wasser treibt, lebt ihr ewig. Wenn er untergeht, müsst ihr sterben.«

Er hatte den Mist schon geworfen, da sagte die Frau: »Muss es ausgerechnet Mist sein? Könntest du nicht etwas Netteres werfen, einen Stein oder so?«

»Natürlich«, sagte der Erfinder, »ich werfe, was du willst.« Er warf einen Stein, der Stein ging unter, und wenige Nächte später bekam das Kind der Frau Bauchweh, rollte sich zusammen und starb.

Die Frau weinte und hätte jetzt sehr gern an den Mist geglaubt. »Tut mir leid«, sagte der Erfinder, »zu spät. Aber dafür bist du jetzt ein Mensch.«

Man kann aber nicht wirklich an Bauchweh sterben, oder, sagte Elisa mit grossen Augen.
Ich fürchte doch, Elisita, sagte Annina. Aber da muss man schon sehr, sehr krank gewesen sein.
Kann ich an Bauchweh sterben?, fragte Elisa.
Du?, rief Annina und lachte. Bei deinem Pferdemagen? Ausserdem werden in unserer Familie alle hundert Jahre alt.

In einer Regennacht malte Elisa den Erfinder bei der Arbeit. Er hat sogar ein Schraubschlüsselauge, sagte Annina bewundernd. Und eine Fahne, sagte Elisa.

Siebzigste sternklare Nacht

Am Anfang, darauf beharrte der Erfinder, am Anfang sei er ganz allein gewesen, er allein habe diese entzückende Welt erfunden. Der andere sei damals allerdings auch gewesen, und während er, er allein diese entzückende Welt gemacht habe, habe der andere eine exakt gleich grosse, dabei ganz abscheuliche Welt gebaut. Alles sei haargenau gewesen wie in seiner, nur genau umgekehrt. Zum Beispiel habe der Winter zehn Monate gedauert, und alles sei voller Tod gewesen. Es sei nicht auszuhalten gewesen, sagte der Erfinder, der andere sei völlig auf ihn fixiert gewesen, jede seiner hübschen Erfindungen habe er mit einer ebenso grossen Gemeinheit beantwortet. Dann seufzte er und schwieg und stellte fest, dass niemand ihn bedauerte und niemand ihm Recht gab.

»Schön, zugegeben«, sagte der Erfinder endlich in das Schweigen hinein, »ausser meiner Welt und der des anderen gab es vielleicht noch weitere.«

Aber wenn er gehofft hatte, dass wenigstens jetzt sich jemand meldete, sah er sich getäuscht.

Komm zu uns, Erfinder, rief Elisa und fuchtelte
mit beiden Armen im Nachthimmel. Hier ist eine Welt,
sogar eine sehr schöne, und wir hören dir auch zu.

Einundsiebzigste sternklare Nacht

Am Anfang war das Wasser endlos, und darauf trieb auf einem Floss eine kleine Sauna. In der Sauna lebten der Erfinder, meist sass er auf der Schwitzbank und dachte, und der andere, der oft nach draussen ging, in die nebelverhangene Dämmerung starrte und rauchte. Dann trat einmal der andere von draussen ein, und bevor er sich setzte, sagte er: »Ich glaube, von Westen kommt etwas, es sieht aus wie Licht.«

Als er das nächste Mal hinausging, sah er, dass das Licht wie schwimmendes Land aussah. Eine Esche und ein Mammutbaum standen darauf, und in Windeseile trieben die Wellen das Land auf das Floss zu, bis es festlag und sich augenblicklich weit nach Norden und Süden ausdehnte. Dann hob sich auch der Nebel und enthüllte weites, schneeweisses Land.

Der andere kehrte in die Sauna zurück und sagte: »Es ist kein Licht, es ist Land. Bist du bereit?«

»Ist es fest?«, fragte der Erfinder.

»Noch nicht ganz«, antwortete der andere.

»Dann setz dich«, sagte der Erfinder, nahm etwas vom Tabak des anderen und begann zu rauchen. Während sie verschiedene Möglichkeiten besprachen, die Welt zu erschaffen, ging das Licht und kam zurück und ging wieder und kam zurück. Dann stand der Erfinder auf, streckte sich und sagte: »Jetzt haben wir vier Tage und vier Nächte gearbeitet, das Land sollte nun fest sein.«

Er trat hinaus, und nachdem er einen Blick auf das Land geworfen hatte, dem inzwischen Wald und Gras gewachsen waren, formte er Schlammkuchen, reihte sie am Rand des Flosses auf, nahm den ersten und brannte ihn zu Stein. »Sag Bescheid, wenn du angekommen bist«, sprach er zu ihm und warf ihn ins Wasser.

Es dauerte lange, bis der Stein Bescheid gab, zu lange, wie der Erfinder fand, und er warf einen weiteren, und danach einen dritten. Endlich murmelte er: »Es scheint sich zu heben«, und ging in die Sauna zurück.

Er öffnete einen frischen Beutel Tabak und begann zu rauchen. Währenddessen war der andere nach draussen getreten und rief schliesslich etwas beunruhigt: »Im Osten kommt Brandung auf.«

»Das ist in Ordnung«, sagte der Erfinder, »der Meeresboden hebt sich.« Er trat hinaus zum anderen, beugte sich über die Reling, und nachdem er etwas Tabak in die Gischt gestreut hatte, zog das Meer sich zurück, und heller, weicher Sand breitete sich aus. Der Erfinder stieg hinab, und während er vorsichtig den Strand entlangging, verfestigte sich der Sand unter seinen Füssen.

Doch plötzlich stürzte er verärgert zurück, liess sich vom anderen auf das Floss ziehen und spuckte in die Flut. »Komm«, sagte er zum anderen, »die Flut wird gleich steigen.«

Danach sassen sie auf der Schwitzbank, rauchten und hörten zu, wie das Meer tobte und das Land überflutete. Erst als die Wellen sich gelegt hatten, beruhigte sich auch der Erfinder und sagte: »Da waren Fussspuren, jemand ist nach Süden gelaufen.«

Nachdem sie noch eine Weile schweigend dagesessen waren, stand der Erfinder auf. »Ich denke, jetzt ist alles wieder in Ordnung«, sagte er, trat hinaus, sprang auf den Sand, der nassglänzend und jungfräulich vor ihm lag, und schritt ihn ab.

Zorngerötet kehrte er nach wenigen Minuten zurück, schwang sich aufs Floss, spuckte ins Meer und sagte, während er sich setzte: »Diesmal kamen sie von Westen.«

Noch zweimal fand er Fussspuren und liess, kochend vor Wut, das Land überfluten. Als er die fünfte Spur entdeckte, brummte er nur noch: »Das gibt Ärger.« Müde sammelte er Schlamm und Gras, kehrte aufs Floss zurück und setzte sich auf die Bohlen. »Ich mache trotzdem meine eigenen Menschen«, brummte er und knetete zwei Figürchen.

Dann liess er am Strand ein Haus erscheinen, gab die Figürchen dem anderen und bat ihn, sie im Haus aufzustellen. Vier Tage lang regte sich nichts, dann tauchten zwei Hunde auf, eine Hündin und ein Rüde, richteten sich im Haus ein und warfen nach zwölf Tagen Junge.

Der Erfinder war blass geworden. »Schön, dann eben nochmals«, sagte er, befahl dem anderen, die Hunde zu füttern, und formte neue Figürchen. Wieder liess er ein Haus erscheinen, diesmal verliess er selbst das Floss, ging über den Strand und stellte sie hinein. Danach packte er einige der Hunde bei den Ohren und verbot ihnen, sich dem Haus zu nähern.

Dreizehn Tage lang beobachteten sie das Haus, nichts rührte sich. Dann kroch eines Morgens kurz vor Sonnenaufgang eine Schlange über die Schwelle ins Freie, gefolgt von einem wimmelnden Heer feucht glänzender Schlängelchen.

Der Erfinder lief blau an. Keuchend sprang er vom Floss, ertränkte die Schlangen in Körben voller Meerwasser und zerquetschte die Welpen unter seinen Füssen. Nur eine Handvoll liess er am Leben, ausserdem zwei Schlangen, die er mit dem Befehl fortschickte, künftig die Welt zusammenzuhalten.

Nachdem er zurückgekehrt war, setzte er sich auf die Schwitzbank. »Das wollen wir doch sehen«, sagte er und rauchte drei Tage und drei Nächte lang. Der Rauch quoll durch die Türöffnung, wälzte sich über die Flosskante, breitete sich über das Wasser und den Strand aus, und endlich, bei Anbruch des vierten Tages, erhob sich aus dem Rauch ein Haus. Aus dem Haus trat, einen Korb voll Wasser im Arm, eine Frau.

Zufrieden forderte der Erfinder den anderen auf, mit ihm zu kommen. Gemeinsam hoben sie das Haus hoch, trugen es ins Landesinnere und setzten es auf einen hübsch gelegenen Hügel. Dann setzten sie sich etwas entfernt auf eine Anhöhe und beobachteten es.

»Was tut sie?«, fragte der andere, als er sah, dass die Frau sich Tränen von der Wange wischte.

»Sie weint«, sagte der Erfinder. »Sie wird einsam sein. Wieso bleibst du nicht bei ihr?«

»Ich?«, rief der andere erschreckt. »Unmöglich.«

»Dann mach ihr wenigstens ein Kind.«

Der andere dachte nach. »Unter der Bedingung, dass sie dabei nicht aufwacht.«

In der nächsten Nacht träumte die Frau, ein gut aussehender Mann trete in ihr Haus und lege sich neben sie. Als sie aufwachte, suchte sie nach ihm, bevor sie begriff, dass sie geträumt hatte. Danach weinte sie noch heftiger. In den nächsten Nächten hoffte sie, ihr Traum werde sich wiederholen, doch nichts geschah.

Dann stellte sie fest, dass sie schwanger war, und gebar einen Sohn. Er war hübsches und kluges Kind, das mit sechs Monaten bereits sprach und viel lachte. Doch die Frau, die allmählich um den Verstand kam, beschäftigte nur noch die Frage, wer der Vater des Kindes sei.

Eines Nachts band sie sich den Jungen auf den Rücken, verliess das Haus und begann, durch das Land zu ziehen. »Hörst du, wie dein Sohn brüllt, Hundsfott?«, rief sie, als das Kind vor Hunger schrie. »Willst du wirklich zusehen, wie er auf meinem Rücken verkommt? Zeig dich endlich.«

Zehn Jahre lang wanderte sie südwärts, ohne das Kind vom Rücken zu nehmen, der Erfinder und der andere folgten ihr in einigem Abstand, ohne jemandem zu begegnen. Dann, nach Jahren vollkommener Stille, hörte die Frau einen schwachen Laut in ihrem Rücken, das Klappern gegeneinander stossender Knochen, das sie daran erinnerte, dass sie ein Kind im Rücken trug. Sie nahm endlich das Bündel vom Rücken und betrachtete das Kind, dessen Augen lose in ihren Höhlen hingen.

Sie begann zu weinen, dann hob sie das Kind hoch und trug es zum Fluss, um es zu waschen. Dabei bemerkte sie, dass sein Herz noch schlug, sie drückte es an sich, und bereits im nächsten Augenblick hustete das Kind und bepinkelte sich, dann biss es sich an ihrer leeren Brust fest und begann gierig zu saugen. Die Frau sang ihm ein Lied, um es zu beruhigen, und kaum hatte sie die ersten Töne gesungen, da schoss Milch in ihre Brust. Der Knabe begann zu trinken und wuchs heran.

Sie blieben am Fluss. Die Frau baute aus wenigen Zweigen eine Hütte, später ein kleines, wackliges Haus, sie liebten einander und hatten eine glückliche Zeit. Nur ab und zu fragte der Junge, wer sein Vater gewesen sei, die Mutter antwortete, dass sie seinen Vater bloss geträumt habe, der Junge glaubte ihr nicht, und danach blieben sie für eine Weile verstockt und traurig.

»Nun zeig dich endlich«, sagte der Erfinder zum anderen, als das Kind wieder nach seinem Vater fragte. Und der andere nahm endlich allen Mut zusammen, ging hin und zeigte sich.

»Wie schön«, sagte die Frau, nachdem sie einander schüchtern die Hand gereicht hatten, und versuchte ein Lächeln. »Jetzt können wir die ganze Welt bevölkern.«

Der andere sah sich fragend nach dem Erfinder um, und der nickte ihm aufmunternd zu und sagte: »Es gehört alles euch.«

Das war aber eine sonderbare Geschichte, sagte Elisa, dass man mit Rauchen ein Haus bauen kann, das glaubt doch kein Mensch.

In einer Wind-und-Wetter-Nacht malte Elisa Spuren im Sand. Du musst schreiben, dass das mein Fuss ist, sagte sie, sonst denkt man noch, die Frau hat so kleine Füsse.

Zweiundsiebzigste sternklare Nacht

Am Anfang wohnten die Menschen im Himmel und lebten von den Früchten eines einzigen Baumes. Dann allerdings wurde die Tochter eines einflussreichen Mannes krank, und die Menschen fanden es wichtiger, den Baum zu fällen und ihr daraus ein Bett zu bauen.

»Seid ihr von allen guten Geistern verlassen?«, rief aber einer, als sie schon die Säge ansetzten, und gab der kranken Tochter einen Fusstritt, dass sie aus dem Himmel fiel.

Danach stürzte die Tochter lange in die Tiefe, dem endlosen Meer entgegen, bis einige Möwen auf sie aufmerksam wurden, sie auffingen, sanft auf den Panzer einer Schildkröte setzten und ihr daraus die Erde bauten. »Danke«, sagte das Mädchen, »das war freundlich von euch. Jetzt zimmert mir bitte noch eine Hütte, dann werde ich versuchen, gesund zu werden.«

Die Tiere zimmerten ihr die Hütte, das Mädchen wurde gesund, es wuchs heran und wurde schliesslich schwanger. Von wem, das wusste es nicht. Doch es zog das Kind auf, das ebenfalls ein Mädchen war, gemeinsam bauten sie Kartoffeln an, und dann war auch die Tochter erwachsen und sagte: »Es ist Zeit, schwanger zu werden.« Sie setzte sich auf eine Klippe und spreizte die Beine. »Komm, Wind«, sagte sie, »mach mir Zwillinge«, und sie bekam sie.

Es waren zwei Knaben, die sich lange Zeit nicht einigen konnten, wie sie geboren werden wollten. Kleine Sprosse trat schliesslich durch die Scheide seiner Mutter ans Licht und gewann damit das Herz seiner Grossmutter, die die Geburt leitete. Feuerstein dagegen drängte sich durch ihre Achsel, und gleich packte ihn die Grossmutter. »Hier ist kein Raum für Querschläger«, rief sie, trug ihn in den Garten und warf ihn in einen hohlen Baum.

Jahre verstrichen. Kleine Sprosse bastelte sich immer wieder Waffen, die Feuerstein ihm allesamt stahl und in seinem Baum versteckte. Nachts knetete Feuerstein monströse Mücken und völlig verfettete Rehe und legte aufwärts fliessende Flüsse an. Kleine Sprosse verwandte jeden Morgen viel Zeit darauf, die Dinge wieder in Ordnung zu bringen. So vollbrachten sie gemeinsam die Schöpfung, bis eines Tages Kleine Sprosse genug davon hatte, immer die zweite Geige zu spielen, und Feuerstein erschlug.

Ich weiss schon, was ich malen werde, rief Elisa.
Was, Elisita, fragte Annina.
Das kann ich nicht verraten, sagte Elisa, vielleicht ist es mir auch zu schwierig.

In einer Regennacht zeichnete Elisa Feuerstein und seinen Baum. Du hast ihn aber als Mädchen gezeichnet, sagte Annina. Oh Schreck, sagte Elisa, und den Baum gleich auch.

Dreiundsiebzigste sternklare Nacht

Am Anfang hängte das Chamäleon seine Reuse ins Wasser, am nächsten Morgen war sie voller Fische. Das Chamäleon war zufrieden, es trug die Fische nach Hause und ass sie auf. Am Abend hängte es die Reuse wieder ins Wasser.

Als es sie am anderen Morgen herauszog, fand es auch nicht den kleinsten Fisch darin. »Pech«, sagte es und hängte die Falle ins Wasser zurück.

Am nächsten Morgen zog es die Reuse heraus und fand darin einen kleinen Mann und eine noch etwas kleinere Frau. »Sonderbar«, sagte das Chamäleon und trug die Menschen zum Erfinder. »Sieh mal, was ich gefunden habe.«

Der Erfinder riet ihm: »Stell sie zuhause auf den Boden und lasse sie wachsen.«

Das Chamäleon trug die Menschen nach Hause und sah zu, wie sie zu einer vernünftigen Grösse heranwuchsen. Gegen Mittag hatten sich auch die anderen Tiere bei ihm versammelt, gemeinsam beobachteten sie, was die Menschen tun würden.

Als Erstes machten sie Feuer, dabei setzten sie gleich das Haus in Brand und vertrieben die Tiere. Dann töteten sie einen Büffel, brieten ihn und assen ihn auf, und von da an töteten sie ein Tier nach dem anderen.

Die meisten Tiere wanderten aus, nur das Chamäleon sass auf einem Baum und traute sich nicht herunter, und eines Tages stellte auch der Erfinder traurig fest: »Die machen mir meine schöne Welt kaputt.« Er bat die Spinne, ihm ein Seil zu spinnen, und kletterte daran in den Himmel.

Wie malt man ein Chamäleon, fragte Elisa.
Das ist ganz besonders schwierig, sagte Annina. Es passt sich so sehr seiner Umgebung an, dass man es fast nicht sieht.
Dann kann ich ja ein leeres Blatt Papier einkleben, sagte Elisa und freute sich. Dann fand sie es aber doch doof.

Vierundsiebzigste sternklare Nacht

Am Anfang beschloss der Erfinder, die Welt zu bauen. Als erstes schuf er das Ungefähre, das nickte höflich, und alles Übrige entstand von selbst. Das Element Wind entstand als zwei gekreuzte Donnerkeile und war die achtzehn Abteilungen der Hölle, acht heisse, acht kalte und zwei andere. Das Element Feuer entstand in Form der Lotosblüte und war die drei Sorten von Hungerdämonen: die Appetitlosen, die Sündigen und die an Gurgel, Brust und Zunge Verengten. Als Kreis über dem Feuer entstand das Element Wasser und war die fünf Tiergattungen: die blöde am Himmel Umherirrenden, die blöde auf der Erde Umherirrenden, die in den Höhlen die Zeit Messenden (die auch die Winterschläfer hiessen), die unter Grashügeln Wohnenden und die kurz Angebundenen (die Kriechtiere waren). Über dem Wasser entstand die Erde, weitete sich aus und war die Menschen in fünfundzwanzig Geschlechtern. Über der Erde entstand die unbeschwerte Leere, sie war die Titanen und kannte zehn Unterarten, wieder darüber entstand die Helle, in Himmelsrichtungen gefasst und in neun Klassen Geister eingeteilt.

Und schliesslich entstanden die vier Welten und zuallerallerletzt acht Winzlingswelten.

Das ist wieder so ein Jonblödsinn, schimpfte Elisa und schubste ihn. Du darfst nicht mehr mitkommen.
Dein Legoturm war komplizierter gebaut, sagte Jon.
Ah, sagte Elisa, jetzt weiss ich, was ich zeichnen werde.

Eigentlich wollte ich ja etwas anderes malen, sagte Elisa. Aber jetzt habe ich doch eine bunte Welt gemalt.

Fünfundsiebzigste sternklare Nacht

Am Anfang wanderten der Erfinder und der andere über das Wasser. Sie sprachen nicht viel, nur ab und zu sagte der andere: »Ich bin einsam«, und der Erfinder antwortete »Das wird sich geben« oder »Das wird sich schon noch ändern.« Und immer öfter antwortete er auch nichts. Und dann sahen sie etwas Kleines, etwas offensichtlich Lebendes, untersuchten es und stellten fest, dass es ein Taucherchen war.

»Du liebe Güte«, sagte der Erfinder und fragte das Taucherchen, wovon es sich bloss ernähre hier draussen auf dem endlosen Wasser.

»Warte, ich zeige es dir«, sagte das Taucherchen. Es tauchte unter, und als es wieder hoch kam, hatte es den Schnabel voller Sand.

»Das ist interessant«, sagte der Erfinder, und zum anderen sagte er: »Wenn das ein Taucherchen ernährt, dürfte es auch taugen, um die Erde daraus zu machen.«

»Dann lass uns endlich anfangen«, sagte der andere.

Sie teilten den Sand auf und begannen, die Erde zu erschaffen, der Erfinder im Süden, der andere im Norden. Der Erfinder schuf ein erst hügeliges, dahinter bergiges Land voller Wälder, Flüsse und sprudelnder Quellen, über die das Wild sprang. Der andere schuf eine weite Ebene voller Sümpfe und Seen, in der kaum etwas anderes lebte als Otter, Biber und Mücken.

»Zeig her«, sagte der Erfinder, »und hier willst du Menschen ansiedeln?«

»Warum nicht?«, sagte der andere.

»Es ist alles ziemlich flach«, antwortete der Erfinder. »Der Wind wird sie umpusten.«

»Dann bauen sie sich eben Häuser«, sagte der andere und begann sein Land zu besiedeln. Und nachdem er eine Weile zugesehen hatte, wie die Menschen sich Höfe bauten, Familien gründeten, Schlittschuh liefen und Kekse buken, beschloss er, einer von ihnen zu werden. »Ich brauche eine Mutter«, sagte er sich, und als er hinter einem Fenster eine junge Frau sah, die über den Küchentisch gebeugt in einem Buch las und an einem gerösteten Maiskolben nagte, verwandelte er sich in ein Maiskorn und liess sich verschlucken. Die junge Frau hustete, dann ging sie zu ihren Eltern ins Wohnzimmer und sagte: »Sonderbar, ich habe das Gefühl, etwas empfangen zu haben.«

»Bist du schwanger?«, fragten die Eltern erstaunt.

»Gut möglich«, sagte die junge Frau. Und tatsächlich gebar sie einige Zeit später den anderen.

Nicht nur als Kind blieb er etwas zurückgezogen, auch später heiratete er nicht. Doch er galt als hilfsbereiter Mensch, für die Kinder spielte er gern den Clown, und erst, als er in die Jahre kam, sagte er zu sich: »Ich muss doch einmal nachsehen, was der Erfinder all die Zeit über getan hat.« Er wanderte nach Süden und verlor sich in den Sümpfen.

Bin ich dieses Jahr alt genug zum Schlittschuhlaufen, fragte Elisa.
Was hat das mit der Geschichte zu tun, fragte Annina.
Nichts, sagte Elisa. Bin ich?
Jawohl, mi princesita, bist du, sagte Annina und warf sie durch die Luft. Aber erst muss es kalt werden.

Sechsundsiebzigste sternklare Nacht

Am Anfang zog der Erfinder seinen aus reinem Licht gewobenen Anzug an, spannte den Himmel zu einem Zeltdach und zimmerte eine Terrasse. Dann faltete er einen grossen Plan auseinander und erklärte der Terrasse, wie sie sich in Täler und Berge teilen solle.

»Bin ich etwa die Erde?«, fragte die Terrasse.

»Natürlich bist du die Erde«, antwortete der Erfinder. Er überwachte, wie sie sich teilte und zerklüftete, manchmal legte er auch etwas Hand an. Als sie ihre endgültige Form hatte, verzierte er sie, er liess Quellen sprudeln, um die Wildesel zu tränken, den Bächlein entlang setzte er Büsche, in denen Vögel nisten sollten, dann stieg er in die Berge und begoss ihre Gipfel, bis sie glänzten.

Er tat noch mehr: Er beschrieb den Pflanzen, wie sie Früchte tragen sollen. Er setzte den Mond, ernannte ihn zum Kalender und rechnete ihm vor, wie er zu wandern und wann er zu wachsen und zu schrumpfen hatte. Er erfand die Finsternis und übte mit der Sonne das Untergehen. Und zuletzt, nachdem er allen Tieren eine Tageszeit zugeordnet hatte, ging er von einem zum anderen und fütterte ein jedes. Das tat er von nun an täglich. Ab und zu nahm er einem den Atem und gab ihn einem anderen.

Elisa kräuselte die Nase. Der Mond ist ein Kalender, fragte sie.
Keine Ahnung, sagte Annina, aber jetzt ab ins Bett.
Warum so eilig, fragte Elisa.
Überraschung, sagte Annina, morgen früh.

In einer Wolkennacht malte Elisa den Erfinder in seinem Anzug aus Licht. Wenn du willst, ist es aber auch das Himmelszelt, sagte sie.

Siebenundsiebzigste sternklare Nacht

Am Anfang liebten die Zwillingsbrüder Sonne und Mond einander zärtlich. Doch dann gebar Sonne aus sich selbst heraus eine Tochter, mit der er gleich lebte, als seien sie verheiratet.

Mond war eifersüchtig und versuchte, Sonne seine Tochter auszuspannen, er tätschelte ihr das Knie und versuchte sie an sich zu ziehen. Sonne wiederum liess keine Gelegenheit aus, Mond vor ihr lächerlich zu machen. Und nachdem er Mond auf einem Kostümball seinen prunkvollen goldenen Kopfschmuck gestohlen, ihn sich aufgesetzt und Mond dafür zwei lächerliche silberne Ohrringe angepappt hatte, schlich der sich, blass vor Scham, davon.

An diesem Abend lief Sonne zur Höchstform auf, er sprühte vor Witz und schuf vor allen Gästen aus Monds Kopfschmuck die Sterne, die Planeten und die Erde mit ihren Pflanzen und Tieren.

»Ich muss sagen, ich bin selbst überrascht, wie klug und durchdacht alles daherkommt«, stellte er fest, nachdem die Gäste gegangen waren.

»Und alles ist so schön bunt«, rief seine Tochter, küsste ihn und hob triumphierend nacheinander die rot leuchtende Erdscheibe, den goldgelben Sonnenkranz, die grün schimmernde Gute-Geister-Unterwelt und die blaue Milchstrasse hoch.

»Vorsicht«, sagte Sonne und umarmte sie von hinten, »die Milchstrasse ist ein reissender Strom.« Tatsächlich war die Milchstrasse von Stürmen umtobt.

»Und was schaffst du als nächstes?«, fragte Sonnes Tochter und setzte sich auf sein Knie.

»Was hättest du gern?«, fragte Sonne.

»Menschen«, rief sie und breitete glücklich die Arme aus, »jede Menge Menschen.«

Am nächsten Tag machte Sonne die Menschen, einen von jeder Farbe, baute ihnen ein Kanu in Gestalt einer gelb bemalten und mit schwarzen Diamanten besetzten Schlange und setzte sie hinein.

»Wer steuert das Kanu?«, fragte die Tochter.

Sonne schuf eine weitere Gestalt und sagte: »Du wirst die Menschen zur Erde führen und dort aussetzen.«

»Wie nenne ich mich?«, erkundigte die Gestalt sich, »bin ich auch ein Mensch?«

»Du bist der Austräger«, sagte Sonne.

Die Gestalt rümpfte die Nase. »Dürfte ich mich auch den Erfinder nennen?«

»Solange du meine Befehle befolgst«, sagte Sonne, »nenn dich, wie du willst.« Er begleitete den Erfinder ans Wasser und stiess das Kanu vom Ufer ab.

Als er nach Hause zurückkehrte, lag seine Tochter beinmager, mit Blutungen auf einem Felsen und hatte vor zu sterben.

»Was ist geschehen?«, fragte er bestürzt.

»Du hättest nicht mit mir schlafen sollen«, sagte sie schwach.

»Aber du wolltest doch auch«, rief Sonne verzweifelt.

»Jedenfalls bekommt es mir nicht«, hauchte die Tochter. »Geh und lass mich in Frieden sterben.«

»Kann ich denn gar nichts tun?«, fragte Sonne. »Soll ich vielleicht etwas Tabak rauchen?«

Die Tochter sagte: »Rauch deinen Tabak oder lass es bleiben, es ist mir egal.«

Doch nachdem Sonne Tabak geraucht hatte, war sie tatsächlich wieder gesund. Sie gebar ihm zwei Söhne, die sie in die Milchstrasse aussetzte, damit sie von dort aus die Welt bewachten, dann rief sie: »Nun, da es mir wieder gut geht, habe ich das Bedürfnis, Gutes zu tun.«

»Das kann ich verstehen«, sagte Sonne. »Weshalb bereist du nicht die Erde und lehrst die Menschen das gute Leben?«

Seine Tochter fand das eine wunderbare Idee und reiste ab.

Eines Tages wollte sie den Menschen beibringen, wie man Suppe kocht, liess sich bewundern und zeigte stolz ihre Fertigkeiten, als die Suppe über den Topfrand wallte und um ein Haar das Feuer gelöscht hätte. Die Tochter lief rot an, ihre Halsadern schwollen, und sie brüllte die Suppe mit tosender Stimme an: »Das Feuer willst du löschen? Meinetwegen, löschen wir das verdammte Feuer.« Dann hob sie den Rock, stellte sich über die Herdstätte und pinkelte in die lodernden Flammen. Dabei brannte sie sich die Schamhaare ab. Es begann zu riechen, erst auf der Erde, dann im gesamten Universum. Einer ihrer Söhne witterte das Geschlecht seiner Mutter, er geriet in seiner Begierde ausser sich, verlor die Beherrschung und war kurze Zeit später tot. Ob es mit den Schamhaaren seiner Mutter zu tun hatte, blieb jedoch ungeklärt.

Darf ich jetzt, fragte Elisa, die schon die ganze Zeit gezappelt hatte.
Annina nickte, und Elisa sprang auf und rief, liebe Sterne, ich habe etwas Wichtiges zu erzählen, heute habe ich zwei Adventskalender bekommen. Einen hat Mama selber genäht, und einer ist ein richtiger mit Schokolade, juhu.

Die Sonne sollte eigentlich gar nicht scheinen, sagte Elisa, das Mädchen ist gekommen, um den Mond und die Sterne zu sehen. Sie will aber nicht weg, und jetzt sind alle verärgert.

Achtundsiebzigste sternklare Nacht

Am Anfang kamen die Erfinder auf die Idee, Menschen zu machen, und waren so begeistert von ihrem Erfindungsreichtum, dass sie als Erstes tüchtig feierten. Als sie sich zu später Stunde doch an die Arbeit machten, bauten sie die eigenartigsten Geschöpfe, Schlangen mit Flügeln, Pferde mit Menschenkopf, komplett vertrottelte Riesen und kugelförmige Zwitterwesen. Zuerst hielten sie all diese Wesen für Menschen. Erst als sie nüchtern wurden, erkannten sie, was sie angerichtet hatten.

Helen kicherte, und Elisa spielte betrunken.
Lustig, sagte Helen.
Manchmal ist es noch lustiger, sagte Elisa, aber das ist dann nicht für so kleine Mädchen wie dich.

In einer Schneenacht malte Elisa die Menschen, die die Erfinder bauten, als sie betrunken waren.

Neunundsiebzigste sternklare Nacht

Am Anfang schuf der Erfinder in sechs Tagen Himmel und Erde, begattete endlich etwas Lehm und knetete daraus den Menschen. Dann setzte er sich und regierte.

»Renn«, befahl er dem Tag. Als der Tag rannte, rief er die Nacht zu sich und sagte: »Siehst du den? Renn hinterher.«

Dann erfand er das Wetter und warf es aus wie Blumen.

Renn, sagte Annina.
Renn du doch, sagte Elisa.
Dann bist du die Nacht, sagte Annina.
Elisa rannte los und rief, ich bin der Tag.

Achtzigste sternklare Nacht

Am Anfang war der Erfinder allein und langweilte sich. Er hätte gern jemanden gehabt, der mit ihm die Welt schuf, und warf in seiner Enttäuschung einen Stock ins Wasser. Da wurde der Stock zu einem Baum, und unter dem Baum stand der andere, lächelte und sagte: »Du suchst einen Bruder? Hier bin ich.«

»Ich darf keinen Bruder haben«, sagte der Erfinder, »aber wir können Freunde sein.« Danach spazierten sie neun Tage lang über das Wasser, doch der Erfinder hatte nicht den Eindruck, dass der andere ihn sehr liebte.

Tatsächlich sagte am zehnten Tag der andere: »Hör mal, Bruder, ist ja alles ganz nett. Aber noch ein paar Leute und vielleicht ab und zu etwas Fröhlichkeit, das wäre erst das Wahre.«

»Dann mach du dir deine paar Leute«, sagte der Erfinder leicht beleidigt.

»Ich?«, sagte der andere und wurde blass. »Nein, du.«

»Mach nur«, sagte der Erfinder nochmals. Doch der andere musste gestehen, dass er dazu nicht fähig war.

»Gut, ich mache uns eine Welt«, sagte der Erfinder mit leiser Genugtuung. »Wärst du so nett und würdest etwas Sand vom Meeresboden holen?« Den Sand streute er aus und schuf eine hübsche, übersichtliche, mit Bäumen und Büschen bewachsene Erde.

»Wie findest du sie?«, fragte er den anderen und erwartete aufgeregt sein Urteil.

»Grossartig«, sagte der andere und warf sich unter den grössten Baum. »Wirklich grossartig. Die behalte ich glatt. Du kannst dir ja leicht eine neue machen.«

Der Erfinder lachte. Dann, als er sah, dass der andere sich weiterhin im Schatten lümmelte, vor sich hinpfiff und schliesslich erstaunt fragte: »Was suchst du noch hier, war ich nicht deutlich?«, da wurde er zum ersten Mal so richtig wütend.

»Hör mal«, sagte er mit fester Stimme, »auf einen Freund wie dich kann ich verzichten.« Und während der andere noch schallend lachte, liess er einen spitz gehörnten Stier durch das Dickicht brechen, der den anderen in den Staub trat, dann aufspiesste und mit sich riss.

Als das Gedonner der Hufe verklungen war, blieb es eine Weile still, so still wie ganz zu Anfang. Dann fielen wie Nüsse, eines nach dem anderen, lose Stückchen Fleisch vom Baum. Noch während sie fielen, verwandelten sie sich in Menschen, die kurz benommen im Gras sassen. Dann rappelten sie sich auf und schwärmten aufgeregt schnatternd aus, um die Erde in Besitz zu nehmen.

So stumm?, sagte Annina. Was denkt mein Lieschen denn?
Mmh, murrte Elisa. Das mit dem Stier, das war nicht schön.

In einer Wolkennacht zeichnete Elisa den Erfinder, als er schon so richtig wütend war.

Einundachtzigste sternklare Nacht

Am Anfang war ein ungeordneter Klumpen im Dunkeln. Dann trennte der Erfinder den Himmel von der Erde, das Wasser vom Land, den Nebel von der Klarheit, er schliff die Erdscheibe rund und installierte ein Licht, schüttete das Meer aus, legte Flüsse und Felder an und stapelte mehrere Himmel auf den untersten, erst heisse, blitzdurchzuckte, darüber kalte, schneebedeckte. Nachdem er schliesslich die Tiere angesiedelt hatte, fand er unter ihnen zu seiner Überraschung den Menschen und vermochte nicht zu sagen, ob er ihn selbst geschaffen hatte oder ob ihm den jemand untergeschoben hatte. Trotzdem kümmerte er sich um ihn, als wäre er sein liebstes Werk, und richtete ihm einige recht freundliche Plätzchen ein.

Danach lebten alle zufrieden und gut genährt und genossen die sonnige Kühle des ewigen Frühlings. Doch der Erfinder wurde gestürzt, ein anderer ergriff die Macht und führte die Jahreszeiten ein. Trockenheit kam über die Erde, Frost breitete sich aus, und immer grantiger wurden die Menschen. Bald war ihnen nichts mehr heilig: Sie befuhren die Meere, sie rafften Gold und Silber, einer schlug den anderen tot. Und endlich hatte alle Freundlichkeit aufgehört, in der eigenen Familie war man sich seines Lebens nicht sicher, es war ein Elend.

Alles ist bös, alles ist bös, sang Elisa und tanzte an Anninas Seite nach Hause.

Hier musst du viel Platz lassen, sagte Elisa. Ich muss hier noch alle Jahreszeiten malen.

Zweiundachtzigste sternklare Nacht

Am Anfang stieg der Erfinder aus dem Wasser und war schon nicht mehr der Jüngste. Er hätte sich gern gesetzt, doch da war nichts, bis er aufs Geratewohl das Wort ›Land‹ aussprach. Tatsächlich entstand gleich ein kleiner Hügel, der Erfinder konnte sich setzen, nahm etwas Sand und knetete ein Wesen mit vier Froschköpfen und vier Wasserschlangenköpfen. Kaum lebte es, da dachte er aber mit Wehmut an die Zeit zurück, als er noch allein auf der Welt gewesen war, und verbot ihm seinen Hügel. So wenig konnte er mit seiner Schöpfung anfangen, dass er sich weigerte, jedem Kopf einen Namen zu geben. So hiessen die Köpfe abwechselnd einen Tag lang nichts und einen Tag lang Wasser, Ewig, Finster oder Luft.

Heute hatte ich einen Frosch im Adventskalender,
sagte Elisa.
Und wie hiess der?, fragte Annina.
Gar nicht, sagte Elisa. Doch, Quak.

Dreiundachtzigste sternklare Nacht

Am Anfang griffen Himmel und Erde nacheinander, umschlangen sich, paarten sich, der Himmel schwängerte die Erde, und die krallte sich in ihn, zog ihn mit sich auf den Meeresgrund und sagte: »Wir müssen reden.«

»Ich weiss nicht«, sagte sie, »ob diese Welt wirklich gut für unsere Kinder ist. Es sieht alles so ungastlich aus, ich kann mich kaum überwinden, sie zu gebären.«

»Ich verstehe«, sagte der Himmel. »Wenn aber diese Welt nicht schön genug ist, weshalb schaffen wir unseren Kindern nicht eine schönere?«

Eben trieb eine Schüssel vorbei. »Etwas mehr wie diese Schüssel?«, fragte die Erde bereits wieder hoffnungsfroher.

»Vielleicht«, sagte der Himmel und betrachtete die Schüssel verträumt. »Von Hügeln umrandete Täler, kleine wohnliche Mulden, runde Seen …«

Noch lange sassen sie über die Schüssel gebeugt und entwarfen ihren Kindern die Welt, wie sie heute ist.

Aber die Erde sieht doch überhaupt nicht aus wie eine Schüssel, beschwerte sich Elisa bei den Sternen.

Vierundachtzigste sternklare Nacht

Am Anfang kroch die Dunkelheit schlangengleich in die Tiefe. Dann durchschoss sie ein Blitz, sein grelles, geballtes Licht dehnte sich, verwandelte sich und wurde die Luft und der Erfinder.

Gleich erfand sich der Erfinder den anderen und befahl ihm: »Mach du das Land der Unvernunft und setz Pflanzen und Tiere hinein.« Er selbst schuf das Land der Vernunft, formte einen Menschen, der zweigeschlechtlich war wie er selber, und verliebte sich etwas in ihn. »Sieh mal, das alles gehört dir«, sagte er, während er ihn durch das Land der Vernunft führte.

Der Mensch freute sich. Doch dann sah er, dass der andere in seinem Land Tiere und Pflanzen hatte, und er war allein. Er beschloss, herauszufinden, ob er sich nicht etwas Ähnliches anschaffen könnte.

Doch kaum hatte er das Land der Unvernunft betreten, da verliebten sich die Tiere und Pflanzen in ihn, und der Mensch wunderte sich. »Was ist denn bloss an mir?«, fragte er sich, sah sich im Spiegel an und stellte fest, dass er einfach unwiderstehlich schön war. Er konnte sich nicht helfen, er verliebte sich in sein eigenes Spiegelbild, und da der Spiegel zum Land der Unvernunft gehörte und er ohne ihn nicht mehr leben mochte, blieb er im Land der Unvernunft gefangen und wusste endlich selbst nicht mehr recht, ob er nun ein vernünftiges oder ein unvernünftiges Wesen war.

So fand ihn der Erfinder. »Was«, rief er, »so selbstverliebt?«, und nahm ihm eines seiner Geschlechter weg. »In Zukunft verliebe dich gefälligst in das, was dir fehlt, dann hockst du nicht ewig vor dem Spiegel.«

»Das ist nicht gerecht«, jammerte der Mensch und vermisste sein anderes Geschlecht.

»Nicht gerecht?«, rief der Erfinder entrüstet. »Nicht gerecht? Ich kann noch schlimmer: Von heute an sollt ihr Menschen einen Geist haben, der nach Unendlichkeit strebt, und einen Körper, der in seiner eigenen Lust verrottet.«

Der Mensch brach in Tränen aus, aber der Erfinder wandte sich ab und liess ihn allein.

Du bist gemein, rief Elisa dem Erfinder zu, sogar der Schmutzli heute war viel lieber als du. Dann erschrak sie über sich selber und sagte, trag mich, Mama. Als sie das Dorf erreichten, flüsterte Elisa ihr ins Ohr, glaubst du, ich war zu frech zu ihm?

In einer Wolkennacht zeichnete Elisa, wie der schöne Mensch sich in sein Spiegelbild verliebt.

Fünfundachtzigste sternklare Nacht

Am Anfang hielt der Erfinder fünf Essenzen in sich versteckt und hütete sie eifersüchtig. Eines Tages dann verfütterte er sie in einer plötzlichen Anwandlung dem Herrn der Beschwörungen, dem stiessen sie auf, er machte den ersten Wind, der Wind geriet ins Wirbeln, tobte und kreiselte wie ein Lichtrad und entfachte Feuer. Der Wind tobte fort, das Feuer tobte auch, zwischen dem eiskalten Wind und dem glutheissen Feuer rieb es sich und wurde erste Tautropfen. Der Wind tobte und tobte, er verwehte die Tropfen, in den Tropfen waren die ersten winzigen Stückchen Materie, und wo die Tropfen hinfielen, sammelte sich die Materie und wurde zu einem Berg.

Dieser Berg war die Welt, zwei Eier lagen auf ihm. Das eine strahlte, es war würfelförmig und sah aus wie ein Yak. Das andere schluckte das Licht, es war kegelförmig und sah aus wie ein Ochse. Auf das eine schlug der Herr der Beschwörungen mit dem Lichtrad ein, das andere wurde von einer Blase getroffen, die der Meereswind hatte fahren lassen und die roch wie bitteres Flohkraut.

Die Eier zerbrachen, nackte Götter stiegen heraus, paarten sich auf die Schnelle und ohne die Nasen zu reiben und zeugten die Tiere. Danach paarten sie sich nochmals, liessen sich diesmal Zeit, rieben auch ihre Nasen aneinander, daraus entstanden neun Söhne und neun Töchter. Sie paarten sich ein drittes Mal in aller Ruhe und mit viel Zärtelei, zeugten neun Töchter und neun Söhne und verheirateten sie an die Erstgeborenen.

Danach taten die Menschen, wozu sie geschaffen waren; sie führten auch Krieg und waren einmal die Guten und einmal die Bösen.

Frohe Weihnachten, liebe Sterne, rief Elisa, frohe
Weihnachten, lieber Erfinder.
Dem Christkind willst du nicht frohe Weihnachten
wünschen?, fragte Annina.

Lieber nicht, sagte Elisa, sonst verscheuche ich es noch.
Noch bevor es die Geschenke gebracht hat, sagte Annina, du liebe Güte.
Ja, sagte Elisa und fand nicht, dass es daran etwas zu lachen gab.

Sechsundachtzigste sternklare Nacht

Am Anfang erfand sich der Erfinder einen, den er den Stecher, den Schläger oder auch einfach den Krieger nannte. Sich selbst nannte er den Herrn der zehn Himmel, den Herrn des erdmittelpunktbildenden Felsens, den Herrn der Erdkruste oder den Herrn der Tiefe. Gemeinsam schufen sie die Erde, die Götter und die Menschen.

Der erste Mann war fast vollkommen, seine Frau aber war mehr als das, eine Halbgöttin mit zwei Gesichtern und einem reizenden Elternpaar, das sie Herrn und Frau Fruchtbar nannte. Die Halbgöttin war die Güte in Person, ihr Mann war entsprechend boshaft, insbesondere hatte er einen weissen Reiher, mit dem er andere Menschen erschlug, und mit jedem Schlag wurde die Welt schlechter.

»Stecher, was hältst du davon?«, fragte der Erfinder schliesslich, und der andere antwortete: »Wir sollten das Licht ausmachen, das ist ein widerlicher Anblick.«

Das fand der Erfinder auch, und sie hatten eben begonnen, Mond und Sterne auszulöschen, da kam die Halbgöttin herbeigeeilt, fiel ihnen in den Arm und beteuerte: »Sie sind lernfähig, ganz bestimmt, tut ihnen das nicht an.«

Der Erfinder und der Stecher unterbrachen das Auslöschen, doch sie konnten nicht mehr verhindern, dass das Licht des Mondes zu- und abnahm und die Sterne flackerten.

Und bald war ihnen der Anblick der Welt wieder dermassen zuwider, dass sie abermals beschlossen, allem ein Ende zu machen.

Sie befahlen dem Wasser, sich in die Erde zurückzuziehen. »Tut das nicht«, flehte die Halbgöttin und ergriff warm ihre Hände, »sie werden dazulernen!« Und mit einem verzeihenden Lächeln schuf sie Quellen, aus denen das Wasser wieder aus dem Boden schoss.

»Nichts lernen sie«, stellten aber der Erfinder und der andere fest, nachdem sie dem Treiben der Menschen zugesehen hatten. »Weg mit ihnen.«

Sie liessen die Bäume absterben, doch die Halbgöttin liess sie wieder spriessen. Dann wandte sie sich an die Menschen. »Seht euch meine blinzelnden Sterne an, seht meine sprudelnden Quellen und meine knospenden Zweige«, rief sie. »Kann euch denn nichts dazu bringen, etwas liebevoller miteinander umzugehen?«

»Und seht erst«, rief da ihr Mann, »die Schönheit eines herzhaften Nackenschlags. Seht die Zierde eines sauberen Kehlschnitts. Und seht mich an, dessen einzige Bestimmung es ist, in jeden von euch meinen weissen Reiher eintreten zu lassen.« Das tat er und hörte nicht auf, bis der Stecher ihn mit einem Blitz erschlug.

Ich glaube, die Halbgöttin hat ein Kleid mit lauter
Blümchen an, sagte Elisa. Und sie ist wunderschön.
So schön wie deine Mama?, fragte Annina.
Viel, viel schöner, schwärmte Elisa begeistert. Mindestens
so schön wie die Frau heute in der Reklame, die sich
die Haare gewaschen hat.
Was habe ich für ein verdorbenes Kind, stöhnte
Annina.

In einer Nacht mit Nieselregen malte Elisa die herzensgute Halbgöttin.

Siebenundachtzigste sternklare Nacht

Am Anfang war die Erde weit und kahl. Alles war still, eisig und düster. Im Inneren der Erde schlief eine alte blinde Frau, sie trug drei Säuglinge im Arm. Dann wachte sie auf, durchbrach die Erdkruste und kroch nach oben. Die Kinder hielt sie gegen ihre Brust gepresst, sie schob sich auf den Knien nordwärts und hinterliess eine tiefe Spur wie ein verletztes Tier. In der aufgerissenen Erde sammelte sich das Wasser, es bildeten sich Küsten und Meere.

Schliesslich entschied die alte Frau, sie sei genug gekrochen. Sie setzte die Kinder ab, liess ihnen ein paar Pflanzen und Tiere und kroch nach Süden zurück. Die Kinder waren zwei Mädchen und ein Junge. Der Junge fand später auf einer Wanderung eine Schar Seelenkinder, die bei ihnen blieben, gemeinsam gründeten sie ein Dorf.

Wie alt ist die Frau?, fragte Elisa. So alt wie die abuela?
Älter, glaube ich, sagte Annina.
So alt wie das Grosi?, fragte Elisa.
Noch viel älter, sagte Annina.
Aber sind das ihre Kinder?, fragte Elisa.
Ich weiss es nicht, linda, sagte Annina.
Dann sind es nicht ihre Kinder, entschied Elisa. Und die richtige Mama blieb nämlich auch bei ihnen, als die Seelenkinder dazu kamen.

Ein Kind mit einem Drachen, sagte Annina, schön. Ein Seelenkind, korrigierte Elisa. Ist es traurig?, fragte Annina, seine Mundwinkel hängen. Mama, Mama, sagte Elisa vorwurfsvoll, das scheint doch nur so, weil es nach oben sieht.

Achtundachtzigste sternklare Nacht

Am Anfang war das Meer. In der Mitte war es durch eine Wasserleitung geteilt, auf ihr sass der Erfinder, bis es ihm zu dumm wurde. Dann teilte er sich in zwei Hälften, die waren er selbst und seine Frau.

Kaum waren sie zu zweit, bauten sie einen Schilfrahmen, die Erfinderin schuf Erde, schüttete sie auf, der Erfinder krempelte die Hosen hoch und trat sie fest, und dann gruben sie gemeinsam die Flüsse.

Nachdem sie auch die Menschen, die Tiere und Pflanzen geknetet hatten, versammelten sie alle ihre Geschöpfe um sich und gaben ihnen Namen, damit war ihre Pflicht getan.

Es war ihnen daher auch mehr ein Feierabendvergnügen, den gebrannten Ziegel zu erfinden, hier und da Städte zu bauen und nochmals viele Menschen zu kneten, mit denen sie die Städte füllten.

Ist es zu spät, um den Sternen ein neues Jahr zu wünschen?, fragte Elisa.
Nein, sagte Annina, nach Neujahr darf man noch eine Weile, nur davor nicht.
Wir können ja nichts dafür, dass es so lange geregnet hat, sagte Elisa. Frohes Neujahr, liebe Sterne, rief sie, soll ich euch verraten, was ich mir ganz im Geheimen für das neue Jahr vorgenommen habe?

In einer Schneenacht malte Elisa eine Stadt. Die Regenbogenstadt, sagte sie. Schreib das.

Neunundachtzigste sternklare Nacht

Am Anfang warf der Erfinder einen Stein auf die Erde. Der Stein traf eine Bohnenpflanze, fällte sie, fiel selber zu Boden und platzte auf, ein Mann fiel heraus, ass die Bohnenpflanze und ging ans Meer, es war nicht weit.

Während er einen Bambusspross betrachtete, der dort wuchs, spaltete der Spross sich, und ein zweiter Mann trat hervor.

»Entschuldige«, fragte der erste Mann den zweiten. »Hast du eine Ahnung, wer wir sind?«

»Natürlich habe ich das, wir sind Menschen«, antwortete der zweite. »Hast du etwas zu essen?«

Der erste Mann schüttelte den Kopf.

»Hast du Hunger?«, fragte der zweite.

»Ich habe gerade gegessen«, sagte der erste.

»Na dann«, sagte der zweite und ging, um sich etwas zu essen zu besorgen. Danach bauten sie Hütten, jeder für sich, fanden aber beide bald Silber und Eisen, nahmen es mit nach Hause und wurden Schmiede.

Eines Tages schwollen ihnen die Kniegelenke an. Sie blieben im Bett und gebaren je zwei Kinder, einen Knaben aus dem rechten Knie, ein Mädchen aus dem linken. Und die Kinder wuchsen auf, heirateten einander, alle vier wurden Fischer. Am liebsten fischten sie nachts, mit Fackeln, die die Fische blendeten.

Juhu, rief Elisa, das war die schönste Geschichte. Und ich will jetzt auch endlich fischen gehen, Mama, der Jürg hat es mir schon lange versprochen.

An einem Regennachmittag malte Elisa sich selbst beim Fischen. Es regnet, sagte sie, aber ich gebe nicht auf.

Neunzigste sternklare Nacht

Am Anfang sehnte das Wasser sich nach einem Kind. Es schämte sich dafür ein bisschen, dann hatte es sich aber genug geschämt und legte ein goldenes Ei.

Ein Jahr später brach ein goldener Embryo durch die Eierschale, tauchte den Fuss ins Wasser und beschloss, doch lieber in der Schale zu bleiben. Dort sass er nochmals ein Jahr lang, bevor er sich überwand, den Mund aufzumachen, und »Erde« sagte. Sogleich entstand die Erde. Der Embryo sagte »Luft«, und im selben Augenblick entstand die Luft. Schliesslich sagte er »Himmel«, der Himmel entstand und mit ihm die fünf Jahreszeiten. »Wo kommt ihr denn her?«, fragte der Embryo, »ich habe nichts gesagt.« Die Jahreszeiten sagten: »Wir sind die fünf Silben, die du ausgesprochen hast.« Das gefiel dem Embryo.

Er stand auf und betrachtete sein Leben, das vor ihm lag wie eine Landschaft. Er sah, dass es eintausend Jahre dauern würde, er sah auch, dass die Zeit gekommen war, sich Kinder zu wünschen. Als erstes blies er dem Himmel entgegen, daraus entstand die Idee, den Tag zu erfinden. Er blies der Erde entgegen, daraus entstand die Idee, die Nacht zu erfinden, das gefiel ihm weniger, und er tötete die Idee wieder, aber die Nacht erfand er trotzdem. Als drittes erfand er das Jahr, klopfte ihm anerkennend auf die Schulter und nannte es seinen Intimfeind.

Nachdem er bestimmt hatte, dass alle seine Kinder tausend Jahre alt werden sollten, standen sie schweigend und sahen auf ihr künftiges Leben, das ohne Geheimnis vor ihnen lag und das sie überblickten, wie man von einem Flussufer zum anderen sieht.

Was würdest du wohl sehen, Elisita, sagte Annina nachdenklich, wenn du dein ganzes Leben vor dir sehen könntest.
Elisa verzog schuldbewusst das Gesicht. Ist mir eigentlich egal, Mama, sagte sie. Bist du mir böse?

Einundneunzigste sternklare Nacht

Am Anfang trieb die Tochter der Winde mutterseelenallein durch die Lüfte. Irgendwann wurde ihr das zu eintönig, und sie glitt herab und liess sich auf das Meer niedersinken.

Doch es war stürmisches Wetter, die Wellen warfen sie umher, eine Sturmböe drang in sie ein und schwängerte sie. Das Wasser drängte nach, breitete sich in ihr aus, machte ihr den Bauch rund, und so trieb sie siebenhundert Jahre hilflos auf dem Wasser und konnte nicht gebären.

Eines Tages flog eine Ente über das Meer. Sie taumelte und sah erschöpft aus, und die Tochter der Winde hob ein Knie aus dem Wasser, damit sie sich setzen konnte. Die Ente liess sich dankbar nieder, doch anstatt auszuruhen, begann sie ein Nest zu bauen, und kaum war es fertig, legte sie ein eisernes und sechs goldene Eier.

Dann begann sie die Eier zu bebrüten, und der Tochter der Winde wurde so heiss, dass sie unruhig mit dem Knie wackelte, um es zu kühlen. Dabei rutschte das Nest ins Wasser, eines der Eier zerschellte in der Brandung, und gleich wurde ein Teil seiner Schale gewölbte Erde, ein anderer wurde gewölbter Himmel, das Eigelb wurde die Sonne und das Eiweiss der Mond, alles übrige Helle wurde die Sterne und alles Dunkle die Wolken.

Die Tochter der Winde trieb noch zehn Jahre in den Wellen und überlegte, dann liess sie sich seufzend auf den Meeresgrund absinken und schlenderte dem Festland entgegen. Wo sie den Fuss hinsetzte, blieben Lachsschluchten zurück, wo sie die Hand abstützte, bildeten sich Landzungen. Sie schwamm und schlug mit ihren Armen die Klippen, sie legte die Hüfte in den Sand und glättete das Ufer. Und schliesslich blieb sie liegen, den Oberkörper an Land, Becken und Beine ins Meer hinaus ragend, um ihren Sohn zu gebären.

Der jedoch liess sich Zeit. Noch dreissig Jahre ging er im Leib seiner Mutter unentschlossen auf und ab, und als er sich endlich ins Meer stürzte, war er ein Greis. Nochmals acht Jahre trieb er in den

Fluten, bevor er sich überwinden konnte, an Land zu gehen und das Leben zu erschaffen.

Ach du meine Güte, sagte Elisa und verdrehte die Augen, die beiden Bummelliesen würden sogar mich wahnsinnig machen!

In einer Wolkennacht malte Elisa die Tochter der Winde, bevor sie ins Wasser fällt. Siehst du, sagte sie, sie tanzt richtig in der Luft. Ich bin ein bisschen stolz auf mich.

Zweiundneunzigste sternklare Nacht

Am Anfang formte der Erfinder einen Akaziensamen, legte ihn aber gleich wieder zur Seite. Als nächstes schuf er zwei Eleusinensamen und sechs andere Samen, die nie näher bestimmt wurden, schnürte sie sternförmig in einen Hibiskussamen und schwankte noch, ob er das kleine Kunstwerk »meine vier Schlüsselbeine«, »mein Ei«, »Ei der Welt« oder »Weltengebärmutter« nennen sollte, da machte einer der Samen sich selbständig. Entschlossen, anstelle des Erfinders die Welt zu erfinden, brach er aus und fiel, ein abgesplittertes Stück des Hibiskussamens umklammernd, durch den leeren Raum.

Ganz so leer hatte er sich das All allerdings nicht vorgestellt, und er bezweifelte plötzlich, dass er fähig sei, seine Pläne umzusetzen. Währenddessen fiel er tiefer und tiefer, das Stück Hibiskussamen in seinen Armen trocknete aus und wurde Erde, während der Samen sich mit jeder Stunde einsamer und verlorener fühlte und endlich das Fallen aufgab und sich in den Himmel zurückstahl.

Doch dort war alles anders geworden, Sonne und Sterne waren geboren, und der Samen fand sich nicht mehr zurecht und begann vor Schreck zu schreien.

Das kümmerte den Erfinder wenig. Er packte ihn, setzte ihn in ein Boot aus Sonnenlicht, ernannte ihn kurzerhand zum ersten Menschen und sandte ihn zur Erde zurück. Im Verlauf der Reise erhielt der Mensch mehr und mehr Gesellschaft, das Boot selbst gebar vier Zwillingspaare: vier Frauen ohne Namen und vier Männer, die »aus dem Bauch«, »auch aus dem Bauch«, »der grosse Rest Bauch« und »Milch« hiessen. Ausserdem gebar es alle Tiere und Pflanzen, die der Erfinder für die Welt entworfen hatte.

Als das Boot die Erde erreichte, heirateten die Zwillingspaare untereinander, und schon bald gebar die erste Frau wiederum Zwillinge. Sie wurden allerdings nicht alt, die Menschen opferten sie und bespannten mit ihren Häuten eine zweibeinige Trommel. Dann spielten sie auf ihr, damit der Erfinder ihnen auch Zwillinge schenke. Daraus wurde aber nichts.

Mama, seufzte Elisa, manchmal ist es so ein
Durcheinander!
Elisita, die echte Welt kann das noch viel grössere
Durcheinander sein, sagte Annina.
Ja, sagte Elisa. Aber ich bin doch noch ein kleines
Mädchen, wie soll ich denn das alles in meinen
Kopf bekommen?

In einer Schneenacht malte Elisa den Samen, der versucht, in den Himmel zurückzukehren. Er benutzt ein Trampolin, sagte sie. Und wer ist das daneben, fragte Annina. Die Frau Weyersmüller, sagte Elisa. Aufs Trampolin darf man nicht allein.

Dreiundneunzigste sternklare Nacht

Am Anfang lag ein Dorf an einem grossen unterirdischen See. Eine dicke Rebwurzel ragte von der Decke ins Wasser, an ihr kletterten die Menschen schliesslich ans Sonnenlicht. Unter einer besonders dicken Frau riss aber die Wurzel, und die Hälfte der Menschen blieb unten am See.

Schon gehört, rief Elisa den Sternen zu.
Nicht genauso, sagte Annina.
Nicht genauso, rief Elisa den Sternen zu.

Vierundneunzigste sternklare Nacht

Am Anfang lag teigdick die Nacht auf der Erde, der Boden war mit roten Blumen übersät, und in einer Mulde lag der Erfinder, den Kopf gegen eine himmelhohe hautfarbene Stange gelehnt, und schlief.

Noch während er schlief, begann er zu denken, Wünsche und Sehnsüchte wuchsen in ihm, und schliesslich gebar er aus den Achselhöhlen Beuteltiere, immer neue Beuteltiere, die über den Rand der Mulde kletterten und die Erde besiedelten.

Dann ging ein erstes Mal die Sonne auf, der Erfinder bekam Hunger und wachte auf. Er stieg aus der Mulde (und hinterliess eine Pfütze mit dem süssen Saft der Geissblattknospe), blinzelte in die Sonne und tastete sich blind vorwärts. Wo er hinfasste, griff er in eine Schar wieselnder Beuteltiere, und so packte er schliesslich zwei, briet sie auf einem sonnenerhitzten Stein und ass sie. Dann legte er sich wieder in die Mulde und träumte von einer Frau.

Es wurde Nacht, der Erfinder schlief, und während er schlief, schlüpfte aus seiner Achselhöhle eine Klapper, legte sich neben ihn und verwandelte sich in den nächsten Stunden in einen jungen Mann. Der Erfinder fühlte den Kopf seines Sohnes schwer auf seiner Schulter, doch er rührte sich nicht, bis der Morgen graute. Dann erst stiess er einen Schrei aus, der den Knaben ins Leben rief.

Eine Weile tanzte der Sohn für ihn, dann unterbrach ihn der Erfinder und schickte ihn los, um Beuteltiere zu jagen. Sie assen, und es wurde wieder Nacht, sie schliefen, und während der Erfinder schlief, entschlüpften seiner Achselhöhle nochmals zwei Söhne. Dasselbe geschah in der folgenden Nacht, danach gebar der Erfinder Nacht für Nacht bis zu fünfzig junge Männer. Nach kurzer Zeit hatten seine Söhne alle Beuteltiere in der Umgebung aufgegessen.

Eines Tages kehrten sie von einem drei Tage dauernden Beutezug heim, da hörten sie im Gebüsch etwas rascheln. Sie schleuderten ihre Speere ins Laub und trafen ein Dünenkänguru. Sie versicherten ihm gleich, dass es sich um ein Missverständnis handle, doch das Känguru blieb verärgert und humpelte ohne Gruss davon.

Kaum waren danach die Söhne zur Mulde zurückgekehrt, da wallte plötzlich die süsse Pfütze Geissblattknospensaft unter dem Erfinder auf, überschwemmte die Erde und spülte die Söhne ins Gebüsch. Im Dickicht erwartete sie das Dünenkänguru, dem inzwischen ein Klumpfuss gewachsen war. Gemeinsam gründeten sie die Känguruarmee, das Dünenkänguru wurde ihr General. Und der Erfinder legte sich wieder in die Mulde und schlief weiter.

Immer dieser Unsinn, rief Elisa. Langsam bin ich ernsthaft verärgert.

In einer Wolkennacht malte Elisa den Sohn, wie er für seinen Vater tanzt.

Fünfundneunzigste sternklare Nacht

Am Anfang stieg ein Lama vom Himmel herab, rührte das Wasser mit einer Eisenstange und machte eine Menge Wind. Und nach und nach begann das Wasser sich zu verdicken wie aufrahmende Milch, und die Erde entstand.

Danke, liebe Sterne, rief Elisa, dass ihr es heute kurz macht, das Grosi hat nämlich heute Geburtstag, und wir fahren gleich zu ihm. Ich habe ihm eine Zeichnung gemacht, aber davor hatte ich eine andere gemacht, die war viel schöner, nur habe ich dann den Apfelsaft darüber geleert, und danach war sie überhaupt nicht mehr schön, und die Mama hat gemeint, ich soll besser eine neue machen. Auf der ersten Zeichnung hatte ich das Grosi mit seinem neuen Auto gemalt, aber ich habe das Auto rot gemalt, dabei ist es blau, das habe ich aber extra gemacht …
Gehen wir, fragte Annina.
Jetzt drängle nicht, Mama, sagte Elisa. Wir unterhalten uns gerade so schön.

In einer Wolkennacht malte Elisa das dick gerührte Wasser.

Sechsundneunzigste sternklare Nacht

Am Anfang gebar die unendliche Zeit das Feuer und das Wasser, forderte sie auf, sich zu umarmen, und plötzlich war der Erfinder da. Er roch sauber und war mächtig, doch als er einen Blick nach unten warf, musste er feststellen, dass fünfhundertzweiunddreissigtausendachthundert Kilometer unter ihm der andere hockte, schwarz und stinkend und böse.

»Das ist schrecklich«, sagte der Erfinder, »da muss etwas geschehen.«

»Schaffen wir die Welt«, schlug die Zeit vor, der Erfinder nickte und setzte gleich das Messer an. Zuerst legte er die zwölftausendjährige Epoche-der-lang-andauernden-Herrschaft frei. »In dich werden wir den Sternenhimmel pflanzen«, erklärte er ihr. Er passte ihn ein, nähte ihn fest und ernannte ihn zum Oberbaumeister. Während der kommenden dreitausend Jahre entstand unter der Leitung des Sternenhimmels der Geist, als plötzlich der andere auftauchte. Er kam in den Himmel spaziert, als sei es das Natürlichste auf der Welt, sah sich jedoch unvermittelt einem hervorragend geschulten Heer gegenüber, in Reihen gestaffelt standen die Schilde, Tausende Speere ragten ihm entgegen. Eine Entschuldigung murmelnd, machte der andere kehrt, und für die nächsten dreitausend Jahre brütete er, Fingernägel kauend, darüber, wie er aus dem Dreck und der Fäulnis um ihn eine schlagkräftige Armee formen könne.

Währenddessen hatten die Sterne die Materie geschaffen, und der Erfinder zimmerte aus ihr mit Sorgfalt und Umsicht die Welt. Als Erstes zog er den Tageshimmel ein und spannte ihn zu einer Fläche von siebzehnmilliardensiebenhundertvierundsiebzigmillionen Quadtratkilometern. Nach fünfundvierzig Tagen gelang es ihm, aus dem Himmel Wasser rieseln zu lassen, er sammelte es sechzig Tage lang, dann liess er daraus die Erde aufsteigen. Nochmals fünfundsiebzig Tage dauerte es, bis Pflanzen aus der Erde sprossen, dreissig, bis der Stier und der Urmensch erschienen, und nach weiteren achzig Tagen entstand auch das erste wirkliche Menschenpaar.

Damit war die zweite Bauphase abgeschlossen, wieder waren dreitausend Jahre vergangen, und wieder erschien der andere. Er randalierte, umgeben von einer Handvoll schmutziger Dämonen, bohrte Löcher in den Tageshimmel, die Erde und die Berge, kroch hinein und defäkierte. Drei Monate lang sah der Sternenhimmel sich an, wie der andere wütete, dann hatte er genug und schickte ihm seine Armee entgegen. Die kriegerischen Engel ergriffen erst die stinkenden Dämonen, verschleppten sie und fesselten sie mit gemeinen unsichtbaren Schnüren. Dann folterten sie den anderen, bis er um Gnade flehte und versprach, friedlich zu sein, danach schafften sie ihn in seine Gruft zurück. Doch er blieb gefesselt, und zwei Engel und ein Gott liessen ihn nicht mehr aus den Augen.

Aber hoppla, sagte Elisa und lachte, aber hoppla,
aber hoppla.

In einer Regennacht malte Elisa Zahlen. Alles geheime, sagte sie.

Siebenundneunzigste sternklare Nacht

Am Anfang kniff der Erfinder dem Ozean ein gutes Stück Lehm ab, knetete sich daraus einen Ziegelmacher, Schilf und Bauholz, dazu einen Zimmermann, einen Schmied, einen Maurer, schliesslich das Gebirge und mehrere Meere als Zuhause für dies und das, dann befahl er: »Baut mir ein Haus!«

Später fiel ihm ein, sich noch einen Goldschmied, einen Steinschneider und die Menschen zu machen. Dann fand er, er habe genug gearbeitet, und liess sich für den Rest des Lebens bedienen.

Elisa lachte und befahl, trag mich nach Haus, ich habe genug gearbeitet.
Als sie Annina eingeholt hatte, nahm sie ihre Hand, hüpfte auf einem Bein und fragte, aber wer baut denn uns ein Haus.

In einer Regennacht malte Elisa die Villa des Erfinders.

Achtundneunzigste sternklare Nacht

Am Anfang war alles dunkel und flüssig. Dann entstanden menschenähnliche Wesen, nur hatten sie Flügel, einige zwei, andere hatten vier, einige hatten zwei Gesichter, andere zwei Köpfe oder zwei Geschlechter, einige hatten Ziegenhufe und trugen Hörner, andere hatten Pferdefüsse oder Pferdehintern, einige waren Stiere mit Menschenkopf, einige Hunde mit vierfachem Körper und Fischschwanz, einige hatten bloss Hundeköpfe oder einen Hundekopf auf einem Pferdekörper, manche hatten einen Pferdekörper mit Fischschwanz, und einige waren einfach nur Fische oder Schlangen oder Eidechsen. Alle diese Wesen wurden von einer Frau bewacht, die Mondmeer hiess und die der Erfinder, kaum hatte er sie erblickt, spaltete, um aus ihren Hälften Himmel und Erde zu schaffen. Dann frass er, um sich zu belohnen, die sonderbaren menschenähnlichen Wesen allesamt auf.

Es sei denn, sein Schwerthieb hätte nicht die Frau gespalten, sondern die Nacht gleich mit: Dann hätte die Nacht hässlich aufgeklafft, Licht wäre in die Dunkelheit geströmt und Luft ins Wasser, das hätten die Wesen schlecht ertragen und wären zugrunde gegangen, bevor der Erfinder sie hätte fressen können.

Vielleicht auch geschah es so, doch starben nicht alle Wesen, und der Erfinder, der sah, dass die Erde tot und unfruchtbar war, befahl den anderen, ihm den Kopf abzutrennen, sein Blut zu nehmen und daraus andere Menschen und Tiere zu formen, solche, die ein bisschen Luft nicht gleich umbringt. Und bevor er sich köpfen liess, schuf er noch eben Sonne, Mond und Sterne.

Oder aber er schnitt sich selbst den Kopf ab, und die Wesen von damals sind die Tiere von heute. Dann waren sowieso sie es, die aus seinem Blut die Menschen kneteten. Als sie ihre Tat vollbracht hatten, standen sie im Kreis um ihr Werk und erkannten staunend und ein klein bisschen neidisch, dass mit dem Blut des Erfinders all seine Klugheit auf die Menschen übergegangen war.

Mama, sagte Elisa, der Lorenzo hat heute versucht,
mir einen Kuss zu geben.
Und was ist daraus geworden, fragte Annina.
Ich habe ihm eine gehauen, sagte Elisa. Aber nachher habe
ich trotzdem mit ihm gespielt.
Und wie gefiel dir die Geschichte, fragte Annina.
Aber Elisa war schon losgerannt und rief, vielleicht haue
ich ihn morgen wieder.

Neunundneunzigste sternklare Nacht

Am Anfang schlief die Quelle der Nacht, und die Welt war leer. Sie schlief auch noch, als etwas knospte, das sich »Form« nannte, und noch immer, als die Welt zu leben begann, wuchs, sich belaubte und auseinander faltete, als sie Farbe bekam, sich verzweigte und sich behutsam herabneigte.

Gell, wie ein Pflänzchen, sagte Elisa.
Ganz genau wie ein Pflänzchen, sagte Annina.
Dann weiss ich schon, was ich zeichne, sagte Elisa.

In einer Nebel-und-Regen-Nacht malte Elisa ein Blümchen. Es ist ein sehr starkes Blümchen, sagte sie. Ausserdem passt der Mond auf es auf.

Hundertste sternklare Nacht

Am Anfang lag endlos das Meer, darüber wölbte sich klein und rund die Himmelskuppel, auf der die Tiere sich drängten.

Eines Tages hatte der Wasserläufer das Gedränge satt und sagte: »Ich werde nachsehen, ob wirklich nichts als Wasser ist.« Er sprang über den Himmelsrand, landete auf dem Meer und rannte über die Wellen, er rannte weit in eine Richtung und weit in eine andere, aber tatsächlich fand er nichts als Wasser und wurde müde und setzte sich auf eine Welle und ging unter.

»So sterbe ich?«, war alles, was er dachte, während er tiefer und tiefer sank, denn er war zu müde, um sich noch aufzuregen. Dann stiess er plötzlich an etwas Festes, krallte sich fest und entdeckte, dass er einen Klumpen Erde zwischen den Beinen hielt. Aufgeregt strampelte er sich an die Wasseroberfläche, triumphierend hielt er den Klumpen über den Kopf, und kaum war die Erde an der Luft, seufzte sie, erbebte, dehnte sich und wurde eine weite, viereckige Insel. Der Wasserläufer kletterte aufgeregt hinauf, vertäute sie mit dem Himmel, dann präsentierte er sie den anderen Tieren, und sie beschlossen, sie zu besiedeln.

Es dauerte noch eine Weile, bis die Erde getrocknet war, dann zogen sie um, und eben begannen sie, sich behaglich zu fühlen, da tauchte aus dem Nichts einer auf, der sich der Erfinder nannte. Er sagte: »Was euch zu eurem Glück fehlt, ist Disziplin.« Um sie den Tieren beizubringen, befahl er ihnen, sieben Tage und Nächte wach zu bleiben.

Die Tiere klagten, doch sie bemühten sich. Schon in der zweiten Nacht allerdings schliefen der Tausendschläfer und das Faultier ein, und bis zur siebenten Nacht hielten nur gerade noch die Eule, der Panther und die Falter durch. Bei den Bäumen war es ähnlich: Ausser der Tanne, dem Lorbeerbaum und der Stechpalme schliefen bald alle tief.

Der Erfinder tobte nicht, er rupfte die Bäume nur mit kaltem Lächeln kahl. Die Tiere zitterten und malten sich aus, was ihnen blühen mochte. Doch der Erfinder sagte bloss: »Ihr seid es nicht wert, dass man euch die Erde überlässt, ich werde euch Aufpasser zur Seite stellen.«

»Das ist alles?«, fragten die Tiere.

Das war alles. Der Erfinder schuf zwei Menschen und sagte zu ihnen: »Die Erde gehört euch. Vermehrt euch und besitzt sie, mehr erwarte ich nicht.«

Die Frau wagte einen Einwand. »Verzeihung«, sagte sie, »wir sind Geschwister. Geschwister vermehren sich nicht.«

Doch der Mann zerrte sie noch im selben Moment hinter einen Busch, verprügelte sie mit einem Fisch und sorgte dafür, dass sie sich vermehrten.

Danach gebar die Frau alle sieben Tage ein Kind, die Erde wurde schwerer und schwerer, und die Stricke, die sie mit dem Himmel verbanden, drohten zu reissen. Doch rechtzeitig kam der Erfinder wieder vorbei, er fasste die Frau freundlich am Kinn und sagte: »Es ist gut, ein Kind pro Jahr reicht aus.«

»Sag das meinem Bruder«, forderte die Frau, »sonst schlägt er mich wieder mit einem Fisch.«

Der Erfinder sprach mit ihm, und der Bruder schlug sie nicht.

So eine Frechheit, sagte Elisa. Mich könnte der hauen, so viel er wollte, dem würde ich bestimmt keine Kinder machen.
Bist du schon mal mit einem Fisch geschlagen worden, fragte Annina.
Elisa kicherte und sagte, sicher nicht.
Dann, sagte Annina, kannst du auch nicht wissen, was du tun würdest.

In einer Schneenacht malte Elisa den Wasserläufer. Er ist sehr, sehr müde, sagte sie. Aber er fällt nicht ins Wasser, denn zum Glück schneit es, und er hält sich an einer Schneeflocke. Und wer sind die? fragte Annina. Nur so, sagte Elisa. Die sehen zu.

Hundertunderste sternklare Nacht

Am Anfang war der Raum. Er war dunkel, mit Wasser gefüllt und atmete. In seiner Mitte sass der Erfinder und tat lange nichts. Dann allerdings wurde ihm langweilig, und er sagte: »Dunkel, werde zu einem Dunkel, dem das Licht gehört.« Im selben Augenblick erschien das Licht. Der Erfinder hatte seinen Spass daran und sagte: »Licht, werde zu einem Licht, dem das Dunkel gehört.« Das Licht erlosch. Der Erfinder klatschte in die Hände und befahl: »Wechselt euch ab. Seid einmal oben und einmal unten. Wasser, teil dich. Himmel, häng dich auf. Und jetzt bitte Auftritt Erde.« Alles geschah, wie er es wollte, der Erfinder freute sich, und die Erde räkelte sich auf dem Wasser und hoffte, dass er sie aufforderte zu gebären.

Keine schöne Geschichte?, fragte Annina.
Doch, doch, flüsterte Elisa, aber dort hinten im Schnee.
Was ist dort, Mimita, fragte Annina.
Dort leuchtet es ganz blau, das ist ein … ich weiss nicht, vielleicht ein Engelchen oder so.
Wollen wir ihm guten Tag sagen?
Elisa schüttelte den Kopf. Das ist sicher ein ganz scheues, sagte sie. Vielleicht ist es gekommen, um dir zum Geburtstag zu gratulieren, Mama.
Gehen wir?, fragte Annina nach einer Weile leise.
Ja, jetzt können wir gehen, rief Elisa, sprang auf und hüpfte von Schneeloch zu Schneeloch dem Tal zu.

In einer Wolkennacht malte Elisa den Erfinder. Er hat sich gerade einen Regenbogen befohlen, sagte sie.

Hundertundzweite sternklare Nacht

Am Anfang waren die Nebelschwade und der Rabe, die beiden waren ein Paar. Der Rabe schuf die Welt und überredete Sonne und Mond, für die Menschen zu scheinen. Er hatte lange mit ihnen verhandelt, darin lag seine Stärke. Im Erschaffen war die Nebelschwade besser als er, doch sie liess ihn machen und legte nur ab und zu unauffällig mit Hand an. Denn sie liebte ihren Mann, vor allem für seine Witze und die wunderbaren Streiche.

Jon, fragte Elisa, wenn etwas blau im Schnee leuchtet,
ist es dann ein Engelchen?
Ein Engelchen oder ein Feenlagerfeuer, sagte Jon.
Daran hatte ich nicht gedacht, sagte Elisa. Mama,
wahrscheinlich war es gestern ein Feenlagerfeuer.

In einer Regennacht malte Elisa ein Bild, klebte es ein und sagte, den Raben haben alle gern.

Hundertunddritte sternklare Nacht

Am Anfang war schon einmal die Welt, doch dann kam die Zeit und schlug sie zusammen. Und dann tauchte eine andere Zeit auf, verfolgte die erste und erschlug sie.

Neben den Zeiten, die einander nachrannten, gab es aber auch zwei, die nebeneinander liefen. Die eine hiess die wirkliche Zeit, in ihr dauerte ein Monat dreissig Tage, ein Tag dreissig Sterntage, ein Sterntag sechzig Nadi zu vierundzwanzig Minuten, ein Nadi sechzig Vinadi zu vierundzwanzig Sekunden, ein Vinadi sechsmal Atemholen zu vier Sekunden und ein Atemholen zehn lange Silben Sprechen. Die Erde drehte sich in einem Atemholen um ein sechzigstel Grad.

Die zweite hiess die behauptete Zeit. In ihr dauerte ein Tag dreissig Stunden, eine Stunde zwei halbe Stunden, eine halbe Stunde dreissig Minuten, eine Minute dreissig Sekunden, eine Sekunde achtzehn Augenblinzeln, ein Augenblinzeln dreissig Stäubchen und ein Stäubchen einhundert Atome. Ein Tag der behaupteten Zeit dauerte zweimilliardenneunhundertsechzehnmillionen Atome.

Zwölf Monate der wirklichen Zeit waren ein Jahr. Ein Jahr war ein Göttertag, sechsmal sechzig Göttertage waren ein Götter- oder ein Dämonenjahr. Zwölftausend Götterjahre oder zehntausendmal vierhundertzweiunddreissig Sonnenjahre bildeten ein vierfaches Zeitalter, das in einer Dämmerung begann und in einer Dämmerung endete, jede Dämmerung dauerte ein sechstel Zeitalter. Ein zehntel eines Zeitalters, multipliziert erst mit vier, dann mit drei, dann mit zwei und dann mit eins, entsprach der Dauer des goldenen und der weiteren Zeitalter in ihrer Folge, einundsiebzig Zeitalter ergaben ein Patriarchenzeitalter, seine letzte Dämmerung dauerte dasselbe wie ein goldenes Zeitalter und wurde durch eine Sintflut abgeschlossen. Vierzehn Patriarchenzeitalter mit ihren Dämmerungen waren ein Äon, jedes Äon wurde durch eine fünfzehnte Dämmerung abgeschlossen, die wieder die Dauer eines goldenen Zeitalters hatte, am Ende des Äons wurde alles Bestehende zerstört. Ein Äon entsprach einem Tag oder einer Nacht des Brahma, und das gesamte Brahma dauerte hundert Jahre zu dreihundertsechzig Tagen und Nächten.

In diesem Augenblick sind wir vermutlich im ersten Äon des einundfünfzigsten Jahres. Das hiesse, sechs Patriarchenzeitalter, siebenundzwanzig Zeitalter und ein goldenes Zeitalter dieses Äons wären vergangen, und es wäre vierundsiebzigtausendvierhundert Götterjahre her, seit eines Morgens aus einem goldenen Ei die Pflanzen, die Sterne, die Götter und Dämonen krochen.

Die Sterne spinnen, rief Elisa und rannte im Kreis, die Sterne spinnen. Immer wenn der Jon kommt, spinnen die Sterne.

In einer Sturmnacht malte Elisa die Zeit. Ich sehe nichts, sagte Annina. In die Luft gemalt, sagte Elisa und kicherte.

Hundertundvierte sternklare Nacht

Am Anfang war der Erfinder das einzige Wesen, das einigermassen aussah wie ein Mensch, ausser ein paar Menschen mit zwei Köpfen, von denen er nicht wusste, wer sie gemacht hatte.

Sie gefielen ihm auch nicht besonders, da machte er lieber seine eigenen. Als erstes knetete er ein paar Frauen und steckte sie in eine Schachtel. Dann machte er einige Männer, legte sie in eine andere Schachtel, danach liess er beide Schachteln wie unbeabsichtigt offen stehen. Er entfernte sich, als wolle er rauchen gehen, und beobachtete, wie die Männer und Frauen miteinander auskamen. »Jetzt habt euch nicht so«, rief er, als nichts geschah, kam mit langen Schritten zurück, schüttete alle Menschen in eine Schachtel, schloss den Deckel und sagte: »Da bleibt ihr, bis ihr euch vermehrt habt.«

Nachdem die Menschen sich gepaart hatten, waren sie viel mutiger. Der Erfinder hatte ihnen Waffen gegeben, um Büffel zu jagen. Und da die Büffel sich nicht wehrten, brachten die Menschen sie gleich alle um.

Woran machst du da eigentlich die ganze Zeit herum, fragte Annina.
Das ist ein Plastikblümchen, sagte Elisa und schob es in die Tasche.
Vom Kindergarten, fragte Annina.
Nein, sagte Elisa. Ja. Aber ich wollte es ganz bestimmt morgen wieder zurückbringen.

Hundertundfünfte sternklare Nacht

Der Anfang war leer. Aus dem Leeren entstand das Sein, daraus das Licht, das etwas Väterliches hatte, und daraus der Lichtstrahl, der etwas Mütterliches hatte. Licht und Lichtstrahl vermischten sich und wurden das Helle und das Dunkle. Und plötzlich kam eisiger Wind auf und schuf den Reif, der Reif knisterte und war fahl, etwas vom Reif wurde Tau, Reif und Tau mischten sich, ein glatter, ein spiegelglatter See entstand. Auf dem See bildete sich eine Haut, krümmte sich, krümmte sich heftiger, und schon war die Haut ein Ei geworden, dem zwei Vögelchen entschlüpften, Prinzesstaucherchen, das weisse hiess Strahlendleuchtend, das schwarze Bitterdüster.

Strahlendleuchtend und Bitterdüster paarten sich und legten drei Eier. Ein Ei war weiss, ein anderes Ei war schwarz, das dritte war gefleckt. Als das weisse Ei aufbrach, wurde die Schale zum Götterfelsen, das Zwischenhäutchen wurde die Thronabteilung des Lichtlands, das Eiweiss wurde die wunderliche Kreuzung aus einer Kuh und einem Yak, und das äussere Häutchen schliesslich fächerte sich in drei Götter auf, die WeissesLicht, AllwissenderMenschenschützer und MuschelweisserMitMenschenVerzierterGott hiessen. Als das schwarze Ei aufbrach, kletterten zwei heraus, von denen der eine Schwarzhochmütiger hiess, der andere SchwarzerHaufenWeisser-Haufen. Als das gefleckte Ei aufbrach, stieg der glänzende Wunschgebetmann heraus, er war ohne Augen, ohne Ohren, ohne Nase, ohne Zunge, ohne Hände und ohne Füsse, aber er dachte scharf und ernannte sich zum Welterfinder. Und gleich schüttete er Gold, Türkis, Muscheln, Karneol, Kristall und Eisenerz rings zu kleinen Haufen und schuf daraus Tiere, Menschen und Götter.

Sechsunddreissig Götter hatte er geschaffen, der siebenunddreissigste schlug aus der Art mit nicht weniger als achtzehn besonderen Merkmalen: Auf dem Kopf war ihm etwas Goldenes gewachsen, spannhoch, wie ein Vollmond. Links über dem rechten Auge hatte er etwas wie eine aufgehende Sonne. Rechts über dem linken Auge hatte er etwas wie einen weissen Mond nach Mondscheinart. Wo die Brauen zusammentrafen, war etwas wie ein schwarzer Punkt. Links über der rechten Schulter war ein kleiner Tempel gezeichnet. Rechts über der linken Schulter war ein neunstöckiger Turm gemalt. Auf dem Brustbein hatte er etwas wie eine kauernde Tigerin. Rechts über den Rippen wuchs ihm ein Büschel weisses Haar. Links über den Rippen wuchs ihm ein Büschel schwarzes Haar. Über den Unterschenkel des rechten Beins hinab ringelte sich eine Schlange. Die Wade des linken Beins umklammerte eine eiserne Biene, die hatte Augen. Und am Spann des linken Fusses war etwas, das sah aus wie ein springender Frosch. Der siebenunddreissigste Gott war auf jeden Fall etwas Besonderes und schuf jene, die später die Erde beherrschten.

Den will ich malen, sagte Elisa.

Dann malte sie aber den Wunschgebetmann.

Hundertundsechste sternklare Nacht

Am Anfang wollte der Erfinder die Erde einrichten, es war aber jemand schneller gewesen, und er machte wieder kehrt.

Ein Donner, ein Elefant und ein Mensch teilten sich damals die Erde. Sie lebten zufrieden und hatten, was sie brauchten, bis eines Nachts der Donner erschreckt feststellte, dass der Mensch sich im Schlaf von einer Seite zur anderen drehte.

»Ich muss dazu aufstehen«, sagte er betroffen zum Elefant. »Das ist mir nicht geheuer.«

»Kein Drama, ich muss dazu auch aufstehen«, sagte der Elefant.

Der Donner riss die Augen auf. »Du auch?«, rief er. »Was stehst du dann noch herum, reissen wir aus.«

»Weshalb sollten wir ausreissen?«, fragte der Elefant.

»Begreifst du nicht?«, sagte der Donner. »Der Mensch ist anders, er ist gefährlich. Was kann einer nicht für Verbrechen begehen, der sich im Schlaf zur Seite dreht.«

Der Elefant lachte und fragte: »Du willst, dass ich vor einem winzigen Menschen davonrenne?«

»Er ist klein«, sagte der Donner, »aber er ist böse. Denk an meine Worte.« Dann floh er in den Himmel.

»Ist er weg?«, fragte der Mensch. »Gott sei Dank, ich hatte Angst vor ihm.«

Der Elefant lachte. »Ihr seid vielleicht Spinner«, sagte er. »Gibt es auch etwas, vor dem ihr euch nicht fürchtet?«

»Vor dir fürchte ich mich nicht«, sagte der Mensch. Er ging in den Wald, schnitzte sich Pfeile und einen Bogen und schoss auf ihn. »Siehst du?«

Der Elefant reckte den Rüssel, rief nach dem Donner und bat ihn weinerlich: »Nimm mich zu dir.«

»Wer hat gelacht, als ich Angst vor dem Menschen hatte?«, fragte der Donner.

Der Elefant flehte noch lange, doch der Donner sagte: »Stirb meinetwegen.«

Der Elefant starb tatsächlich, und der Mensch war nun ganz allein auf der Erde. Daher gebar er seine ersten Kinder aus dem Knie.

Ihr habt ja keine Ahnung, rief Elisa den Sternen zu,
ein Elefant wird nämlich viel älter als ein Mensch!

Hundertundsiebente sternklare Nacht

Am Anfang war ein Ei, in dem das grosse Durcheinander tobte und um sich schlug, und mitten im Durcheinander schwamm seelenruhig, viermal grösser als ein Mensch, bepelzt, mit Hörnern auf der Stirn und gewaltigen Hauern, ein Embryo.

Mit seiner Zimmermannsaxt spaltete er die Eierschale und hieb sie zu Himmel und Erde, mit steten Bewegungen formte er Sonne, Mond, Sterne und das Meer. Er schüttete die Berge auf, kratzte Flussbetten aus und zeigte den Menschen, wie sie sich Boote und Brücken bauten.

Dann endlich rief er: »Feierabend«, legte die Axt weg und erklärte sich für pensioniert. Von da an unterrichtete er die Menschen mit grosser Begeisterung in Mineralogie.

Was ist das, fragte Elisa.
Gesteinskunde, sagte Annina. Da wird untersucht, wieso der eine Stein rot ist und der andere blau.
Und wieso ist er, fragte Elisa. Dann schrie sie aber, reingefallen, interessiert mich gar nicht, bekam einen Klaps und wurde nach Hause gejagt.

In einer Wind-und-Wetter-Nacht malte Elisa den Embryo mit Hauern.

Hundertundachte sternklare Nacht

Am Anfang knetete der Erfinder aus Lehm ein vierbeiniges Tier, klebte ihm einen Schwanz an und forderte es auf, ein Stück zu gehen. Er sah zu, wie es seine ersten Schritte tat, und fand das recht hübsch. »Ich glaube, ich kann dich gebrauchen«, sagte er. »Du bist doch nicht etwa einsam?«

Das Tier nickte und sagte: »Etwas.«

»Dann lassen wir andere Tiere aus dir heraustreten«, sagte der Erfinder. Gleich sprangen, krochen und fielen die sonderbarsten Tiere aus seinem Leib, und der Erfinder lachte heftig.

»Lach nicht«, sagten die Tiere, »erklär uns lieber, wovon wir leben sollen.«

»Geduld«, sagte der Erfinder, »erst muss ich noch einen Vogel schaffen.«

Er schuf ihn und warf ihn in die Luft.

»Er wird sich einsam fühlen«, sagte das erste Tier.

»Unsinn«, brummte der Erfinder, »er wird auf andere Vögel treffen.« Doch der Vogel flog in alle Richtungen, ohne weitere Vögel zu finden, und kehrte enttäuscht zurück.

»Jammere nicht, setz dich lieber«, sagte der Erfinder. Der Vogel setzte sich auf seinen Arm, er packte ihn, schleuderte ihn im Kreis, dem Vogel wurde erst schwindlig, dann elend, und schliesslich sah er ganze Vogelschwärme vor seinen Augen kreisen. Als der Erfinder ihn wieder hinsetzte, blieben die Vögel und suchten sich Nistplätze.

»Wir brauchen auch noch einen Gefährten«, sagten die anderen Tiere.

»Wozu?«, fragte der Erfinder.

»Du wirst nicht ewig bei uns sein«, sagten die Tiere. »Es wäre nett, wenn du uns den Menschen erfinden könntest.«

Das schien dem Erfinder vernünftig, er schickte sie weg und machte sich an die Arbeit.

Als erstes malte er seinen eigenen Umriss auf die Erde und füllte ihn mit Blütenstaub aus. Dann nahm er Türkisfarbe, malte damit die Adern, nahm Ocker und malte das Blut, die Haut schuf er aus Korallen, die Knochen aus weissem Marmor, die Fingernägel, die Zähne und die Iris aus Opal. Schwarzen Marmor formte er zu Pupillen und weissen Lehm zu Knochenmark, dann ballte er eine Wolke zu Haaren.

»Fast bist du fertig«, sagte er, »ich muss nur noch den Wind in dich schicken.« Er rief den Wind, führte ihn durch den Körper und liess ihn in seinen Fingerspitzen wirbeln, bis der Mensch von selber lebte.

Die Tiere waren näher und näher gerückt. »Weg mit euch«, befahl der Erfinder, »ich rufe euch, wenn es etwas zu sehen gibt.«

Er befahl dem Menschen, sich aufzusetzen und zu lachen. Der Mensch versuchte zu lachen, es sah erbärmlich aus. »Sieh her«, sagte der Erfinder und zeigte es ihm. Beim vierten Versuch klappte es, und in je vier Versuchen lernte der Mensch auch zu sprechen, zu schreien, zu gehen und zu rennen. Danach strich der Erfinder ihm den Scheitel glatt und sagte: »So kannst du dich sehen lassen.«

Er rief die Tiere, führte ihnen den Menschen vor und fragte sie, was sie von ihm hielten.

»Er wird einsam sein, solange er keinen zweiten hat«, sagten sie.

»Ihr immer mit eurer Einsamkeit«, sagte der Erfinder gereizt, »bin ich denn einsam? Also schön, bringt mir Läuse.«

Die Tiere brachten ihm Läuse, der Erfinder setzte sie dem Menschen auf den Kopf, gleich wurde er müde und schlief ein. Während der Mensch schlief, träumte er von einer Frau, als er aufwachte, blieb sie bei ihm, und der Mensch sprang eifrig auf und zeigte ihr, wie sie aufstehen und gehen und rennen sollte.

Damit die Menschen aber auch ganz bestimmt nie einsam wären, blieben die Vögel in ihrer Nähe, als der Erfinder die Erde verliess, und zwitscherten für sie.

Vielen Dank, rief Elisa den Sternen zu, das war ein lustiges Geschichtchen, aber jetzt müssen wir nach Hause, wir feiern heute nämlich, dass ich schon einen Monat lang keine Windeln mehr gebraucht habe.
Gehen wir, sagte Annina. Sonst steht Tante Christine vor der verschlossenen Tür.
Ich würde euch ja auch gern einladen, rief Elisa, aber für so viele haben wir nicht genug Kuchen.

In einer Wolkennacht malte Elisa den Vogel, der viele Vögel sieht.

Hundertundneunte sternklare Nacht

Am Anfang sass der Erfinder auf einer wackligen Unterlage im Meer und wünschte sich Kinder. Schliesslich ergoss er sich ins Wasser, und schon schwammen auf den Wellen zwei Kinder, die aussahen, wie er sie sich gewünscht hatte. Er nannte sie Luft und Feuchte.

Sie hatten ihm ein Auge mitgebracht, das er sich einsetzte, dann vergoss er daraus ein paar Tränen der Rührung, und die Tränen verwandelten sich in die ersten Menschen. Von nun an thronte das Auge in seiner Stirn und überwachte, wie der Erfinder Wurzeln schlug, sich in Pflanzen verwandelte, danach in Kriechtiere, danach in kleinere Kriechtiere, und so die Welt erschuf.

Währenddessen hatten Luft und Feuchte sich vereinigt und gebaren Himmel und Erde und ein ganzes Heer von Göttern, das sich gleich tapfer bemühte, Chaos zu besiegen, die grosse Feindin der Schöpfung. Chaos war eine vor langer Zeit erblindete und den Flammen überlassene Gestalt mit einem Messer im Kopf, die zu nichts gut war.

Doch die Götter waren schwächlich, sie richteten nichts aus, und der Erfinder musste ans Werk. Als Erstes radierte er der Feindin den Namen aus und schrieb ihn auf eine Schachtel, dann zertrümmerte er ihr die Knochen, hieb ihr im Nacken das Rückgrat durch, hackte ihr das Fleisch auf, riss ihr Herz heraus, zerquetschte alle ihre Verwandten und Erben, trampelte auf ihr herum, spuckte auf sie und schrieb all das auch auf das Blatt eines Papyrusbaums, das er danach in die Schachtel legte. Nun fesselte er die Gestalt viermal täglich,
röstete sie, trat sie mit seinem linken Fuss und bespuckte sie.

Und während der Erfinder so das Chaos zwar nicht besiegt hatte, es aber in Schach hielt, ging erstmals die Sonne auf. Noch etwas ängstlich fuhr sie in ihrem Bötchen über den Himmel, doch bald wurde sie forscher, und schliesslich hatte sie genügend Mut gefasst, abends die Abkürzung über den finsteren unteren Himmel zu nehmen und so nach Hause zurückzukehren.

Das tun wir aber nicht, oder?, fragte Elisa und war froh, als Annina sagte, verrückt wären wir, wir gehen schön den Weg entlang.

Hundertundzehnte sternklare Nacht

Am Anfang lag die Erde unter Wasser, und der Erfinder fragte die Tiere, ob es jemand auf sich nehme, sie an die Oberfläche zu holen.

Der Krebs traute es sich zu und begann, unter Wasser die Erde zu einem Hügel zu häufeln. Bald allerdings erschienen die Eigentümer der Erde, zerrten ihn weg und schimpften gehörig. Der Krebs jedoch gab so schnell nicht auf, er zwickte die Eigentümer der Erde, sie liessen ihn fahren, er floh und wirbelte Sand auf. Nun war er nicht mehr zu sehen und arbeitete im Unsichtbaren weiter und häufelte in Windeseile Sand, bis der Hügel über das Wasser wuchs und der Krebs stolz seine Scheren an der Luft schwenken konnte.

»Jetzt möchte ich, dass jemand Licht macht«, sagte der Erfinder.

»Meinetwegen«, sagte die Sonne, als sie bemerkte, dass alle sie erwartungsvoll ansahen. Lustlos kletterte sie über die Erde, prompt ritzte sie sich an einer Gipfelkante. Während ihr Blut sich mit der braunen, feuchten Erde mischte und daraus die ersten Menschen entstanden, seufzte sie: »Es lohnt sich einfach nicht, freundlich zu sein.«

Und die Menschen, die aus ihrem Blut entstanden, waren in der Tat ein Elend. Sie kamen schon hungrig zur Welt und töteten sofort einen Hirsch und drei Hasen. An Frieden war jetzt nicht mehr zu denken, dem Erfinder fiel nichts Besseres ein, als die Tiere in die Wälder und ins Gebirge zu jagen. Das Einzige, was sie danach noch mit den Menschen verband, war, dass der Erfinder jedem Tier einen Namen gab und die Menschen zwang, sie auswendig zu lernen.

Gar nicht gezwungen, sagte Elisa, ich kann sie freiwillig.
Und Helen rief den Sternen zu, Elisa kennt nämlich alle,
alle Tiere auf der Welt.

Hundertundelfte sternklare Nacht

Am Anfang schlenderte der Erfinder durch das Nichts. Als er das erste Mal stehen blieb, wuchs unter seinen Füssen ein Fels, und er dachte: »Ach, so einfach ist das.« Er befahl dem Felsen, sich zu teilen, der Fels teilte sich anstandslos, teilte sich gleich nochmals, und hintereinander weg entstanden das Hinlegen, das Kriechen, das Riff, die Honigwabe, der Schiefer, das Stehen und der Korallenzweig.

»Wenn es so leicht geht, könnte ich mir auch gleich Kinder schaffen«, dachte sich der Erfinder, schlug leicht auf den Felsen, der Fels teilte sich, und es entstand erst die Erde, dann das Meer, das sich gleich frech auf das Kriechen legte. Das Hinlegen wurde eifersüchtig und wollte zanken, doch der Erfinder sagte: »Sei friedlich«, da war es friedlich. Er schlug nochmals auf den Felsen, Süsswasser schoss hervor, er schlug, und der Himmel entstand, danach die Himmelsstütze, die Unendlichkeit, der Raum und das Hohe. Er liess einen Mann und eine Frau entstehen, die er Zweiwolken und Zweisüsswasser taufte. Er klopfte auf den Felsen und sprach ihm mit guten Worten zu, danach gebar der Fels die Merkmale der Menschen, das Herz, den Willen, die Neugierde, ach, und noch so vieles.

Als dem Erfinder nichts weiter einfiel, schuf er noch etwas Ordnung. Dann vielteilte er sich und zerstreute in verschiedene Himmelsgegenden, wo er die Himmelskörper schuf. Als das geschehen war, berief er alle Weltbewohner zur Generalversammlung in den neunten Himmel, hier wurde der exakte Lauf der Welt, der Himmelskörper und der irdischen Flüsse, Strömungen und Winde festgelegt. Zuletzt liess er eine Kletterpflanze wachsen, die bald hunderttausend Würmer trug. Die Würmer hackte er klein, aus dem Hackfleisch formte er die Menschen und setzte sie paarweise aus.

Teil dich, befahl Elisa dem Berg, teil dich.
Aber er teilte sich nicht.

Hundertundzwölfte sternklare Nacht

Am Anfang war die Welt ein verschlammter Tümpel, alles war kalt, verlassen, nichts regte sich. Dann formte der Erfinder eine Bachstelze, damit sie hinunterflog und die Erde machte.

Die Bachstelze flatterte ratlos über den Tümpel. Dann fing sie an, mit den Flügeln das Wasser zu fächeln, sie trat mit ihren Füsschen den Schlamm und peitschte tapfer den Tümpel mit dem Schwänzchen. Das tat sie siebzehn Ewigkeiten lang, dann endlich begannen sich vereinzelte trockene Stellen zu bilden. Inseln entstanden, und der Erfinder erlaubte ihr, sich zu setzen und etwas auszuruhen.

Das ist gemein, sagte Elisa.
Aber sie hat es geschafft, sagte Annina.
Stimmt, sagte Elisa, yippie.

In einer Wolkennacht malte Elisa die Bachstelze und sagte, zur Belohnung habe ich ihr eine Blume gemalt.

Hundertdreizehnte sternklare Nacht

Am Anfang war der Erfinder eine Wolke im Nichts, und es dauerte sehr lange, bis ihm auch nur ein erster kleiner Gedanke kam. Und zwar sagte er sich: »Eigentlich könnte ich ein Ding herstellen, dann hätte dieses öde Nichts ein Ende.« Kaum war der Gedanke gedacht, da ging alles andere schon wie von selbst: Mit einer Bewegung machte der Erfinder das Wasser und rieb es zwischen den Fingern zu Schlamm. Den Schlamm rollte er flach aus, er setzte sich darauf, und da sass er nun, während auf seiner Stirn eine Beule wuchs und am dritten Tag aufplatzte.

»Guten Tag«, sagte der Erfinder erstaunt. »Bist du mein erster Gedanke? Aber weshalb hängst du so unbequem an der Stirn und setzt dich nicht in eines meiner Augen?«

Der Gedanke dankte und setzte sich. So sass er nun da, und auch der Erfinder sass so da, ab und zu wechselte der Gedanke vom einen Auge ins andere, der Erfinder wechselte ab und zu von einer Pobacke auf die andere, und so verging wieder viel Zeit.

»Du«, sagte schliesslich der Erfinder, »geh doch mal eben aus meinem Auge und stell dich auf das Ding, das ich geschaffen habe«, und der Gedanke stieg auf das Ding herab und spazierte darauf umher.

»Was nun?«, fragte der Gedanke.

»Es würde«, sagte der Erfinder, »mich interessieren, wo es zu Ende ist.«

»Unmöglich zu erkennen«, sagte der Gedanke, nachdem er eine Weile gegangen war. »Ich finde seine Mitte nicht, und ohne Mitte kein Ende.«

»Ja, ohne Mitte ist das natürlich nichts«, sagte der Erfinder. Er riss sich einen hohlen Zahn aus, steckte ihn in das Ding und sagte: »Nun, ist das ein schöner Nabel?«

Der Gedanke aber war bereits durch den hohlen Zahn hindurch und unter das Ding geklettert. Dort fand er eine Finsternis und ein Zusammenklumpen, die er verknetete, er wallte sie zur Erde aus, währenddessen begann das Ding sich über ihm zu wölben, es rief: »Ich bin der Himmel«, und Licht schien durch den hohlen Zahn herab und nannte sich mal Mond und mal Sonne.

Ich habe auch schon gedacht, was ist wohl in meinem Kopf, wenn ich gerade nichts denke, sagte Elisa.
Und, fragte Annina.
Ich habe es nicht herausgefunden, sagte Elisa.

Hundertvierzehnte sternklare Nacht

Am Anfang waren die kaputten Köpfe. Sie waren so dumm, dass sie schnurstracks in den Wald liefen, sich verirrten und umkamen. Dann waren die Hochnäsler, sie hatten eine nach oben gebogene Nase und einen Kopf, der zu glitschig war, um einen Topf darauf zu tragen. Sie starben beim ersten Regen, als ihnen das Wasser in die Nase rann. Dann waren die Funkenbeine und die Aschenbeine, den Funkenbeinen spritzen beim Gehen Funken aus den Gelenken, den Aschenbeinen Asche. Die Funkenbeine waren schnell, schneller auch als der Erfinder, deshalb begrub er sie in einem Feuerregen.

So läuft das Wasser in die Nase, sagte Elisa.
Au, sagte Annina, nicht immer gleich so grob.

In einer Regennacht malte Elisa einen Hochnäsler. Wäh, sagte sie, ist der hässlich. Er hat sogar einen Dreck in der Nase.

Hundertfünfzehnte sternklare Nacht

Am Anfang sass der Erfinder in der Dunkelheit und erfand ein Wort. Er sprach es aus und war erstaunt, als er feststellte, dass es jetzt ausserhalb von ihm war, denn irgendwie hatte er noch immer das Gefühl, es sei ein Teil von ihm. Fröhlich rief er: »Da bin ich doch wahrhaftig ausser mir«, und freute sich nun gleich doppelt, da er offenbar nicht nur Worte, sondern auch Humor hatte.

Das ausgesprochene Wort hatte inzwischen zu leben begonnen und glühte in der Dunkelheit. Auch hierüber freute sich der Erfinder, und während er mit ansah, wie es sich erst in Fleisch verwandelte und danach in alles andere, in die Planeten und die Dinge und die Lebewesen, da war er nun wirklich ausser sich und schrie eines um das andere Mal: »Nein, dass ich das alles erleben darf!«

Elisa kicherte.

An diesem Abend malte Elisa einen Ast, der ein Vögelchen sucht. Es ist aber zu klein, sagte sie, er kann es nicht sehen. Zu welcher Geschichte gehört das, fragte Annina. Das ist selber eine Geschichte, sagte Elisa.

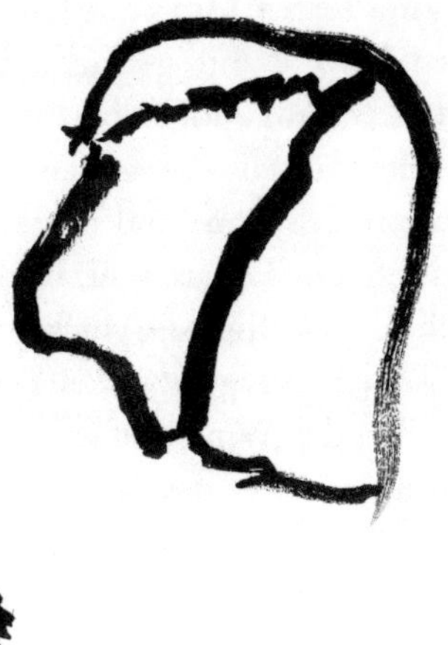

Hundertsechzehnte sternklare Nacht

Am Anfang war die Welt noch nicht geschaffen, da wurde der Monat geboren und begann ganz von selbst zu laufen. Mit seinen Grossmüttern und zwei Tanten wanderte er ostwärts, als eine der Tanten sagte: »Ja, wer hat mir denn bloss erzählt, hier gebe es Menschen?« Seit da erwarteten sie, auf Menschen zu treffen, aber die waren noch nicht erfunden.

Nur einmal entdeckten sie Fussspuren, vorsichtshalber änderten sie danach die Richtung. Sonst geschah nichts, und sie vertrieben sich die Zeit damit, dass sie Namen für die Wochentage ausdachten. Und irgendwann stellten sie fest, dass inzwischen der Himmel, die Erde, das Wasser, das Land, die Steine, das Leben zu Wasser und das Leben zu Land geschaffen worden waren, und zwar so:

Am ersten Tag hatte der Erfinder sich selbst und danach Himmel und Erde geschaffen. Am zweiten Tag zimmerte er eine Treppe, die vom Himmel zum Wasser hinabführte. Am dritten Tag begann er, den Himmel mit Gegenständen zu bestücken, und wurde so euphorisch, dass er bis zum Abend auch Meer und Erde ausgerüstet hatte. Am vierten Tag gab er Himmel und Erde die nötige Neigung. Am fünften Tag lernten die Gegenstände einander kennen und übten, Hand in Hand zu arbeiten. Am sechsten Tag schlug der Erfinder lange Zeit Funken, bevor es ihm gelang, ein Licht zu entfachen. Am siebenten Tag schuf er das Land, so hatten die Dinge der Erde endlich Boden unter den Füssen. Am achten Tag war er mit sich selbst beschäftigt, er knetete sich Arme und Beine. Am neunten Tag erfand er die Hölle. Am zehnten Tag fasste er, noch bevor er sie entworfen hatte, den Entschluss, künftig missglückte Menschen in der Hölle einzuschmelzen. Am elften Tag entwickelte er Steine und Bäume. Am zwölften Tag erfand er den Wind und schnitzte ihm ein Fächlein mit einem Kissen darin, in das er das Leben einnähte. Am dreizehnten Tag knetete er aus Wasser und Lehm die Menschen, liess sie aber noch leblos. Am ersten Tag danach fiel er in ein Tief, fand alles, was er bisher gemacht hatte, ausgesprochen schlecht und verlor die Lust, weiterzumachen. Am zweiten Tag danach entdeckte er, dass seine Menschen etwas Böses im Blick hatten. Am dritten Tag danach erfand er das Sterben. Am fünften Tag danach hatte er sich wieder gefangen und kümmerte sich darum, dass das Meer endlich eine ordentliche Küste bekam. Am sechsten Tag danach bedeckte er die Täler mit Erde, aber die Welt war immer noch tot, und der Erfinder war plötzlich verschwunden und mit ihm die Steine und Bäume.

Trotzdem waren die Tage zufrieden, hielten einander an der Hand und sangen: »Dreizehn und sieben, das macht einen Monat.« Dann wählten sie die vier längsten Tage zu ihren Anführern, und unvermittelt trat Leben in die Welt, Himmel und Erde begannen zu funktionieren, Bäume und Steine waren wieder da, und alles arbeitete reibungslos.

Wie sieht so ein kleiner Monat aus?, fragte Elisa.
Ich weiss es nicht, sagte Annina. Vielleicht so ähnlich wie der Mond.
Wie der Mond, sagte Elisa überrascht. Oder eher wie eine kleine Fliege, aber ohne Flügel.

In einer Regennacht malte Elisa den Monat.

Hundertsiebzehnte sternklare Nacht

Am Anfang zeugten die Salzwässrige und der Süsswässrige eine Reihe von Söhnen, die Schlick, Schlamm, Himmelshorizont, Erdhorizont, Himmel und Flut hiessen und die bestimmt waren, die Grundpfeiler der Schöpfung zu sein.

Die Söhne gerieten allerdings überhaupt nicht nach Plan. Statt das Durcheinander in der Welt zu lichten, tranken und randalierten sie nachts im Bauch ihrer Mutter und raubten ihr und dem Süsswässrigen den Schlaf. Dem wurde es schnell zu bunt, er besprach sich mit seinem Berater, dem Nebligen, und gemeinsam wollten sie die Salzwässrige überreden, die missglückten Söhne zu töten. »Du willst deine eigenen Kinder töten?«, tobte aber seine Frau, »sind das deine Erziehungsmethoden? Geduld brauchen sie, Geduld, nicht Prügel.«

Der Süsswässrige war nahe daran, klein beizugeben, als der Neblige ihn hochhob und auf seine Knie setzte, ihn abküsste und zärtlich sagte: »Wer wird denn auf Frauen hören. Wenn du deine Ruhe willst, töte sie.« Dem Süsswässrigen blieb nicht die Zeit, sich zu entscheiden. Die Söhne hatten den Streit mit angehört, und Flut, der wildeste, verliess den Leib seiner Mutter, hexte dem Nebligen eine Lähmung an, schlug einen Bannkreis um seinen Vater, übergoss ihn mit Schlaf, knebelte ihn und schlug ihm den Kopf ab. Den Nebligen zog er nackt aus, griff ihn am Nasenring und schloss ihn in ein Kämmerchen, dann zog er sich seine Kleider an.

Danach baute er auf der Leiche seines Vaters ein Haus, er heiratete und genoss das Leben, und bald darauf brachte seine Frau einen Jungen zur Welt. Bereits am ersten Tag war das Kind erwachsen und schöner als alles zuvor, es hatte vier Augen und vier Ohren und spuckte beim Reden Feuer.

Zur selben Zeit hatte ein Onkel dieses herrlichen Jungen den Wind erfunden, er spielte damit und erschütterte alles mit seinen Stürmen. Wieder konnte die Salzwässrige nicht schlafen, und nachdem sie schon länger daran gedacht hatte, ihren Mann zu rächen, beschloss sie nun, alle ihre Söhne zu töten. Dazu schuf sie eine Armee von Drachen, Skorpionmenschen und giftgefüllten Riesenschlangen, die von einer Sphinx angeführt wurde.

Flut erfuhr von den Plänen seiner Mutter. »Wir haben keine Wahl«, sagte er zu seiner Frau und seinen Brüdern, »wir müssen gegen sie in den Krieg ziehen. Sie ist zwar stärker als wir, doch unser herrlicher vierohriger Sohn hier wird sie schlagen.«

Der Herrliche akzeptierte, gegen seine Grossmutter ins Feld zu ziehen, unter der Bedingung, dass er nach seinem Sieg oberster Herrscher der Welt würde. Er rüstete sorgfältig, kaufte seinem Windonkel die Wirbelstürme ab, konstruierte Blitze und ein gewaltiges Fangnetz, errichtete, senkrecht wie eine Wand, eine fürchterliche Regenflut, dann endlich, den Körper bis über die Ohren gepanzert, begab er sich in seinen vierspännigen Sturmwagen. Dessen Pferde hiessen der Renner, der Niedertrampler, die Zerstörung und die Erbarmungslosigkeit und waren das Schrecklichste, was die Welt kannte.

Danach standen sie einander gegenüber, der Herrliche und seine Grossmutter, sie beschimpften einander und lauerten auf eine Gelegenheit, den tödlichen Hieb anzubringen. Endlich sperrte die Salzwässrige den Rachen auf, um den Vierohrigen zu fressen, der schleuderte einen hammerstossstarken Wind in sie, der die Süsswässrige aufblähte, sie ungelenk machte und ihren Leib hob, in diesem Augenblick schoss er seinen vergoldeten Pfeil ab und schlitzte ihr das Herz auf. Die Armee der Salzwässrigen erstarrte vor Entsetzen, und schon hatte der Herrliche in grossem Schwung sein Netz über die Soldaten geworfen und verzurrt. Dann kehrte er zur Leiche seiner Grossmutter zurück, trat sie in den Hintern, zerschmetterte ihr den Schädel und schlitzte ihre Adern auf. »Verspritzt das Blut über die Erde«, befahl er den Winden, dann teilte er ihren Körper wie eine Muschel, schuf aus der oberen Hälfte den Himmel, bezaubernd wie ein Palast und mit Sternbildern geschmückt, aus der unteren Hälfte das Jahr und die Monate, den Mond und zuletzt die Menschen (die ihn etwas enttäuschten, weil sie ihn nicht so enthusiastisch feierten, wie er es sich ausgemalt hatte).

Dankbarer zeigten sich seine göttlichen Onkel. Sie bauten ihm die Stadt Babylon und in Babylon einen monströsen Tempel, sie verliehen ihm fünfzig Namen und wählten ihn wie versprochen zum Herrscher über das All.

Das hatte ich ja ganz vergessen, sagte Elisa zu Annina, morgen gehen wir mit dem Kindergarten Blumen pflücken, und die Frau Weyersmüller hat gesagt, da dürfen wir auch etwas Süsses im Täschchen haben.
Das hat sie gesagt?, staunte Annina. Ausgerechnet die Frau Weyersmüller?
Doch, sagte Elisa und nickte heftig. Wahrscheinlich, weil wir so schrecklich weit laufen müssen.

In einer Wolkennacht malte Elisa das Haus des vierohrigen Herrlichen und seine Onkel auf Besuch.

Hundertachtzehnte sternklare Nacht

Am Anfang sah die Alte neidisch auf die Erde, die der Adler sich mit viel Fleiss gebaut hatte. »Schöne Welt«, sagte sie. »Schwimmt sie?« Sie nahm den Korb von der Schulter und schüttete in einem langen Schwall das Meer über die Erde.

»Tu etwas«, baten die Tiere den Adler. »Borg mir doch ein paar von deinen Barthaaren«, sagte der zum Puma. Die Haare band er zu einem Lasso, warf es über das Meer und fing am anderen Ufer den Korb der Alten ein. Er riss ihn ihr aus der Hand und setzte ihn dem Wasserbüffel auf den Kopf, da versiegte die Flut.

Die Alte hatte das Gleichgewicht verloren, sie war ins Meer gefallen und ertrunken. (»Ich behaupte ja, die Scham über ihre Niederlage hat sie gefällt«, sagte die Giraffe, und der Wolf wollte wetten, sie sei an ihrem Neid gestorben.)

Der Adler schuf noch aus Holunderzweigen zwei Männer und eine Frau, er schickte sie in die Sauna, und nachdem sie tüchtig geschwitzt hatten, hauchte er sie an und rief sie ins Leben.

»Jetzt«, rief er schliesslich, »helft mir eine Laube zu bauen, und dann hauen wir so richtig auf den Putz!«

Was ist auf den Putz hauen, fragte Elisa.
Feiern, sagte Annina.
Was ist Putz, wollte Elisa wissen.
Zähneputzen, sagte Annina und schubste sie von ihrem Schoss. Und dann unter die Decke mit dir.
Erst mal nach Hause, sagte Elisa.

In einer Regennacht malte Elisa die Feier. Sie tanzen, sagte sie. Wie wir. Und wieso weinen sie? fragte Annina. Sie weinen überhaupt nicht, sagte Elisa, sie schwitzen.

ELISA

Hundertneunzehnte sternklare Nacht

Am Anfang war ein winziger Kern, so ganz und gar winzig, dass er eigentlich überhaupt nicht da war. Das Kernchen keimte, und aus ihm spross blass und durchsichtig der Drang, sich fortzupflanzen, reckte sich, wuchs, spaltete sich und teilte sich in ein Männliches und in ein Weibliches.

Das Weibliche sah sich das Männliche eine Weile recht genau an. Dann legte es sich hin und sagte: »Bitte sehr.« Ja, und wie daraus das Übrige entstand, konnte sich auch der Erfinder nie so recht erklären.

Ich komme nicht draus, ich komme nicht draus, rief Elisa und tanzte auf und ab, ich komme nicht draus und komme nicht draus.

In einer Regennacht malte Elisa das Kernchen.

Hundertzwanzigste sternklare Nacht

Am Anfang lebte im dreizehnten Himmel das Erfinderehepaar und wunderte sich, dass es da war. Sonst tat es nichts.

Dafür hatte es vier Söhne, den Roten, der den Menschen in die Herzen sah, den Schwarzen-aus-der-Mitte-Geborenen, den Aus-Nacht-und-Wind-Geborenen und den Von-links-Geborenen, er war der Wildfang unter den Brüdern und bestand nur aus Knochen. Sechshundert Jahre über faulenzten auch die Söhne, dann endlich beschlossen sie, die Welt zu erschaffen.

Aus-Nacht-und-Wind und Von-links schufen einen Mann und eine Frau und befahlen ihnen zu arbeiten, sie schufen die Tage und gruppierten sie in Monaten, sie schufen das Höllengötterpaar und bauten jenseits des dreizehnten weitere Himmel. Sie schufen Wasser und einen grossen Fisch und aus dem Fisch die Erde, ausserdem kneteten sie eine halbe Sonne. Da meldete sich allerdings der Rote zu Wort, sagte: »Dieses bisschen Licht soll genügen?«, und hängte sich auf, um selbst die Erde zu bescheinen. Währenddessen schufen Aus-Nacht-und-Wind und Von-links ein bärenstarkes Menschengeschlecht, das nichts als Eicheln ass und sechshundertsiebenundsechzig Jahre alt wurde.

Doch dann beschloss Aus-Nacht-und-Wind, in seiner Welt wolle er selber die Sonne sein. Er prügelte den Roten vom Himmel, und der stürzte ins Wasser, stieg als Jaguar aus den Fluten und frass das gesamte bärenstarke Menschengeschlecht.

Die nächsten Menschen ernährten sich von Pinienkernen und wurden nach wieder sechshundertsiebenundsechzig Jahren weggeweht, einige blieben auch in den Bäumen hängen und wurden zu Affen. Das geschah, als der Rote in den Himmel zurückkletterte, Aus-Nacht-und-Wind hinabstiess und den Höllengott als Sonne einsetzte.

Die nächsten Menschen assen Wasserweizen, doch nach nur dreihundertvierundsechzig Jahren liess Aus-Nacht-und-Wind Feuer über sie regnen, stürzte den Höllengott und setzte dessen Frau als Sonne ein. Sie beschien dreihundertzwölf Jahre lang Menschen, die von Wassermais lebten. Dann regnete es ein Jahr lang so heftig, dass die Menschen sich in Fische verwandelten und die Himmel einstürzten, sie fielen auf die Erde und schlugen alles kauptt.

Danach geschah eine Weile nichts, dann, an ihrem zweitausendsechshundertachtundzwanzigsten Geburtstag, beschlossen die vier Brüder, die Himmel wieder aufzurichten. Vorsichtig, um die Sterne nicht zu beschädigen, stemmten sie die Himmelsschalen empor, das Erfinderpaar schuf währenddessen das Leben neu. Dann überliessen sie die Erde sich selbst und wandten sich anderen Dingen zu.

Wie lange dauert es noch, bis ich Geburtstag habe, fragte Elisa.
Schon noch etwas, sagte Annina. Bis der Frühling vorbei ist.
Bis dahin habe ich noch Geduld, rief Elisa den Sternen zu. Aber wenn ihr bis dahin nichts erzählt habt, das ich glauben kann, ist Schluss.

Hunderteinundzwanzigste sternklare Nacht

Am Anfang pflanzte der Erfinder die Berge, sie schossen gleich schlank und gleissend in die Höhe, nahmen kein Ende und bohrten sich tief in den Himmel.

»So hatte ich mir das nicht gedacht«, sagte der Erfinder und übergoss sie mit Feuer, bis sie zerfurcht und zerklüftet in sich zusammengesackt waren. »Na also«, sagte er und bestrich Bergfüsse und Talsohlen mit Bienenwachs. In das Wachs pflanzte er die Bäume.

»Etwas fehlt noch«, stellte er fest und knetete die Menschen. Er wanderte um sie herum und musterte sie. Dann schüttelte er den Kopf. »So geht das nicht«, murmelte er, »so kann ich das unmöglich stehen lassen.« Er liess eine Flut die Erde überschwemmen, die Menschen allerdings retteten sich auf die Gipfel, assen Kohle und weigerten sich zu sterben.

»Habt ihr nicht begriffen?«, rief der Erfinder ihnen zu. »Ihr seid missraten.« Und als sie immer noch nicht sterben wollten, verwandelte er sie in Brüllaffen und Klammeraffen.

Komm, Klammeräffchen, gehen wir nach Hause, sagte Annina. Sie versuchte sich zu befreien.
Ich bin kein Klammeräffchen, sagte Elisa und weigerte sich, sie loszulassen. Ich bin die Elisa.

Hundertzweiundzwanzigste sternklare Nacht

Am Anfang erfand der Erfinder die Weisheit. Von da an war sie immer bei ihm, bewunderte ihn, spielte mit ihm und war von ihm entzückt. Sie sah zu, wie er die Meere und die Quallen schuf, wie er Berge einsenkte und Wiesen und Äcker in die Erde grub, wie er die schweren Wasser nach oben schob und darunter ein Gewölbe einzog, damit die Flut nicht auf die Erde stürzte, wie er die Wolken fesselte und verknotete, das Meer zur Seite schob und Pfeiler unter die Erde rammte. Immer war sie dabei als des Erfinders Liebling, nur manchmal spielte sie auf der Erde und vergnügte sich mit den Menschenkindern.

Total herzig, sagte Elisa. Kommt morgen der Papa?
Übermorgen, sagte Annina.
Übermorgen kommt der Papa zu mir, rief Elisa den Sternen zu, dann bringe ich ihn euch mit.

In einer Nebelnacht malte Elisa die Weisheit beim Spielen.

Hundertdreiundzwanzigste sternklare Nacht

Am Anfang waren die Frauen allein, aber sie wussten sich zu helfen, sie schliefen mit Hunden und zeugten so die Europäer.

Weiter, sagte Elisa.
Das war's, sagte Victor.
Papa, sagte Elisa vorwurfsvoll. Das kann nicht sein, du hast die Sterne falsch gelesen, und jetzt wollen sie nicht mehr.
Wen wundert es, sagte Annina.
Was soll ich machen, sagte Victor, mir haben die Sterne nun mal einen Witz erzählt. Komm, Prinzessin, reiten wir den Berg hinunter.

In einer Regennacht malte Elisa einen Hund. Ich habe ihn auf einer Tasse gemalt, sagte sie, so muss niemand Angst vor ihm haben.

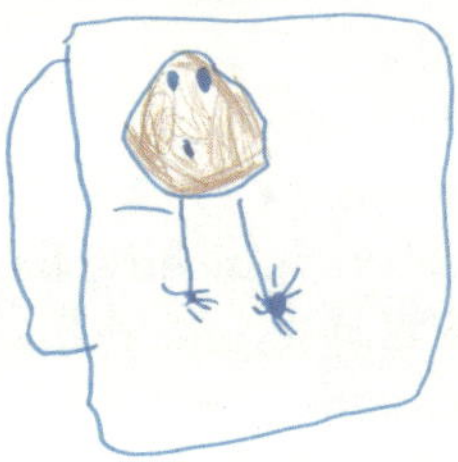

Hundertvierundzwanzigste sternklare Nacht

Am Anfang lebten die Menschen in der Erde und hätten gern gewusst, ob es darüber auch etwas gab.

»Kannst du nicht nachsehen?«, baten sie den Wind.

Er presste sich durch ein Loch nach oben, stiess auf eine Menge Wasser, das er wie einen Teppich zur Seite rollte, und entdeckte einen weiten Strand. »Oben hat die Erde eine andere Seite«, sagte er, als er wiederkam.

»Wie sieht das aus?«, fragten die Menschen.

»Weiss nicht«, sagte der Wind, der nicht sehr wortgewandt war, »seht es euch selber an.«

Doch die Menschen hielten es für sicherer, erst die Krähe nach oben zu schicken. Sie flog nach oben, die Fische reckten neugierig die Köpfe, und die Krähe begann sich zu ärgern. »Was glotzt ihr mich so an«, fragte sie, »habt ihr noch keine Krähe gesehen?« Die Fische hatten tatsächlich noch keine gesehen, aber das kümmerte die Krähe nicht. Sie begann, ihnen die Augen auszupicken, darüber vergass sie ganz, dass die Menschen auf sie warteten.

»Sie kommt nicht zurück«, stellten die Menschen betrübt fest und baten den Biber, für sie die Erde auszukundschaften.

»Das kann ich machen«, sagte der Biber und stieg empor. Doch gleich sah er das Wasser, das der Wind achtlos zur Seite geschoben hatte. »Das hält doch nicht«, schimpfte er, »da muss man doch Dämme bauen.« Das tat er und vergass darüber ganz, dass die Menschen auf ihn warteten.

Die Menschen seufzten und sagten: »Einer nach dem anderen verlässt uns, es wird immer trauriger.«

»Ihr wollt wissen, wie es oben aussieht?«, fragte der Dachs. Er kroch hinauf, sah, wie schön es war, und rief: »Kommt hoch, das müsst ihr euch selbst ansehen!«

»Zumindest eine Delegation sollten wir hochschicken«, sagten die Menschen neugierig. Sie wählten vier Menschen, die den Weg für sie sichern sollten. Die vier stiegen nach oben, betrachteten den Strand, dann knobelten sie einen aus. Die Übrigen spuckten in die Hände, packten den Ausgeknobelten, formten ihn zu einer Kugel, schleuderten kleine Blitze auf ihn, teilten ihn und schufen aus ihm Hügel, Berge und Bäche. »Jetzt lässt es sich hier leben!«, riefen sie den anderen Menschen zu.

Erst als die anderen aus Tageslicht stiegen, entdeckten sie, dass sie gar keine Menschen waren, sondern Tiere und Pflanzen.

»Macht nichts«, sagten sie, »wir werden uns hier trotzdem wohlfühlen.« Sie richteten sich ein und lebten recht friedlich. Wenn es doch einmal Streit gab, übernahmen Sonne und Mond für eine Weile das Zepter.

Ich bin froh, dass die Sterne nicht verärgert waren,
sagte Elisa. Weisst du, ich habe den Papa ja trotzdem gern.
Ich weiss, linda, sagte Annina. Das sollst du auch.

In einer Regennacht malte Elisa, wie die Menschen merken, dass sie eigentlich Tiere sind.

Hundertfünfundzwanzigste sternklare Nacht

Am Anfang sprach der Erfinder ein Wort, das Wort dehnte und streckte sich und wurde ein Himmel. Der Erfinder blies ihn an, gleich war der Himmel bevölkert, dann sprach er weitere Worte, die wirklich wurden, kaum hatten sie seinen Mund verlassen. Zuletzt ordnete er die Politik, denn er hatte festgestellt, dass die Menschen sich einbildeten, sie müssten selber Pläne schmieden.

Mama, fragte Elisa, was ist Politik? Nein, nicht sagen, jetzt weiss ich wieder.
Also?, fragte Annina.
Das ist, sagte Elisa, wenn du sagst, das macht man nicht, und wenn ich dann frage, wieso, dann sagst du, einfach.
Ach, das ist Politik?, sagte Annina. Wer hat dir das erklärt?
Als ich wollte, dass der Papa bei uns schläft, hast du gesagt, er muss gehen, und als ich gefragt habe, warum, hast du gesagt, einfach.
Na ja, da war ich wütend, sagte Annina.
Und da hat Papa gesagt, das ist wieder typische Weiberpolitik.

Mama, schreib mir Rose auf, sagte Elisa, und Peeling. Und jetzt?, fragte Annina. Jetzt schreibe ich es ab, sagte Elisa, dann male ich das Bild dazu, und dann kann man es ausschneiden und wieder zusammenlegen. Und wo ist das Peeling, fragte Annina, als Elisa fertig war. Das Peeling ist das leere Papier, sagte Elisa, also das Peeling ist abgewaschen, dafür ist das Papier jetzt sauber. Sie fand das ausgesprochen witzig.

Hundertsechsundzwanzigste sternklare Nacht

Am Anfang lag die Erde tief, sehr tief unter dem Erfinder, und er hatte Probleme, sie zu vollenden. Denn der Himmel hatte sich zwischen Sonne und Erde geschoben und warf seinen Schatten, und der Erfinder, der alt geworden war und schlecht sah, konnte beim besten Willen nichts mehr erkennen.

Erst versuchte er, sich vom Himmel hinabzuhangeln, wäre beinahe gestürzt und konnte sich nur mit Mühe wieder über den Himmelsrand ziehen. Dann, nach langem Nachdenken, bohrte er ein Loch in den Himmel, durch das Loch drückte er Eis und Schnee, bis ein Berg entstanden war, der bis knapp unter den Himmel ragte. Dann baute er sich eine Wolkentreppe, stieg darauf zum Eisberg hinab und wanderte zu Tal.

Als er die Erde erreicht hatte, begann er zu arbeiten. Licht schien durch das Loch im Himmel, nannte sich Sonne und beschien den Eisberg. Das Schmelzwasser weichte die Erde auf, und der Erfinder bohrte wieder Löcher, setzte Keimlinge und liess sie zu Bäumen wachsen.

Dann hätte er sich gern ausgeruht, stattdessen streifte er einige Blättchen von den Bäumen, machte sie zu Vögeln und scheuchte sie mit viel Gefuchtel in die Luft. Aus dünnen Ästen machte er die Fische, warf sie ins Wasser und stieg hinterher, um ihnen das Schwimmen beizubringen. »Erkälte dich noch, Dummkopf«, murmelte er und sehnte sich nach einem Feuerchen. Doch er wusste, es war beinahe vollbracht, brach Zweige und schuf die Landtiere. »Ihr seid etwas schwächlich geraten«, stellte er fest, als er die Giraffen, Ziegen, Dackel und anderen Tiere betrachtete.

»Aber du wirst was Schönes«, sagte er, hängte sich mit beiden Händen an einen Baum und brach einen schweren Knüppel ab, um den Grizzly zu schaffen. Doch gleich bereute er seinen Überschwang, denn der Grizzly schwang seine Tatzen nach ihm, und die nächsten tausend Jahre über sass der Erfinder in den Schneehügel eingegraben an einem Feuerchen und schimpfte sich einen alten Narren. Dann besiedelten die Menschen die Gegend, und er machte sich endgültig aus dem Staub.

Seht mal, rief Helen, dort fliegt eine Sternchenwolke.
Das muss etwas anderes sein, sagte Elisa. Wahrscheinlich diese kleinen Fliegen.
Mama, sind es keine Sterne?, fragte Helen.
Ich weiss nicht genau, sagte Christine, aber wahrscheinlich sind es wirklich nur Fliegen.
Ihr seid alle beide gemein, rief Helen.

In einer Sturmnacht malte Elisa die Fische aus Ästchen.

Hundertsiebenundzwanzigste sternklare Nacht

Am Anfang flocht der Erfinder Wasser zu vier Flüssen, knetete aus Ackererde einen Menschen und blies ihm in die Nase. »Jetzt müssen wir uns aber auch um dich kümmern«, sagte er, als der Mensch zu leben begann, und legte ihm einen Garten an. Danach nahm er ihn bei der Hand, führte ihn unter den Bäumen hindurch und erklärte: »Alles kannst du essen, nur Finger weg von dem Baum dort in der Ecke. Er trägt die Früchte der Erkenntnis, und ich kann dir versichern, die bekommen dir nicht.«

»Aha«, sagte der Mensch, »ist gut.«

Der Erfinder stutzte. »Wieso fragt er nicht nach?«, dachte er. »Das ist doch nicht normal. Der kommt doch nicht etwa auf dumme Gedanken?« Er beschloss, ihn besser auf Trab zu halten, und schuf die Tiere. »Hier habe ich eine Aufgabe für dich«, sagte er, »gib ihnen allen Namen. Zur Belohnung gehören sie danach dir.«

Der Mensch tat ohne Widerrede, doch auch ohne Begeisterung, worum er gebeten wurde, und der Erfinder begann sich zu fragen, ob er womöglich bloss etwas einfältig war.

»Wie fühlst du dich?«, fragte er.

»Gut«, sagte der Mensch. »Etwas müde bin ich.«

»Dann schlaf«, sagte der Erfinder. Er sah zu, wie der Mensch einschlief. »Er ist doch ein rührendes Geschöpf«, dachte er bei sich, »ich sollte ihm etwas Besseres zur Seite geben als nur diese Tiere.« Er schnitt ihm im Schlaf eine Rippe heraus und formte daraus einen zweiten Menschen.

Als der Mensch aufwachte, sah er einen zweiten vor sich, und sagte sich: »Oh, ein neues Tier. Ich muss ihm einen Namen geben.«

»Wie heisst denn du?«, erkundigte sich der zweite Mensch.

»Ich heisse Mann«, sagte der erste. »Wie wäre es, wenn ich dich Männin nenne?« Er lachte, hörte aber auf zu lachen, als der zweite Mensch sagte: »Kann es sein, dass du etwas einfältig bist?«

Er überlegte noch, was er antworten sollte, als der zweite Mensch aufstand und wegging, um sich etwas zu essen zu suchen.

Eli, bist du noch dran, fragte Annina und sah zu, wie drei aufgekratzte Französinnen das Restaurant betraten, in dem Nicola wartete.
Ja, sagte Elisa. Aber es ist kalt am Fenster.
Hat dir die Geschichte nicht gefallen?
Doch, sagte Elisa.
Vermisst du mich, fragte Annina.
Kein bisschen, sagte Elisa.
Ich gehe jetzt etwas essen, sagte Annina, Nicola wartet.
Und ich male noch etwas, sagte Elisa.
Gib mir einen Kuss, sagte Annina.
Elisa küsste sie und hängte auf.

In einer Wolkennacht malte Elisa den Mann und die Männin.

Hundertachtundzwanzigste sternklare Nacht

Am Anfang trat der Erfinder ins Dunkel und wieder heraus und hatte das Licht geschaffen. Er wusch sich die Augen und hatte Sonne und Mond geschaffen. Er schwamm im Meer, wusch seinen Körper und hatte die Götter geschaffen.

Doch stimmt das überhaupt? Hängte nicht eher jemand einen Spiegel auf und lockte damit die Sonne aus ihrer Höhle? Hat nicht die Sonne danach ein Schwert zerbissen? Zehntausende Götter tummelten sich plötzlich überall, verstellten den Weg, und nur nach zähen Verhandlungen im ruhigen Fluss und Geheimgesprächen am kleinen Strand kam die Welt zur Ruhe.

Ihr seid heute wieder so was von bekloppt, rief Elisa den Sternen zu und drohte mit dem Finger.

Hundertneunundzwanzigste sternklare Nacht

Am Anfang trieb der Erfinder auf einem Felsen im Meer und plante die Welt. Doch er hatte Mühe, sich zu konzentrieren, und er ärgerte sich, dass niemand da war, mit dem er die Pläne hätte diskutieren können. In seinem Ärger spuckte er ins Wasser, und als er hinter sich sah, war die Spucke zu einem regelrechten Berg gewachsen, der ihm nachschwamm wie ein grosses gehorsames Hündchen.

»Ich will keinen Berg, der mir nachwieselt wie ein Hündchen«, rief der Erfinder und schlug ihn mit seinem Stock. Der Berg brach entzwei, einer sprang heraus und rief: »Wolltest du nicht deine Pläne diskutieren? Hier bin ich, Bruder.«

»Mit dir soll ich meine Pläne diskutieren?«, sagte der Erfinder. »Du kannst froh sein, wenn ich assistieren lasse.«

»Assistieren«, schrie der andere entsetzt.

»Du willst mehr sein?«, fragte der Erfinder. »Dann sag mir, woraus wir die Erde erschaffen sollen. Ich sehe nur Wasser.« Er sah eine Weile zu, wie der andere verlegen seinen Fuss in den Felsen bohrte, dann sagte er gutmütig: »Na, tauch mal unter und hol etwas Sand hoch.«

»Wollte ich eben vorschlagen«, sagte der andere und stieg ins Wasser.

»Sag, dass du von mir kommst«, rief der Erfinder ihm nach.

Der andere tauchte, doch er war zu eitel, um zuzugeben, dass er nur der Assistent des Erfinders war, und als er nach dem Sand griff, öffnete sich der Boden, Flammen schossen hoch und verbrannten ihm die Hand.

»Das mit dem Sand war keine gute Idee«, sagte er, nachdem er wieder aufgetaucht war. »Dabei verbrennt man sich die Hand.«

»Hast du auch gesagt, dass du von mir kommst?«, fragte der Erfinder und schickte ihn wieder hinunter.

Der andere tauchte kleinlaut ein zweites Mal und kam noch verbrannter wieder hoch.

»Hast du nicht erwähnt, dass ich dich geschickt habe?«, sagte der Erfinder nochmals, und nachdem der andere vergeblich eine Ausrede gesucht hatte, gestand er, dass er zu eitel gewesen war. Danach schämte er sich und tauchte freiwillig ein drittes Mal, er sagte dem Sand, wer ihn geschickt hatte, hob ohne Schwierigkeiten den Sand auf, nahm ihn in den Mund und schwamm an die Wasseroberfläche zurück. Nachdem er auf den Felsen geklettert war, spuckte er den Sand dem Erfinder vor die Füsse.

Dabei liess er aber ein Restchen Sand in seiner Backe und dachte bei sich: »Bau du mal deine Welt, ich baue mir meine eigene.«

Der Erfinder nahm den Sand, säte ihn über den Wellen aus, und schon im nächsten Augenblick quoll er auf und wurde feste Erde. Gleichzeitig quoll aber auch der Sand in der Backe des anderen, dass der wie am Spiess brüllte.

»Aber was schreist du denn so?«, fragte der Erfinder.

»Mein Kopf«, rief der andere und zeigte auf seine geschwollenen Backen.

»Was ist mit deinem Kopf?«, fragte der Erfinder und schien nichts zu bemerken.

»Er platzt«, schrie der andere, »er platzt.« Und endlich gestand er, dass er etwas Sand gestohlen hatte.

»Ach so«, sagte der Erfinder. »Und jetzt? Was willst du von mir?«

»Hilf mir«, bat der andere.

»Ja, aber willst du den Sand denn nicht mehr?«

»Nein«, schluchzte der andere, »du kannst ihn wiederhaben, und es tut mir leid, dass ich ihn dir genommen habe.«

»Aha«, sagte der Erfinder. Er nahm seinen Stock und schlug ihm kräftig gegen den Kopf. Bei jedem Schlag spuckte der andere etwas Sand auf die Erde und schuf Hügel und Berge.

»Alles ausgespuckt?«, fragte der Erfinder.

Der andere nickte und wischte sich die Tränen aus den Augen.

»Gut«, sagte der Erfinder. »Wenn du deine eigene Erde willst, hol dir auch den Sand dazu.« Er stiess ihn ins Wasser, und während der andere unterging, murmelte er missmutig: »Steht nicht mal dazu, dass er mich kennt«.

Noch einmal schlafen?, versicherte Elisa sich am Telefon.
Wenn du aufwachst, sagte Annina, bringt Tante Christine dich in den Kindergarten, und am Abend hole ich dich vom Hort ab.
In Ordnung, sagte Elisa. Helen und ich sind heute den ganzen Tag gerannt und haben getan wie die Affen.
Jetzt wird aber nicht mehr gerannt, sagte Annina. Schlaf gut, Prinzesschen.
Ja, du auch, Mama, sagte Elisa und hängte auf.

Hundertdreissigste sternklare Nacht

Am Anfang dachte der Erfinder sich das Wasser. Als es da war, legte er sich hinein, planschte und vergnügte sich und zeugte schliesslich ein goldenes Ei, das ihm so gut gefiel, dass er sich gleich selbst hineindachte. Danach sass er im Ei, übte sich weiter im Denken, und nach einem Jahr endlich dachte er so scharf, dass sein blosser Gedanke die Schale des goldenen Eis zerschnitt.

Er stieg aus der Schale und sagte sich: »Wenn mein Denken das Ei zerschneiden kann, kann es auch etwas daraus basteln.« Er dachte sich die eine Hälfte als Erde, die andere als Himmel, das Hohle dazwischen dachte er sich als einen Raum, in dem das Meer und die Himmelsrichtungen wohnten.

Alles war sofort da, das ging so anstandslos, dass der Erfinder etwas enttäuscht die Welt den vier Zeitaltern überliess. Seither gelten strenge Gesetze: Der Tag hat dreissig Stunden, die Stunde hat dreissig Minuten, die Minute hat dreissig Sekunden, die Sekunde hat achtzehn Augenblinzeln, und mit jedem Zeitalter werden die Menschen gemeiner und trauriger und sterben um ein Viertel Leben früher.

Das ist schon fast wieder eine Jongeschichte, sagte Elisa.
Vielleicht ist es aber auch eine Ein-krankes-Mädchen-will-nicht-ins-Bett-Geschichte, sagte Annina.
Ich bin nämlich eine ganz Arme, schrie Elisa den Sternen zu, ich bin so krank, dass mich die Frau Weyersmüller heute mitten aus dem Kindergarten nach Hause geschickt hat. Und deshalb durfte ich euch heute auch von Mamas Sessel aus zusehen.

In einer Sturmnacht malte Elisa die Wohnung des Erfinders im Ei.

Hunderteinunddreissigste sternklare Nacht

Am Anfang gab der Erfinder einem seiner Söhne Sand und ein fünffingriges Huhn und sagte zu ihm: »Geh damit ans Meer und erschaffe die Welt.« Der Sohn machte sich auf den Weg, doch dann stolperte er über eine Flasche mit Palmwein, trank sie aus und schlief betrunken ein.

Der Erfinder rief den jüngeren Bruder und sagte: »Nimm dir die Sachen und geh du.« Der Bruder nahm sich den Sand und das Huhn, ging ans Meer, schüttete den Sand in die Wellen und setzte das Huhn darauf. Das Huhn begann zu scharren, es schuf Hügel und Täler, dann pickte es Gruben, die sich mit Wasser füllten und Seen wurden.

»Was tust du mit meinem Huhn?«, schimpfte der ältere Bruder, als er seinen Rausch ausgeschlafen hatte. »Ich mache die Welt, nicht du.«

Sie wollten eben anfangen, sich zu prügeln, als der Erfinder sie bei den Ohren zog und sagte: »Streiten hilft da nichts. Er hat die Welt gemacht, du knetest dafür die Menschen.«

»Er kann sie meinetwegen kneten, aber ich mache sie lebendig«, forderte der jüngere Bruder.

»Ich mache sie lebendig«, sagte der Erfinder.

Das fanden seine Söhne nicht grossartig, aber so vertrugen sie sich wieder, und nachdem der jüngere sich in eine Frau verwandelt hatte, heirateten sie sogar. Danach stritten sie jedoch nicht weniger oft, und eines Tages riss der ältere Bruder dem jüngeren die Augen aus.

»Dafür sollst du bis an dein Lebensende nur noch Schnecken essen«, schrie der jüngere Bruder.

»In Ordnung«, sagte der ältere und ass von da an nur noch Schnecken.

Mit der Zeit aber gewöhnten sie sich aneinander und hatten zwei Kinder, die sie Wildfang und Hexe nannten. Nur Menschen schufen sie keine, der Erfinder hatte es sich anders überlegt. Er fand, mit seinen Söhnen sei genügend Zank in der Welt, und sie wagten ihm nicht zu widersprechen.

Das geht aber nicht, dass ein Junge ein Mädchen wird, sagte Elisa und lachte unsicher. So richtig mit Kinderkriegen. Oder doch?
Nein, mit Kinderkriegen nicht, sagte Annina.

In einer Wolkennacht malte Elisa den kleinen Bruder als Frau.

Hundertzweiunddreissigste sternklare Nacht

Am Anfang sass der Erfinder im Wetter, während der andere schimpfte und meckerte, dann machte er ihm klar, was er alles geleistet hatte. Unter dem Jubel der Morgensterne und den Hymnen seiner Söhne hatte er die Erde ausgewählt, Bauzonen vermessen, die Messschnur gespannt, Grundpfeiler eingesenkt und Ecksteine gelegt. Er hatte den Mutterschoss mit Toren verschlossen, um das Meer zurückzuhalten, er hatte die Fluten in Gewitterwolkenwindeln gefasst, den Erdsaum abgeschritten, Seite an Seite mit dem Morgenrot, und es instruiert, wie es den Erdsaum bescheinen und die Gottlosen abschütteln solle. Er hatte den Meeresboden bereist, den Türsteher des Todes besucht und die Erdmasse überprüft. Er hatte Kriegsvorräte angelegt, Kammern voller Schnee und Speicher voll Hagel, er hatte Wetterzonen abgegrenzt, Regen, Tau, Reif und Eis erfunden, den Sternverbänden ihren Weg vorgeschrieben, dem Himmel zu treuen Händen die Erde übergeben, die Wolken beauftragt, die Wetter zu verteilen, und ihnen Weisheit und Einsicht anvertraut. Und er hatte den Tieren geholfen, ihre Jungen zu füttern. Da musste selbst der andere zugeben, dass der Erfinder glänzende Arbeit geleistet hatte.

Gib mir den Fiebermesser, forderte Jon, und dann eilig wieder ab ins Bett.
Schnee hätte ich auch gern im Kühlschrank, sagte Elisa und warf ihm das Kopfkissen ins Gesicht.

In einer Wolkennacht malte Elisa den Erfinder. Er hat gerade einen Hirsch geknetet, sagte sie, und sieht ihm vom Himmel aus heimlich zu, ob er auch etwas zu essen findet.

Hundertdreiunddreissigste sternklare Nacht

Am Anfang war die unendliche Zeit und gab dem Erfinder die Erlaubnis, die Welt zu schaffen. Er schuf sie aus einem Licht, das er selbst ausströmte. Der andere schuf währenddessen allerhand, indem er sich durch den Hintern begattete, Dämonen und die Lüge und andere üble Dinge. Ein Vertrag mit dem Erfinder gab ihm für neuntausend Jahre das Recht dazu. Es war allerdings auch Teil der Vereinbarung, dass der Erfinder, die Zeit und die Gesetzeshüter am

Ende der neuntausend Jahre alle seine hässlichen Kinder totschlagen durften.

Jon, weisst du, was ich mache, damit nachts keine
Monster zu mir kommen?, fragte Elisa.
Nein, sagte Jon.
Ich male sie vor dem Schlafengehen auf ein Papier, das
Papier lege ich dann ins Tiefkühlfach, damit sie erfrieren.
Das war Mamas Idee. Es funktioniert aber nicht.

In einer Gewitternacht malte Elisa die stinkenden Kinder des anderen.

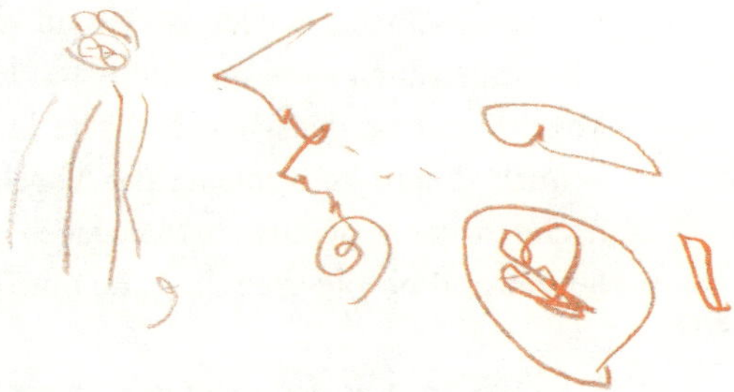

Hundertvierunddreissigste sternklare Nacht

Am Anfang wollten die Menschen sich nicht benehmen, und schliesslich drehte der Erfinder ihnen das Licht ab, überschwemmte die Erde und ertränkte sie. Nur einen Menschen hatte er in seine Pläne eingeweiht, damit er den anderen davon erzählte und ihnen Angst einjagte, zur Belohnung liess er ihn überleben.

Der Mensch trieb für einige Wochen auf einem Floss auf dem Wasser, zwischen toten Menschen und fetten Fischen. Eines Tages mass er gerade, um wie viel sein Bart gewachsen war, als er einen schwarzen Vogel bemerkte, der über ihm seine Kreise zog.

»Komm herunter, unterhalt dich etwas mit mir«, rief der Mensch ihm zu. »Oder noch besser hilf mir von diesem furchtbaren Floss und bring mich an Land.«

Doch der Vogel schien nicht zu wollen und flog davon.

Danach war der Bart des Menschen gewachsen, bis er sich damit zudecken konnte, als eines Morgens ein hübscher blauer Vogel mit rotem Schnabel und roten Krallen über ihm kreiste.

»Vielleicht war ich letztes Mal zu direkt«, dachte der Mensch, »diesmal werde ich höflicher sein.« Er nickte dem Vogel freundlich zu. »Verzeihung«, rief er dann, »könnten Sie mir bitte sagen, wo es hier zum nächsten Land geht?«

Der Vogel kreiste noch etwas, dann nahm er Anlauf, flatterte mit den Flügeln und wehte das Floss einer zierlichen, grün bewachsenen Insel entgegen. Der Mensch fühlte sich gleich zuhause, als er sah, dass auf ihr dieselben Tiere lebten wie auf seiner guten alten Erde, nur das Mammut schien ausgestorben. Dafür lebte der hübsche rotschnäblige Vogel hier, und der Mensch durfte ihn bald »mein Turteltäubchen« nennen. Dann verwandelte der Vogel sich sogar in eine Frau, und nachdem sie geheiratet hatten, lagen sie den lieben langen Tag am Strand und bevölkerten die Erde mit neuen Menschen.

Nein, wer sich nicht alles in eine Frau verwandelt, wunderte Elisa sich mit Frau Weyersmüllers Stimme und wog spitzbübisch den Kopf.

In einer Nebelnacht malte Elisa die Insel des Turteltäubchens.

Hundertfünfunddreissigste sternklare Nacht

Am Anfang war der Erfinder eben dabei, die Erde einzurichten, da musste er ein dringendes Geschäft verrichten, und weil er seine Arbeit nicht im Stich lassen wollte, erledigte er es mitten auf die Erde. Dann war die Schöpfung vollendet, der Erfinder sah auf seinen Kot und sagte sich: »Das kannst du so nicht liegen lassen.« So blies er darauf und verwandelte den Kot in die Menschen.

Die Ordnung war damals noch eine andere. Die Fische tranken aus Blütenkelchen, die Vögel nisteten auf den Wellenkämmen, und alles war grün, bis einer der Menschen sich in einem Anfall von Übermut einen Sonnenstrahl einfing und der Sonne entgegenkletterte. Die Sonne ärgerte sich und brannte den Menschen schwarz und schwärzer, der Mensch freute sich über seine neue Farbe, und bis heute sind alle seine Kinder und Kindeskinder schwarz und fröhlich.

Etwas später gebar die Sonne den Mond. Er war allerdings nicht mehr als ein rundes Blech, und die Sonne war masslos enttäuscht und befahl: »Auf der Stelle stirbst du und lässt mich dich nochmals gebären!«

Der Mond hatte aber Angst zu sterben, er rollte einen Abhang hinab und versteckte sich in einer Felsspalte. Von dort aus schickte er einen Hasen, der schon mit ihm geboren worden war und auf ihm lebte, zu den Menschen mit der Bitte, ihn beim Sterben und Wiedergebären zu begleiten. Der Hase rannte fröhlich los, doch als er unterwegs seine Cousine traf, eine Baumratte, feierten sie erst ausgiebig, und als der Hase spät nachts bei den Menschen ankam, war er betrunken und verdrehte alles und befahl ihnen, zu sterben und sich um Himmels Willen nicht wiedergebären zu lassen.

Die Menschen starben, der Mond starb mit ihnen und liess sich wiedergebären. Doch auch bei seiner zweiten Geburt blieb er weiss und kalt, die Sonne schimpfte, und der Mond war traurig. Auch der Mensch, der eines Nachts auf einem Wolkenpferd zu ihm geritten kam, kehrte weiss und traurig auf die Erde zurück. Seit da sind alle weissen Menschen traurig.

Ich bin halb weiss und halb schwarz und manchmal froh und manchmal traurig, sagte Elisa zu Annina. Aber du bist ganz weiss und auch manchmal froh.
Weil du mich froh machst, sagte Annina. Ausserdem habe ich schwarzes Haar.
Stimmt ja, sagte Elisa.

In einer Wolkennacht malte Elisa die Sonne mit einer Prozession gestorbener Blümchen, die kommen jetzt zu ihr, sagte sie. Und der Stern, fragte Annina. Der Stern ist ihr Kind, sagte Elisa.

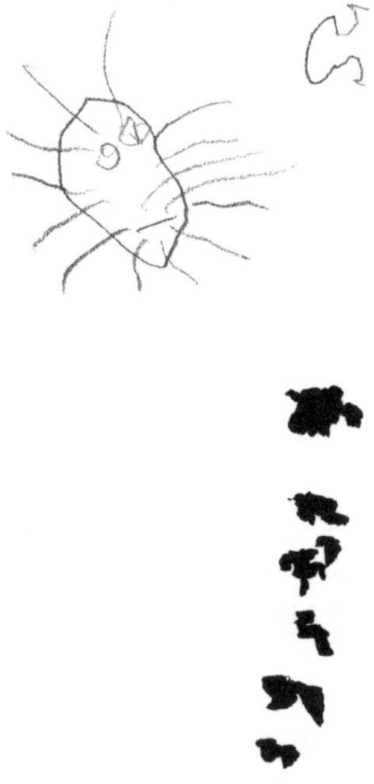

Hundertsechsunddreissigste sternklare Nacht

Am Anfang hatte die Erfinderin ein gemütliches Zuhause, in dem ein Lieblingsschwein und ein Lieblingsschmetterling die Hauptrollen spielten. Dann kam sie in ein Alter, in dem sie sich richtige Kinder wünschte, führte eine Banane in sich ein und brachte zwei Jungen und ein Mädchen zur Welt.

Die Kinder wurden erwachsen, und die Erfinderin hätte gern gesehen, dass sie sich fortpflanzten. Doch die Jungen waren scheu, und das Mädchen sagte immer nur: »Hat noch Zeit, hat noch Zeit.«

Eines Tages sagte die Erfinderin zu einem ihrer Söhne: »Könntest du nicht endlich deiner Schwester den Kopf verdrehen?«

»Die interessiert sich nicht für mich«, antwortete der Sohn, »die lacht mich nur aus.«

»Nicht, wenn du dir etwas mehr Mühe gibst, ihr zu gefallen«, sagte die Erfinderin.

Während der Sohn darauf beharrte, dass er für seine Schwester ganz und gar uninteressant sei, zog die Erfinderin ihn nackt aus, liess ihn einige Rumpfbeugen machen, und als er Farbe hatte und tüchtig schwitzte, sagte sie: »Leg dich hin und jammere.« Dann ging sie zu ihrer Tochter und sagte: »Ich glaube, der arme Junge hat Fieber, kümmere dich um ihn.« Natürlich konnte die Schwester nicht widerstehen, als sie ihren Bruder nackt und glänzend vor sich sah, sie legte sich auf ihn und gründete die Menschheit.

Dabei bin ich gar nicht mehr krank, rief Elisa den Sternen zu, seht her, und rannte dreimal im Kreis. Das war jetzt zehnmal mindestens, sagte sie keuchend, als Annina sie unter die Decke packte.

Erst wollte ich den kranken Bruder malen, sagte Elisa, aber dann habe ich doch die Mama gemalt. Sie schläft noch.

Hundertsiebenunddreissigste sternklare Nacht

Am Anfang war das Zeitalter der Riesen, die Sonne hiess »vier Jaguare«, und von Jaguaren wurden schliesslich alle gefressen. Im nächsten Zeitalter hiess die Sonne »vier Winde«, die Menschen wurden weggeweht und die übrigen zu Affen. Im dritten Zeitalter hiess die Sonne »vier Regengüsse«, Feuerregen ergoss sich über die Erde und tötete die Menschen, die Überlebenden wurden zu Vögeln. Im vierten Zeitalter hiess die Sonne »vier Wasser«, der Himmel stürzte ein, die Menschen ertranken, der Rest wurde zu Fischen, einige wurden Hunde. Heute, im fünften Zeitalter, heisst die Sonne »vier Bewegungen«, die Menschen sind aus Knochenresten der Unterwelt und dem Blut des Penis des Erfinders, als Ende ist ein Erdbeben geplant.

Igitt, igitt, sagte Elisa.
Helen sagte auch, igitt, igitt.
Igitt, igitt, sagte Elisa wieder und begann, auf und ab zu marschieren.
Igitt, igitt, sagte Helen und marschierte hinter ihr her.
Ich bin die Igitt-Eisenbahn, sagte Elisa zu Helen,
und du ertrinkst jetzt, und dann wirst du ein Hund.

In einer Wolkennacht malte Elisa, wie ein Mensch ein Vogel wird und darüber erschrickt.

Hundertachtunddreissigste sternklare Nacht

Am Anfang starb der grosse Embryo und zerfiel. Sein Schädel wurde die Himmelsschale, die Knochen wurden Fels, das Fleisch wurde Erde und Lehm, das Blut wurde Flüsse und Seen, das Haar wurde die Pflanzen, der Atem wurde die Winde, die Stimme wurde der Donner, das rechte Auge wurde Mond, das linke Auge wurde Sonne, Speichel und Schweiss wurden Regen, und das Ungeziefer auf der Haut des Embryos wurde die Menschen.

Das wird ja immer hässlicher, rief Elisa.
Heute ist Karfreitag, sagte Annina.

In einer Wolkennacht malte Elisa der Kopf des toten Embryos.

Hundertneununddreissigste sternklare Nacht

Am Anfang feindeten die Erfinder sich endlos an, irgendwann hatten die Himmelsträger das Gezeter satt, liessen den Himmel auf die Erde krachen und erschlugen sie – und unglücklicherweise gleich auch die ersten Menschen, die klein wie Zwerge gewesen waren und hervorragende Architekten.

Vielleicht waren die Menschen aber auch bereits zuvor unter dem ersten einfallenden Licht zu Steinsäulen erstarrt. Fest steht nur, dass die Himmelsträger die Welt dann wieder aufbauten. Sie pflanzten fünf Bäume in die Erde, setzten fünf Vögel darauf und gaben ihnen den Auftrag, den Himmel zu halten. Und nachdem erst wieder Licht auf die Erde fiel, entwickelte alles Übrige sich von selbst.

Die zweiten Menschen erwiesen sich allerdings als Haudegen, die Himmelsträger ersäuften sie unter einer haushohen Flut. Inzwischen waren aber drei neue Erfinder gesprossen, sie sagten zu den Himmelsträgern: »Das Menschenmachen überlasst ihr besser uns«, setzten sich hin und kneteten die Menschen, wie sie heute sind.

Mama, bin ich klein wie ein Zwerg?, fragte Elisa.
Für eine Vierjährige bist du riesig, sagte Annina.
Ja, sagte Elisa, das weiss ich. Aber bin ich grösser als ein Zwerg?

Hundertvierzigste sternklare Nacht

Am Anfang hing der erste Mensch in eine Schote gewickelt an einem Stranderbsenstrauch. Dann, nach vier Tagen, war er zu schwer, durchbrach die Schote und fiel zu Boden. Er stand auf, ging ein paar Schritte, um an einem Teich Wasser zu trinken, und als er sich umdrehte, stand er einem Raben gegenüber. Der Rabe schob nachdenklich seinen Schnabel wie eine Maske in die Stirn, kratzte sich am Kopf und sagte: »Etwas wie dich habe ich hier noch nicht gesehen. Wo kommst du denn her?«

Der Mensch zeigte ihm die Schote, und der Erfinder sagte: »Aha. Ja, die habe ich gemacht. Ich dachte allerdings nicht, dass eines Tages etwas wie du herausfallen könnte.« Dann fragte er: »Würde es dir etwas ausmachen, wenn wir etwas gingen? Die Stelle hier ist noch feucht, ich möchte sie nicht zertrampeln.«

Der Mensch ging mit dem Erfinder, sie spazierten ein Bächlein entlang. Nebenbei knetete der Erfinder zwei lebende Bergschafe, und der Mensch quietschte vor Begeisterung und wollte mehr. Der Erfinder war geschmeichelt und knetete zwei gefleckte Rentiere, die ihnen aus der Hand frassen und die Köpfe an ihnen rieben, danach zwei weissbäuchige Rentiere, die scheu davonrannten, und nachdem der Mensch sich etwas beklommen erkundigt hatte, warum die Rentiere jeweils zu zweit waren, er nicht, ernannte der Erfinder ihn zum Mann und gab ihm eine Frau.

Dann reiste er weiter, um auch im Himmel eine Erde anzulegen, und die Menschen vermehrten sich, lernten zu jagen und Kleider zu nähen und zu weinen, und feierten jede Entdeckung begeistert.

Eines Tages, als der Erfinder wieder vorbeisah, fragte der erste Mensch, ob er ihn auf eine seiner Reisen begleiten dürfe.

»Wann immer du willst«, sagte der Erfinder und zog die Rabenmaske ins Gesicht. »Wir können gleich fliegen.« Sie flogen himmelwärts, und der Erfinder führte den Menschen durch ein bezauberndes Land, in dem winzig kleine Leute wohnten und sechsbeinige Tiere. »Man muss ihnen die Erde unter den Füssen abgraben, um sie zu fangen«, erzählte der Erfinder.

Der erste Mensch war von allem, was er sah, hingerissen und bestürmte den Erfinder zu bleiben. Doch der sagte: »Geht nicht, ich habe noch etwas zu erledigen«, und zog ihn mit sich auf den Meeresgrund.

»Am besten schläfst du etwas«, sagte er, als sie angekommen waren, »ich muss hier einige Tiere schaffen.« Gehorsam legte der Mensch sich auf den Meeresboden und schlief ein. Der Erfinder knetete den Krebs, die Krake und verschiedene Wale, währenddessen drehte der Mensch sich viermal im Schlaf. Als er die Augen öffnete, sass der Erfinder ihm gegenüber und sah ihn erwartungsvoll an. »Na?«, fragte er.

»Was?«, sagte der Mensch verständnislos und setzte sich auf. Dabei sah er auf seine Füsse, die zu weissen, zottigen Pranken geworden waren, er erschrak und schrie los.

»Ich habe einen Eisbären aus dir gemacht«, sagte der Erfinder und hätte gern etwas Begeisterung gesehen.

»Ich habe nicht die geringste Lust, für den Rest meiner Tage ein Eisbär zu sein«, sagte aber der Mensch.

»Nein?«, fragte der Erfinder. »Dann eben nicht.« Er zog ihm das Fell wieder ab und steckte ein anderes Tier hinein. Dann brachte er ihn zu seiner Familie zurück.

Aus den paar Hütten, die sie verlassen hatten, war ein richtiges Dorf geworden, die Kinder des Menschen waren alt und seine Frau gestorben. Und obwohl die Dorfbewohner die Rückkehr des ersten Menschen feierten, ihn auf einen hohen Stuhl setzten und zu ihrem Anführer machten, fand er sich nicht mehr zurecht. Als der Erfinder sich verabschiedete, bat er, ihn begleiten zu dürfen, und sie kehrten gemeinsam in den Himmel zurück.

Jetzt ist es aber spät geworden, sagte Elisa.
Fast schon Ostern, flüsterte Annina und hob sie hoch, und deshalb müssen wir auch ganz schnell heim ins Bett, sonst kann der Osterhase seine Eier gar nicht verstecken.

In einer Regennacht malte Elisa den Erfinder als Raben. Er knetet gerade die Sonne, sagte sie.

Hunderteinundvierzigste sternklare Nacht

Am Anfang lag der Erfinder breit und schwer auf der Erde, und dazwischen eingeklemmt lebten die Menschen. Dann wurden sie dem Erfinder aber zu aufdringlich, die Frauen stiessen ihm beim Kochen den Mörser in die Seite, der Rauch der Küchenfeuer brannte ihm in den Augen, und immer wieder wischte sich jemand an seinem Hemd die Hände ab. Das Schlimmste aber war, dass eine alte Frau sich jeden Tag ein Stück Suppenfleisch aus ihm herausschnitt. So war es kein Wunder, dass er sich schliesslich in den Himmel zurückzog und nur noch von ferne bewundern liess.

Das ist wieder so eine Igittgeschichte, sagte Elisa. Dafür weisst du jetzt, wieso ich kein Suppenfleisch mag.

In einer Regennacht malte Elisa ein Kamel, das Heimweh nach den Bergen hat. Es war auch einmal ein Berg, sagte sie, aber dann hat der Erfinder es verwandelt.

Hundertzweiundvierzigste sternklare Nacht

Am Anfang wuchsen in der Leere zwei Wolken, sie hiessen Leer und Hohl und waren Geschwister. Am liebsten spielten sie das Gestaltwechselspiel. Die Schwester rief: »Ich werde mich strecken und dehnen, ich werde zittern und beben, ich werde mich drehen und wenden.« Der Bruder rief: »Ich werde alles überspannen und der Himmel sein, ich werde die Menschen sterben lassen und zu mir nehmen.« So spielten sie begeistert und erfanden nach und nach solche Dinge wie Körbe und Brombeeren und das Leben. Also eigentlich erfanden sie ja immer nur Menschen, und die verwandelten sich dann selbst in alles andere.

Wer bist du, fragte Elisa, Hohl oder Leer?
Ich bin Leer, sagte Helen.
Nein, sagte Elisa, ich bin Leer. Du kannst Hohl sein.
Dann bin ich Hohl, sagte Helen.
Oder nein, sagte Elisa, ich bin Hohl. Oder ich weiss was, ich bin Hohl und Leer, und du kannst ein Korb sein.
Bevor ihr euch streitet, sagte Christine, spielt etwas anderes.
Gut, entschied Elisa, dann spielen wir wieder Ertrinken und Hundsein.

In einer Regennacht zeichnete Elisa zwei Wolken. Mamawolke bringt Tochterwolke das Schwimmen bei, sagte sie.

Hundertdreiundvierzigste sternklare Nacht

Am Anfang hatte der goldene Embryo viertausenddreihundertzwanzigmillionen Jahre geschlafen, als er aufwachte und tüchtig erschrak, denn die Erde war verschwunden und die Welt ganz und gar leer. Dann entdeckte er aber, dass es ganz so schlimm nicht war, die Erde war nur unters Wasser gerutscht. Der Embryo dachte daran, sie in Gestalt eines Fischs oder einer Schildkröte zu retten. Dann verwandelte er sich aber in einen Eber und stieg ins Wasser.

Die Erde sah ihn auf sich zuschwimmen, sie war geschmeichelt und rief: »Oh du mein Erzeuger, oh du Erzeuger alles anderen, oh du das Opfer und das Opferfeuer und die Wissenschaften und die Sonne und die Planeten und die Welt und du alles Geformte und Ungeformte!«

Der Embryo wurde etwas verlegen. Dann sagte er aber kokett: »Hast du auch meine Lotosaugen gesehen? Meinen Körper, der aufragt wie ein Gebirge? Meine Dunkelheit, die die Dunkelheit von Lotosblättern ist?« Und, ohne eine Antwort abzuwarten, stiess er einen langgezogenen Schrei aus, schüttelte sein Eberhaupt, nahm die Erde auf die Hauer und hob sie über die Wellen. Aus seinen Brauen strömte das Wasser und spülte den Schlamm von der Erde, seine stämmigen Hufe durchbohrten die unteren Welten, rissen Schluchten und liessen das Wasser hinabdonnern. Sein tosender Atem verwehte die Menschen, die sich in den Höhlen der Erde verborgen gehalten hatten, andere vergruben sich in seinem rauhen, vor Nässe triefenden Eberfell, und alle sangen sie: »Oh, du Retter der Erde«, und tanzten.

Sanft legte der Eber die Erde auf den Wellen aus, glättete sie und schuf die von den Fluten zerstörten Gebirge neu. Er gliederte sie in sieben Kontinente und bettete sie sorgsam auf die vier Unterwelten. Dann sagte er zärtlich: »Gute Nacht«, deckte sie mit dem unteren Himmel zu, legte den oberen Himmel darüber und legte sich selber wieder schlafen.

Eigentlich hatte ich ja erwartet, dass heute etwas mit Eiern kommt, sagte Elisa und fiel Annina hinterrücks um den Hals.

In einer Sturmnacht malte Elisa, wie der Eber die Erde rettet.

Hundertvierundvierzigste sternklare Nacht

Am Anfang war die Welt eine Welt der Gedanken, freischwebend, strotzend vor Seligkeit, stets vergnügt und aus sich heraus strahlend. Dann erschien eine zweite Welt, massig, aber leer, und irgendwann verliess ein Wesen die Welt der Gedanken und liess sich in der massigen Welt wiedergebären. Für lange Zeit lebte es dort allein, es wurde einsam und noch einsamer und nochmals einsamer und verzehrte sich nach Gesellschaft. Und endlich verliess ein Wesen um das andere die Welt der Gedanken, liess sich in der massigen Welt der Leere wiedergebären und leistete ihm Gesellschaft.

Da dachte das erste Wesen bei sich: »Sonderbar, wie ich es mir gedacht habe, so ist es gekommen. Wahrscheinlich ist das alles überhaupt nur passiert, weil ich es gedacht habe. Das heisst doch dann aber, dass ich der Schöpfer von allem bin.« Und je länger es darüber nachdachte, desto überzeugter war es, die Welt geschaffen zu haben – so überzeugt endlich, dass alle, vor denen es seine Theorie ausbreitete, ihm glaubten.

Glaubst du, man kann etwas so fest denken, dass es wahr wird, fragte Elisa.
Ja, sagte Annina. Manchmal, nicht immer.
Bei mir hat es schon funktioniert, sagte Elisa. Aber vielleicht war es auch gezaubert, ich kann das so schlecht auseinander halten.

In einer Nieselregennacht malte Elisa das Wesen aus der Welt der Gedanken, ganz allein in der leeren Welt.

Hundertfünfundvierzigste sternklare Nacht

Am Anfang lebten eine Frau und ein Mann im Leeren und vermissten sehr einen Stuhl. »Wir leben in einer denkbar unbequemen Lage«, sagte der Mann.

»Ja, mein Teurer«, antwortete die Frau. »Und solange du dich weigerst, dich auf mich zu legen, wird sich daran nichts ändern.«

»Du immer mit deinem Aufeinanderlegen«, rief der Mann und wandte sich ab. Etwas später fragte er: »Was müsste ich denn tun, wenn ich auf dir liege?«

»Das werde ich dir dann zeigen«, antwortete die Frau. »Du liebe Güte, jetzt zieh kein Gesicht, schwierig ist es nicht.«

»Also gut«, sagte der Mann und legte sich auf die Frau.

Sie zeugten ein Mädchen, das sie Erde nannten, und einen Jungen, den sie Himmel nannten. Aber auch die Kinder hatten nichts, worauf sie sich hätten setzen können, sie fielen in die Tiefe, dorthin, wo der Wurm mit seiner Frau lebte, und der Wurm frass sie.

»Wir müssen ein neues Kind machen«, sagte die Frau. »Diesmal baust du ihm aber ein Plätzchen, das wir gut überblicken können, und stellst Fallen auf.«

Der Mann murrte etwas, dann baute er das geforderte Plätzchen, die Frau gebar währenddessen das Kind. Und schliesslich kam auch der Wurm gekrochen, wollte das Kind fressen und verfing sich in der Falle, der Mann schlitzte ihn auf und befreite Himmel und Erde.

Die weigerten sich jedoch, den Wurm zu verlassen. »Dumm wären wir, das aufzugeben und wieder durch die Leere zu fallen«, sagten sie. Stattdessen wurden sie zärtlich und zeugten einen Sohn und eine Tochter.

Die Kinder waren hässlich und grobschlächtig, sie hatten die Ausmasse von Bergen, und nachdem Himmel und Erde lange gestritten hatten, wer von ihnen schuld daran sei, trennten sie sich, der Himmel zog in die Höhe und die Erde gebar, dickköpfig, wie sie war, ganz ohne sein Zutun ein Mädchen und einen Jungen, die Frösche waren. Die beiden zeugten wiederum einen Jungen und ein Mädchen, die fast schon Menschen waren, sie waren nur etwas sehr behaart, ungefähr wie Bären. Aber auch die Bären mochten sich und bekamen drei Kinder, und die waren nun die ersten richtigen Menschen.

Mama, fragte Elisa, hast du dich mit Papa auch wegen mir zerstritten?
Du Knallkopf, sagte Annina, du bist das Wunderbarste, das ich habe. Dein Papa ist selber Grund genug, sich mit ihm zu zerstreiten.

Hundertsechsundvierzigste sternklare Nacht

Am Anfang begattete der Erfinder das Meer, worauf das Meer grüne Schäume gebar, die einander suchten, zusammenklumpten, sich wieder teilten und Himmel und Erde wurden.

Die Erde war vierfach ausgehöhlt. In ihrer tiefsten und düstersten Höhle vermehrten sich halb gestaltlose, halb kaulquappen- oder echsenartige unfertige Wesen, traten einander, krochen übereinander, besabberten einander und benahmen sich überhaupt nicht gut. Sie keiften oder schrieen plötzlich los, und irgendwann wurde das Leben ihnen selbst unerträglich, und sie versuchten, aus der Höhle zu fliehen. Es gelang keinem, doch aus jedem Scheitern lernten sie und wurden klüger und menschenähnlicher, und endlich bahnte eines der Wesen sich erfolgreich einen Weg durch alle Enge und Stickigkeit und ereichte das Licht. Nun erkannte es, dass die Erde eine grosse, feuchte Insel war, es war begeistert und flehte den Erfinder an, die anderen nachkommen zu lassen.

Ich bin eine Echse, sagte Annina.
Nicht, sagte Elisa, du machst mir Angst. Dann spielte sie aber selber Echse, und schliesslich waren sie zwei ganz

fürchterliche Wesen, wie sie der Erfinder nie im Leben auf der Erde ertragen würde.

In einer Regennacht malte Elisa die Erde als Insel.

Hundertsiebenundvierzigste sternklare Nacht

Am Anfang lebte der Erfinder in einem Land aus Licht, das klar und übersichtlich war und in sich eins. Der andere dagegen lebte in einem in Fetzen gerissenen Dunkel, und die Fetzen kämpften gegeneinander, frassen einander, robbten, ohne etwas als sich selbst wahrzunehmen, und verschlangen, was ihnen in den Weg kam. Dem kleinsten Anreiz rannten sie gierig nach, und wenn eines rülpste oder ächzte, gerieten alle in Hysterie.

Doch irgendwann entdeckten diese Fetzen in der Ferne das glühende Licht des Erfinders, und ihre Gier danach wurde gleich so gross, dass sie versuchten, sich untereinander zu verständigen. Sie stammelten und fuchtelten und waren sich schliesslich einig, dass sie dieses Licht nur an sich reissen konnten, wenn sie sich gemeinsam auf es stürzten.

Der Erfinder sah die Meute, die wie eine Wand auf ihn zugerast kam, erfand eilig das Leben und bat es um Hilfe. Das Leben versprach ihm auch zu helfen, es gebar ebenso eilig den ersten Menschen, der wieder zeugte fünf Söhne, die er Brise, Wind, Licht, Wasser und Feuer nannte, steckte sie und sich selbst in Panzer und stürzte dem Dunkel entgegen.

Doch auch das Dunkel war fünffach gepanzert in Rauch, Feuer, Finsternis, Winddürre und Nebel, der Mensch und das Dunkel prallten aufeinander, sie schlugen sich fürchterlich, dann siegte das Dunkel und frass den Menschen und seine Söhne.

Noch eben, bevor der Rachen des Dunkel sich über ihm schloss, rief aber der Mensch: »Ersticken sollst du an uns«, das hörte der Erfinder und wusste, dass er Probleme hatte. Eilig erfand er den Lichterfreund und bat ihn zu helfen, der Lichterfreund gebar ebenso eilig den grossen Baumeister, der den lebenden Geist zeugte, der lebende Geist endlich brachte fünf Söhne zur Welt, marschierte gegen das Dunkel, erhob scharf seine Stimme und schnitt damit das Dunkel entzwei.

Gleich trat der Mensch heraus, begrüsste den lebenden Geist und fragte: »Wie läuft es bei euch da oben?«

»Ganz gut«, antwortete ihm der lebende Geist, dann sahen sie zu, wie die Frage des Menschen und die Antwort des Geistes sich ineinander verflochten wie ein Seil und gemeinsam dem Licht entgegenstiegen, der Geist ergriff das Seil, hob sich selbst und den Menschen aus dem Dunkelreich und brachte sie beide in Sicherheit.

»Meine Söhne sind noch da unten«, sagte der Mensch, als der lebende Geist ihn niedersetzte. »Ich weiss«, antwortete der Geist und stürzte sich wieder hinab. Er erschlug die Fetzen, die sich überfressen hatten und in Krämpfen wälzten, häutete sie, spannte aus ihren Häuten zehn Himmel, aus ihrem Fleisch und ihren Knochen acht Erden und befreite die Söhne des Menschen. Dann kehrte er zum

Erfinder zurück und empfahl ihm, das Licht auf eine Umlaufbahn zu schicken, damit es nicht wieder so leicht zu überwältigen war. Die Welt aber blieb verunreinigt, auch an den Menschen klebten eklige Stücke Dunkel, und dem Erfinder gelang es nie, das Lichtreich in seiner früheren Pracht und Reinheit wiederherzustellen. Irgendwann erfand er das Christkind, das er zur Erde schickte, damit es die Menschen daran hinderte, sich weiter zu vermehren. Sie schämten sich auch gehörig, als sie hörten, sie seien es, die das Dunkel vermehrten, rissen sich die Kleider vom Leib und peitschten sich aus. Die Sache mit dem Vermehren konnten sie trotzdem nicht lassen.

Hm, sagte Elisa. Irgendwie komisch.
Das kannst du laut sagen, sagte Annina.

In einer Regennacht malte Elisa den Erfinder und den anderen im Land aus Licht.

Hundertachtundvierzigste sternklare Nacht

Am Anfang strandeten zwei Schwestern und ihr Bruder mit ihrem Kanu, stiegen aus und erkundeten die Gegend. Die Klitoris der Schwestern war so lang, dass sie auf dem Boden schleifte, der Penis des Bruders war nicht viel kürzer und hatte ausserdem Knötchen. Die ältere Schwester trug viele ungeborene Geisterkinder in sich, ihre Brüste waren voller Milch und hingen herab, die jüngere hatte noch keine Kinder, ihre Brüste standen spitz und kräftig in die Luft.

Die Geschwister wanderten etwas ziellos über die Erde. Einmal begegneten sie einem Leguan, und der Bruder ärgerte sich, denn eigentlich hatte er vorgehabt, ihn erst zu erfinden. Einmal schüttelte die ältere Schwester die ganze Schar ungeborener Geisterkinder aus ihrer Gebärmutter und schickte sie spazieren. Einmal pflanzten sie eine Bananenpalme, und einmal, ganz zu Beginn ihrer Wanderung, kündigte der Bruder an, seinen Schwestern ein Stück ihrer Klitoris abzuschneiden. Doch die Schwestern vertrösteten ihn auf später, und danach vergasssen sie es.

Dafür fragte er eines sonnigen Nachmittags die ältere der Schwestern, nachdem er mit ihr geschlafen hatte, ob er sie kurz ansehen dürfe.

»Und wozu soll das gut sein?«, fragte die Schwester, während sie bereits die Klitoris über ihr linkes Knie legte und die Beine anwinkelte.

Der Bruder sagte: »Ich würde hier gern ein paar Leute ansiedeln.« Er schob einen Finger in ihre Vagina und zog ihn wieder heraus, auf dem Finger sass ein kleiner Junge. »Ich lege dich jetzt ins Gras«, sagte er zu ihm, »beobachte es gut. Das Gras zeigt dir, wie du dir den Bart wachsen lassen musst.«

Danach fasste er wieder in die Vagina und hob ein Mädchen ans Licht. Dann zogen sie weiter und siedelten überall Kinder an, die aufwuchsen und sich fortpflanzten.

So macht man keine Kinder, sagte Elisa.
So, fragte Annina, wie dann?
Ich weiss es nicht genau, sagte Elisa, aber so nicht,
sie hatten ja nicht mal ein Krankenhaus.

Hundertneunundvierzigste sternklare Nacht

Am Anfang pappten Himmel und Erde aufeinander, wuschen sich nicht und wurden immer unappetitlicher. Ihre Kinder kamen schon verkrüppelt zur Welt oder wurden irgendwann gequetscht und beschädigt. Am liebsten hätten sie den Himmel getötet und von der Erde geworfen, doch schliesslich konnte sie sich nur dazu überwinden, ihn aufzubocken, schafften Seilwinden und Pfähle herbei und zogen ihn in die Höhe. Jetzt fiel wieder Licht auf die Erde, und die Kinder sahen erschüttert, wie verlebt und traurig sie aussah. Dazu litten nun beide, Himmel und Erde, unter ihrer Trennung, sie schmachteten, seufzten und weinten einander nach, das machte sie nicht ansehnlicher.

Einer ihrer Söhne beschloss daher, die beiden herzurichten. Er wusch und föhnte sie und nahm sich einen ganzen Nachmittag Zeit, sie herauszuputzen, den Himmel mit glänzenden Sternbildern, die Erde mit verschlungenen Wäldern.

»Ach, Kind«, sagte die Erde, »das ist verlorene Liebesmüh, wir werden nicht mehr glücklich. Wenn du jemanden verwöhnen willst, schaff dir eine Frau an.«

»Das würde ich gern tun«, sagte der Sohn, »nur wo kriege ich eine her?«

Die Erde sagte: »Am besten ist immer selbstgemacht.«

Und so knetete der Sohn eine Frau, heiratete sie und zeugte mit ihr eine Tochter, die er Morgenhimmel nannte und ebenfalls heiratete, nachdem ihm seine Frau im ersten Regen zerflossen war. Morgenhimmel wusste nicht, dass er ihr Vater war, und schenkte ihm nochmals zwei Kinder, die Zerfall und Tod hiessen und ihn sehr glücklich machten. Das Glück hatte allerdings ein Ende, als der aufgebockte Himmel Morgenhimmel erzählte, dass der Vater ihrer Kinder auch sie gezeugt hatte. Angewidert packte sie ihre Sachen, liess die Kinder bei ihrem Mann und zog sich in die Unterwelt zurück.

Fertig?, fragte Elisa.
Sieht so aus, sagte Annina.
Ist ja furchtbar, sagte Elisa.

In einer Nebelnacht malte Elisa den Sohn der Erde mit seiner Tochter Morgenhimmel. Weisst du eigentlich, was auf dem Kleber steht?, fragte Annina und lachte schallend. Das ist kein Kleber, sagte Elisa, das ist der Mond. Und das Bild ist gar nicht zum Lachen, sondern schön.

Hundertfünfzigste sternklare Nacht

Am Anfang trieb eine Lotosblüte im Sumpf. In die Blüte hatte der Erfinder sich selbst als Kind gelegt, es schlief, eingehüllt in ihren Duft. Dann öffnete es die Augen, und die Augen schufen das Licht. Es öffnete den Mund, und der Mund schuf die Götter. Es bewegte Arme und Beine, da wurden aus ihnen die Menschen. Und der Tag löste sich aus der Nacht und beschien das Land.

Wie sieht eine Lotosblüte aus, fragte Elisa.
Wenn wir zuhause sind, versprach Annina, schlagen wir nach.

In einer Regennacht malte Elisa die Lotosblüte im Sumpf.

Hunderteinundfünfzigste sternklare Nacht

Am Anfang stiess der Erfinder die Bisamratte vom Floss, damit sie ihm Sand vom Meeresboden brachte. Sie blieb lange, sehr lange unter Wasser. Sehr, sehr lange. Endlich machte es Blubb, eine kleine Welle schwappte, und die Bisamratte trieb tot unter der Wasseroberfläche. Nachdem der Erfinder sie herausgezogen hatte, öffnete er ihre verkrallten Pfoten und fand darin ein einziges kleines Körnchen Sand. Daraus erschuf er die Erde. Dann rief er die Tiere zu sich und sagte: »Geht und richtet euch ein – aber macht euch darauf gefasst, es wird so viele Monate lang Winter sein, wie ich Haare auf dem Körper habe.«

Die Tiere zitterten beim blossen Gedanken, doch sie wagten sich nicht zu wehren. Nur der Frosch sagte: »Das ist Unsinn, das überleben wir nicht. Sieben Monate Winter sind genug.«

»Pass auf, dass ich dir nicht das Maul stopfe«, sagte der Erfinder. Doch auch der Frosch war hartnäckig und forderte sieben Monate Winter, bis der Erfinder ihm das Genick brach. Noch während er starb, streckte der Frosch das Bein und spreizte seine sieben Zehen.

Der Erfinder konnte seine Achtung nicht verbergen. »Ein grosser Kämpfer«, sagte er und verkündete, dem Frosch zu Ehren werde der Winter sieben Monate dauern. »Und jetzt verschwindet, ich muss noch die Menschen machen.«

Als die Tiere ihn allein gelassen hatten, knetete er die Menschen, machte ihnen Pferde und sagte: »Nehmt euch eines.«

Die Menschen rannten, um sich ein Pferd zu ergattern, doch es waren weniger Pferde als Menschen. »Was sollen wir tun?«, riefen sie. »Du hast nicht genug Pferde gemacht.«

Der Erfinder sagte aber nur mürrisch: »Meine Güte, stehlt euch eines«, und stiess sein Floss vom Ufer ab.

Stehlen darf man nicht, sagte Elisa.
Braves Kind, sagte Annina, und Elisa verbeugte sich.

In einer hochnebelverhangenen Nacht malte Elisa sieben Monate Winter.

Hundertzweiundfünfzigste sternklare Nacht

Am Anfang lebte der Erfinder bei den Menschen. Dann stritten sie sich, er ging in den Wald und kam nicht wieder.

Ich hätte ihn nicht gehen lassen, sagte Elisa.
Dann hättest du dich vielleicht entschuldigen müssen, sagte Annina.
Aber vielleicht war es auch egal, ob er da war oder nicht, sagte Elisa.

In einer Wolkennacht malte Elisa das Haus, in dem der Erfinder lebte, bevor er in den Wald ging.

Hundertdreiundfünfzigste sternklare Nacht

Am Anfang war die reine, ganz und gar vergeistigte, immaterielle, spirituelle Empfängnis. Aus der Empfängnis wurde das Wachsen, aus dem Wachsen die zarte und die bittere Erinnerung, aus der Erinnerung das herbe Bewusstsein und aus dem Bewusstsein das ungestillte, unstillbare Verlangen. So viel zur Schöpfung der Gedanken.

Der zweite Teil hiess »Schöpfung der Nacht«, kaum war die Welt fruchtbar geworden, begann sie, Nacht zu gebären: die grosse Nacht, die lange Nacht, die tiefste Nacht, die höchste Nacht, die undurchdringliche, fühlbare Nacht, die Nacht, die sich schneiden lässt, die Nacht, die keiner zu sehen bekommt, und zuletzt die Nacht des zwingenden Todes.

Als Drittes entstand das Licht. Es nannte sich »lebender Atem im leeren Raum« und gebar die Luft. Und mit der Luft kam die Morgendämmerung über die Welt, der Himmel dehnte sich aus, der Mond trat hervor, die Luft erhitzte sich und die Sonne erschien. Beide, Mond und Sonne, wurden gegen den Himmel geschleudert und blieben daran kleben. Der Himmel erglühte, es dämmerte und wurde Morgen, es wurde Mittag, und der Tag erstrahlte in blendendem Licht.

Das war wie Musik, sagte Elisa. Noch mal.

Hundertvierundfünfzigste sternklare Nacht

Am Anfang lebte der Erfinder in der öden, dunklen Leere. »Also hier ist es wirklich düster«, sagte er sich. »Wäre nicht auch etwas anderes möglich?« Und während er darüber nachdachte, was möglich wäre (oder in seinen etwas philosophischeren Worten: »was alles schlummerte im Land der Nichtexistenz«), während er also nachdachte, sagte er das eine oder andere laut vor sich hin, und was er aussprach, das wurde Wirklichkeit (oder wie der Erfinder sagte: Es »erwachte und fand sich wieder im Land der Existenz«). Als Erstes »erwachten« das Wasser und das Weiche. Beides mischte der Erfinder, stiess es nach oben, presste es fest, liess es etwas beben, dehnte es, spaltete es und schuf daraus den Himmel. Er schuf ihn als glühendes Gebäude in mehreren Etagen, dann baute er ein kleineres Haus als Stütze darunter, das geriet so hübsch, dass er gleich einzog.

Doch immer noch war es dunkel, und er sagte sich: »Wenn ich hier wirklich Ordnung schaffen will, muss ich etwas sehen.« Er liess seine Augen erstrahlen, in Flammen schoss das Licht aus ihnen, und er sah endlich, dass er rücklings im Urmeer schwamm.

»Die Lage ist nicht schlecht«, sagte er sich, blieb liegen und legte das Fundament für Unterwelt und Lichterwelt. Dann drehte er sich auf den Bauch, legte das Fundament für die Erdrisse und den Donner, er stützte sich, noch immer liegend, auf die Ellbogen und verankerte die Sockelsäulen für alles Land und für den Grundhimmel. Schliesslich erhob er sich auf die Knie, währenddessen besorgte er einige Kleinigkeiten, die ihm notwendig erschienen: die dunkle Hohlkuppel, die Stütze der Freundlichkeit unter Nachbarn und das Funkeln der Sterne in langgezogenen Rhythmen. Endlich stand er auf, gebar die Fruchtbarkeit des Bodens unter ihm und die gedehnte Weite des Himmels über ihm und konnte beginnen, die Dinge an ihren Platz zu schieben.

»Nun«, verkündete er, als die gesamte zauberhafte Welt geordnet vor ihm lag, »nun erschaffe ich den grossen Interpreten, damit er sie besiedle.«

»Verzeihung«, fragte der grosse Interpret, nachdem er ihn geschaffen hatte, »ich wüsste gern, ob ich einen Titel habe.«

»Wäre das nützlich?«, fragte der Erfinder.

»Es kann nie schaden«, antwortete der Interpret, »so etwas macht sich.«

»Schön«, entschied der Erfinder, »somit ernenne ich dich zum Ersten, zum Letzten, zum Zweitersten, zum Zweitletzten, zum Obersten, zum Untersten und zum Vollstrecker.«

»Beweise?«, fragte der grosse Interpret.

Der Erfinder löste den roten Gürtel, den er um die Hüfte trug. »Reicht das?«, fragte er und gab ihn ihm. Dann war er plötzlich der ganzen Schöpfung müde, er wandte sich um und kehrte zurück in die öde Leere.

Der Jon spinnt, rief Elisa und hüpfte.
Elisa, sagte Annina streng, das sagt man nicht, auch nicht im Spass.
Ich kann nichts dafür, sagte Jon, das waren die Sterne.
Darf ich auch nicht sagen, dass die Sterne spinnen?, fragte Elisa.
Annina nickte und sagte, aber leise.

In einer Sturmnacht malte Elisa, wie der Erfinder aus Worten die Welt schafft.

Hundertfünfundfünfzigste sternklare Nacht

Am Anfang flogen der Erfinder und der erste Mensch als schwarze Gänse über das Meer. Sie flogen Seite an Seite, ruhig und gedankenlos segelte der Erfinder, der Mensch allerdings hatte wie meist etwas zu grübeln, begann zu zappeln, seine Flügel streiften die Wellen, und er spritzte den Erfinder nass. Darüber erschrak er selbst mehr als der Erfinder, er fiel vor Schreck ins Wasser, und hätte der Erfinder ihm nicht einen Felsen zugeworfen, er wäre wohl ertrunken.

Der Fels aber geriet so hübsch, dass der Erfinder beschloss, dem Menschen darauf die Welt einzurichten. Er gab ihm ein Volk, Pflanzen und Tiere, alles zur freien Verfügung. Nur von einem einzigen Baum verbot er ihm zu essen. Und prompt stachelte der Mensch sein Volk an, von dem Baum zu essen, ein neugieriges Mädchen getraute sich als Erstes, strich danach die Früchte einem Jungen um den Mund, in den es verliebt war, doch kaum war das geschehen, da fühlten beide sich plötzlich schrecklich nackt, verkrochen sich geniert und verloren einander aus den Augen. Danach lebten sie in Einsamkeit, und das Mädchen schimpfte auf den ersten Menschen.

Der Erfinder nahm ihn beiseite. »Du hast genug Unfug getrieben«, sagte er, »von nun an wirst du in der Unterwelt leben.« Zu den anderen sagte er: »Ich habe keine grosse Lust, euch andauernd nachzurennen, sorgt selbst für euch.«

Die Menschen brachen in Panik aus und riefen: »Wir haben doch von nichts eine Ahnung, wie sollen wir überleben?«

»Ich werde einem von euch beibringen, wie man Land bebaut«, sagte der Erfinder. »Er wird es euch dann lehren.« Er nahm einen Menschen beiseite, unterrichtete ihn im Ackerbau, und der Mensch küsste ihm vor Dankbarkeit die Füsse.

Als der erste Mensch das sah, dachte er sich: »Das kann ich auch«, fiel vor dem Erfinder zu Boden und küsste seine Füsse. Und tatsächlich vergass der Erfinder, dass er ihn hatte bestrafen wollen, stattdessen gab er ihm den Auftrag, den Himmel zu bebauen, wie der andere die Erde bebaute.

Nun erhob wiederum der andere ein grosses Geschrei. »Der da ist an allem schuld«, schrie er, »und zum Lohn erhält er den Himmel?« In seiner Empörung stocherte er mit seinem Speer, hackte Löcher in den Himmel und liess nicht nach, bis alle Himmelsmenschen herausgefallen waren, im Wasser ertranken, auf die Weide fielen und Kühe oder Erdmenschen erschlugen oder auf Felsbrocken stürzten.

Schliesslich waren alle Himmelsmenschen, einige Erdmenschen und viele Kühe tot, und der Erfinder bereute, sich auf die Menschen eingelassen zu haben. Nun zeterte wieder der erste Mensch und wollte einen neuen Himmel, stattdessen gab der Erfinder ihm gerade so viel Land, wie die Spitze seines Speers abdeckte, und sagte: »Bau dir damit in der Unterwelt deinen Himmel.«

Und so verzog sich der erste Mensch in die Unterwelt und begann zu arbeiten. Er errichtete einen Himmel, holte die Himmelsmenschen von den Toten zurück und sagte: »Ich habe ein neues Zuhause für euch.«

»Kommt nicht in Frage«, rief aber der Erfinder und jagte sie zu den Toten zurück.

»Dann mache ich mir meine Menschen eben selbst«, sagte der erste Mensch, er ergriff Hammer und Amboss und schmiedete sich eine Frau und einen Mann.

»Sonst geht es dir noch gut?«, brüllte der Erfinder. Er spuckte auf die beiden und verwandelte die Frau in einen stinkenden Reiher, den Mann in eine Ratte. Dann klemmte er sich den Amboss unter den Arm, verliess die Welt und liess die Menschen mit ihren Sorgen allein.

Jetzt ist mir gerade eingefallen, was ich mir vom Grosi zum Geburtstag wünsche, sagte Elisa.
Bloss keine Ratte, sagte Annina.

Wieso eine Ratte, sagte Elisa. Einen Velohelm.
Du hast doch gar kein Velo, sagte Annina.
Das bekomme ich ja dann von dir, sagte Elisa.

Hundertsechsundfünfzigste sternklare Nacht

Am Anfang fühlte die Erde ein ungestilltes Begehren. Sie rief nach dem Himmel, zog ihn an sich, und gemeinsam zeugten sie die Ozeane, die Götter und einen zwergenhaften Sohn, der seinen Vater hasste. Ausserdem gebar die Erde ihre Lieblinge: drei hundertarmige, fünfzigköpfige Riesen und eine Armee herzensguter Zyklopen, die mit Hingabe Blitze und Donner schmiedeten. Der Himmel allerdings fand sie abscheulich. »So was kommt mir nicht ins Haus«, sagte er und jagte sie davon.

Die Erde tobte. Sie schmiedete eine Sichel, versammelte ihre Kinder und fragte: »Wer schlitzt ihn auf?«

Alle schwiegen. Endlich sagte der Zwerg: »Ich mache das.«

Es wurde Abend, der Himmel hatte den Streit längst vergessen und wollte sich auf die Erde legen, da schnitt der Zwerg ihm mit einem kräftigen Hieb die Hoden ab. Das Blut spritzte und befruchtete erst die Erde, dann auch die Nacht, die Erde gebar Horden von Giganten, die Nacht gebar den Schmerz, das Elend und das Übel. Der Zwerg warf die Hoden ins Meer, die Flut schäumte auf – und aus der Gischt stieg eine bezaubernd schöne Göttin mit einem Schleier aus Mädchengeflüster, Geschäker und Tändelei.

Was ist Tändelei, fragte Elisa.
Das ist so ungefähr, wenn man jemandem schöne Augen macht, sagte Annina.
Ach so, sagte Elisa, das kann ich auch, und wackelte wimpernklimpernd, mit gespreizten Fingern und spitzem Mund den Berg hinab.

In einer Wolkennacht malte Elisa die Erde, als sie wieder allein schlief. Also in Wirklichkeit, sagte sie, habe ich mich selbst gemalt. Ich schlafe auch allein. Schön wär's, sagte Annina.

Hundertsiebenundfünfzigste sternklare Nacht

Am Anfang tauchten der Erfinder und der andere aus dem Wasser. Der Erfinder öffnete die Augen und sah über das Wasser. Der andere war mit geöffneten Augen geschwommen, als er auftauchte, stellte er fest, dass er nichts mehr sah.

»Nun ja«, sagte der Erfinder, »du bist offenbar blind.«

»Offenbar«, sagte der andere. »Du wirst die Erde allein erschaffen müssen.«

Der Erfinder tauchte den Finger ins Wasser, rührte es um und schuf Land.

»Das ist viel zu kein«, sagte der andere. »Darauf sollen die Menschen Platz haben?«

»Halt den Mund, Dummkopf«, sagte der Erfinder.

Der andere hielt den Mund, setzte sich auf das Land und begann, Menschen zu kneten.

»Was tust du da?«, fragte der Erfinder.

»Was werde ich wohl tun«, sagte der andere, »ich knete Menschen.«

»Du kannst das nicht selber, ich muss dir das erst vormachen«, sagte der Erfinder. »Zuerst mache ich aber einen Mond. Und einen Stern.« Er spuckte auf sein Taschentuch und rieb an zwei Stellen den Himmel blank. »Und zwar wird dieser Mond nicht stillstehen, sondern westwärts wandern.«

»Wenn er aber westwärts wandert«, stellte der andere fest, »wird er irgendwann ins Wasser fallen.«

»Wird er nicht«, sagte der Erfinder, »denn wenn er im Westen angekommen ist, drehe ich den Himmel um, dann ist der Mond wieder im Osten und kann von neuem aufgehen.«

»Das ist Unfug«, sagte der andere und knetete Menschen.

Da begann der Erfinder auch Menschen zu kneten. Nach einer Weile verglich er sie mit denen des anderen. »Deine Menschen sind aber gar nicht richtig«, sagte er, »richtige Menschen haben Zehen und Finger, keine Flossen.«

»Meine Menschen haben eben Flossen«, sagte der andere.

Doch der Erfinder antwortete: »Menschen mit Flossen sind keine Menschen, sondern Mist«, und stiess sie ins Wasser.

Der andere sprang ihnen hinterher und ging unter. Das Wasser strudelte, kochte und dampfte, und obwohl der Erfinder schleunigst einen Fuss auf den Strudel setzte, quoll ein stinkener Wind herauf, der die Krankheiten in die Welt setzte.

»Alles halb so schlimm«, sagte er zu seinen Menschen. »Ich bringe euch jetzt bei, wie ihr leben sollt.«

»Entschuldigung«, rief eine Frau, »kann ich erst meinen Mann umtauschen?«

»Stimmt mit ihm etwas nicht?«, fragte der Erfinder verwirrt.

Bevor die Frau antworten konnte, tauchte der andere aus dem Wasser und sagte: »Zwecklos, den um etwas zu bitten, er versteht sein Handwerk nicht.«

Der Erfinder trat ihm auf den Kopf. Dann stellte er fest, dass der andere recht hatte, und liess es regnen, bis die Erde und alles auf ihr ertrunken war.

Nur einen Menschen behielt er. Zu ihm sagte er: »Jetzt fangen wir von vorn an.« Er knetete eine neue Erde und neue Menschen, der Hinübergerettete ahmte ihn nach und knetete Sonne, Sterne und die Tiere. Doch seine Tiere benahmen sich unanständig und versuchten, den Erfinder mit obszönen Gesten vom Menschenkneten abzuhalten. »Was soll das?«, rief der Erfinder, »ich versuche mich zu konzentrieren.«

Als er sah, dass er so nicht arbeiten konnte, liess er auch die zweite Erde überschwemmen und begann von neuem. Er knetete eine Erde, er knetete Menschen, doch kaum setzte er sie zu Boden, prügelten sie sich und waren nicht zu beruhigen.

»Fangen wir von vorn an«, sagte er müde, liess die Welt ertrinken und schuf eine vierte. Er hatte bereits eine ganze Reihe neuer Menschen geknetet, da missriet ihm eine Frau, und es wollte sie eben zu Klump hauen, als sie ihm ins Gesicht spuckte. »Glaubst du eigentlich, du kannst dir alles erlauben?«, fuhr sie den Erfinder an und tötete ihn mit einem kleinen, effizienten Zauber. Seit da blieb die Welt, wie sie ist.

Mama, fragte Elisa, fahren wir dieses Jahr auch wieder mit Jon ans Meer?

In einer Regennacht malte Elisa die Frau, die ihren Mann umtauschen will.

Hundertachtundfünfzigste sternklare Nacht

Am Anfang war der Himmel ein blauer Stein, der kaum schulterhoch über der Erde hing, die Menschen gingen gebückt und hatten Rückenschmerzen. Zufällig sah der Erfinder, wie die Menschen litten. Er nahm seine Axt, fällte vier Bäume, schlug ihnen die Äste ab, schälte die Stämme und rammte sie in den Zwischenraum zwischen Himmel und Erde. So bockte er den Himmel genügend weit auf, dass die Menschen sich strecken konnten.

Er war noch an der Arbeit, als sein Sohn fragte: »Was soll eigentlich der Quatsch?«

Der Erfinder mochte es nicht, wenn sein Sohn in diesem Ton sprach, er packte ihn und warf ihn durch die Luft. Doch der Sohn fiel nicht zu Boden, sondern verwandelte sich in einen Vogel, segelte herab, fuhr seinem Vater von hinten zwischen die Beine und schleuderte ihn mit solcher Wucht empor, dass der Himmel sich ausbeulte und zur Kuppel wölbte. Der Erfinder blieb hilflos hängen, den Kopf zwischen die Sterne geklemmt, schliesslich starb er, verweste und rieselte in kleinen Knöchelchen zur Erde.

Das war keine schöne Geschichte, Spatz, sagte Annina.
Elisa sagte, das war sogar eine sehr hässliche Geschichte, Mama. Aber die echte Welt ist manchmal auch hässlich.

In einer Wolkennacht malte Elisa den Vogel, wie er den Kampf gegen seinen Vater gewinnt.

Hundertneunundfünfzigste sternklare Nacht

Soll ich es ihnen nicht lieber gleich sagen?, fragte Elisa, vielleicht ist es höflicher.
Wie du meinst, sagte Annina.
Liebe Sterne, rief Elisa, heute Nacht werde ich fünf, und dann bin ich zu gross, um euch noch zuzuhören, und überhaupt finden Mama und ich, wir spielen jetzt lieber ein anderes Spiel. Gut so?, fragte sie.
Danke könntest du noch sagen, sagte Annina.
Danke, sagte Elisa. Du aber auch.
Danke, sagte Annina.
Dann gingen sie zum Haus zurück. Erzähl mir noch mal, wie ich geboren wurde, bettelte Elisa.
Erst stellen wir noch vor dem Fenster das Kerzchen auf, sagte Annina, damit die Sterne dich im nächsten Jahr so gut beschützen wie in diesem.
Aber dann, sagte Elisa.
Aber dann, sagte Annina.

Mama, sagte Elisa, dieses Bild muss auch noch ins Buch. Gut, sagte Annina, an welche Stelle? An den Schluss, sagte Elisa. Titel?, fragte Annina. Der Zahn der Zeit, sagte Elisa, Annina verschluckte sich vor Lachen. Weisst du, was das ist, der Zahn der Zeit?, fragte sie. Elisa schüttelte den Kopf, es klingt aber schön, sagte sie. Und mir ist ganz egal, dass du lachst.

Nicht nur in Schweizer Alpentälern und an der französischen Küste mögen die Sterne die Geschichten von der Erfindung der Welt. Sie haben sie sogar schon an furchtbar vielen Orten erzählt.

1. Nacht Pueblo-Indianer, Nordamerika — 2. Nacht Cupeno-Indianer, Nordamerika — 3. Nacht Griechenland — 4. Nacht Tahiti — 5. Nacht Hawaii — 6. Nacht Papua-Neuguinea — 7. Nacht Tzotzil-Maya, Zentralamerika — 8. Nacht »Metamorphosen« (Ovid), Griechenland — 9. Nacht Tibet — 10. Nacht Chibcha, Süd- und Mittelamerika — 11. Nacht Bushongo, Kongo — 12. Nacht Ewenken, Nordostasien — 13. Nacht »Gesetze des Manu«, Indien — 14. Nacht Kakadu, Australien — 15. Nacht Guarani, Südamerika — 16. Nacht Tibet — 17. Nacht »Rigveda«, Indien — 18. Nacht Neue Hebriden (Ozeanien) — 19. Nacht Muskogean-Indianer, Nordamerika — 20. Nacht Hopi-Shoshonen, Nordamerika — 21. Nacht »Pyramidentexte«, Ägypten — 22. Nacht Yaruro-Indiander, Südamerika — 23. Nacht Rozi, Sambia — 24. Nacht Assyrien — 25. Nacht Palästina — 26. Nacht Minyong, Indien — 27. Nacht Quiché-Maya, Zentralamerika — 28. Nacht Burjaten, Mongolei — 29. Nacht Bushmen, südliches Afrika — 30. Nacht »Brihadaranyanka-Upanishaden«, Indien — 31. Nacht Griechenland — 32. Nacht »Avesta«, Persien — 33. Nacht Polynesien — 34. Nacht Heliopolis, Ägypten — 35. Nacht Huronen-Irokesen, Nordamerika — 36. Nacht Pelasger, Griechenland — 37. Nacht »Rigveda«, Indien — 38. Nacht »Nihongi«, Japan — 39. Nacht »Dao-De-Dsching« (Lao-tse), China — 40. Nacht Kalmückien (Russland) — 41. Nacht Mandan-Sioux, Nordamerika — 42. Nacht Tibet — 43. Nacht »Das wahre Buch vom südlichen Blütenland« (Dschuang Dsi), China — 44. Nacht Konfuzianismus nach Tschu Tun-Yi, China — 45. Nacht »Chandogya-Upanishade«, Indien — 46. Nacht Assyrien — 47. Nacht Maidu-Indianer, Nordamerika — 48. Nacht Tibet — 49. Nacht Jicarilla-Apachen, Nordamerika — 50. Nacht Tschuktschen, Sibirien — 51. Nacht Tahiti — 52. Nacht Ngombe, Kongo — 53. Nacht Apachen, Nordamerika — 54. Nacht Swahili, Ostafrika —

55. Nacht Polynesien — 56. Nacht Jívaro-Indianer, Südamerika — 57. Nacht Wyot-Indianer, Nordamerika — 58. Nacht Kelten, Westeuropa — 59. Nacht »Bibel (Genesis)«, Naher Osten — 60. Nacht Huan-lao-Mythos, China — 61. Nacht Mundurukú-Tupí, Südamerika — 62. Nacht »Rigveda«, Indien — 63. Nacht »Auswahl des Zatspram«, Iran — 64. Nacht Dogon, Mali/Burkina Faso — 65. Nacht Lakandonen-Maya, Zentralamerika — 66. Nacht Pelasger, Griechenland — 67. Nacht Tzotzil-Maya, Zentralamerika — 68. Nacht White-Mountain-Apachen, Nordamerika — 69. Nacht Schwarzfuss-Algonkin, Nordamerika — 70. Nacht Hindukusch — 71. Nacht Joshua-Indianer, Nordamerika — 72. Nacht Seneca-Irokesen, Nordamerika — 73. Nacht Wayao, Ostafrika — 74. Nacht Tibet — 75. Nacht Mandan-Sioux, Nordamerika — 76. Nacht »Bibel (Psalm 104)«, Naher Osten — 77. Nacht Tukano, Südamerika — 78. Nacht Sumerer, Babylonien — 79. Nacht »Koran (Suren 40, 7, 65, 42, 2)«, Innerasien — 80. Nacht Transsilvanien (Südkarpaten) — 81. Nacht Römisches Reich — 82. Nacht Memphis, Ägypten — 83. Nacht Zuñi-Indianer, Nordamerika — 84. Nacht »Poimandres« (Hermes Trismegistos), Ägypten — 85. Nacht »Buch Dröpug« der Bön-Religion, Tibet — 86. Nacht Tahiti — 87. Nacht Australien — 88. Nacht Neubabylonien — 89. Nacht Yami, Indonesien — 90. Nacht »Satapatha-Brahmana«, Indien — 91. Nacht Finnland — 92. Nacht Mande, Westafrika — 93. Nacht Mandan-Sioux, Nordamerika — 94. Nacht Aranda, Australien — 95. Nacht Mongolei — 96. Nacht »2. Ulema i Islam« (Kommentar zur zoroastrischen Kosmologie), Iran — 97. Nacht Sumerer, Babylonien — 98. Nacht Babylon — 99. Nacht Tuamotu-Inseln (Französisch-Polynesien) — 100. Nacht Cherokee-Indianer, Nordamerika — 101. Nacht Maori, Neuseeland — 102. Nacht Tlingit-Indianer, Nordamerika — 103. Nacht Hinduismus, Indien — 104. Nacht Blood-Indianer, Nordamerika — 105. Nacht Tibet — 106. Nacht Nandi, Kenia — 107. Nacht P'an-Ku-Mythos, Südchina — 108. Nacht Jicarilla-Apachen, Nordamerika — 109. Nacht Memphis, Ägypten — 110. Nacht Yuchi-Indianer, Nordamerika — 111. Nacht Samoa —

112. Nacht Ainu, Japan — 113. Nacht Gilbert and Ellice Islands — 114. Nacht Tzotzil-Maya, Zentralamerika — 115. Nacht »Bibel (Johannesevangelium)«, Naher Osten — 116. Nacht Maya, Zentralamerika — 117. Nacht Sumerer, Babylonien — 118. Nacht Salinan-Indianer, Nordamerika — 119. Nacht Nordindien — 120. Nacht Azteken, Mittelamerika — 121. Nacht Tzotzil-Maya, Zentralamerika — 122. Nacht »Bibel (Sprüche)«, Naher Osten — 123. Nacht Tzotzil-Maya, Zentralamerika — 124. Nacht Lipan-Apachen, Nordamerika — 125. Nacht »Bibel (Psalm 33)«, Naher Osten — 126. Nacht Shasta-Indianer, Nordamerika — 127. Nacht »Bibel (Genesis)«, Naher Osten — 128. Nacht »Kojiki«, Japan — 129. Nacht Mordvinien, Osteuropa — 130. Nacht Brahmanismus, Indien — 131. Nacht Yoruba, Nigeria — 132. Nacht »Bibel (Buch Hiob)«, Naher Osten — 133. Nacht »Menok i Xrat«, Iran — 134. Nacht Choctaw-Indianer, Nordamerika — 135. Nacht Yoruba, Kuba — 136. Nacht Papua-Neuguinea — 137. Nacht Yucatán-Maya, Zentralamerika — 138. Nacht P'an-Ku-Mythos, Südchina — 139. Nacht Yucatán-Maya, Zentralamerika — 140. Nacht Eskimo, Grönland — 141. Nacht Kraci, Togo — 142. Nacht Luiseño, Australien — 143. Nacht »Puranas« (Vyasa), Indien — 144. Nacht »Digha Niyaka« (Buddha), Indien — 145. Nacht Dhammai, Indien — 146. Nacht Zuñi-Indianer, Nordamerika — 147. Nacht Manichäismus, Naher Osten — 148. Nacht Wulamba, Australien — 149. Nacht Maori, Neuseeland — 150. Nacht Hermopolis, Ägypten — 151. Nacht Assiniboin-Indianer, Nordamerika — 152. Nacht Ngombe, Kongo — 153. Nacht Maori, Neuseeland — 154. Nacht Tuamotu-Inseln (Französisch-Polynesien) — 155. Nacht Tuwinien, Zentralasien — 156. Nacht »Theogonie« (Hesiod), Griechenland — 157. Nacht Yuma-Sioux, Nordamerika — 158. Nacht Polynesien